Hans Dieter Stöver

Quintus geht nach Rom

Zu diesem Band gibt es ein Unterrichtsmodell unter www.dtv.de/lehrer zum kostenlosen Download.

© Foto: Stoll, Euskirchen

Hans Dieter Stöver wurde 1937 in Wissen/Sieg geboren, studierte Pädagogik, Geschichte, Kunstgeschichte und Altertumswissenschaften in Bonn und Köln. Er lebt als freier Autor in der Nähe von Köln. Seine historischen Romane und Sachbücher machten ihn zu einem der bekanntesten Vermittler der römischen Antike an ein modernes Publikum.

Weitere Titel von Hans Dieter Stöver bei dtv junior: siehe Seite 4

Hans Dieter Stöver

Quintus geht nach Rom

Roman

Deutscher Taschenbuch Verlag

Karten auf Seite 74/75 und 78 aus: Christian Meier, ›Caesar‹ (© 1982 Wolf Jobst Siedler Verlag GmbH, Berlin)
Karte auf Seite 41 und Zeichnung auf Seite 267 aus: Hans Dieter Stöver, ›Rebellion im Circus Maximus‹ (© 1985 Droemersche Verlagsanstalt Th. Knaur Nachf., München)

Von Hans Dieter Stöver sind außerdem bei dtv junior lieferbar:
Quintus in Gefahr
Quintus setzt sich durch
Die Akte Varus
Daniel und Esther – Allein in Rom

... und bei dtv:
Der Sieg über Varus. Die Germanen gegen die Weltmacht Rom

FSC www.fsc.org
MIX
Papier aus verantwortungsvollen Quellen
FSC® C013736

Originalausgabe
27. Auflage 2013

Umschlagkonzept: Balk & Brumshagen
Umschlagbild: Bernhard Förth
Gesetzt aus der Garamond 10,5/12·
Gesamtherstellung: Kösel, Krugzell
Printed in Germany · ISBN 978-3-423-70118-1

Inhalt

Dramatis personae – Hauptpersonen

Quintus Cossinius Afer (fast 14), der Held des Buches, der mit seiner Familie nach Rom zieht

Seine Eltern:
Gaius Cossinius Afer (45 Jahre)
Herennia (38 Jahre)

Sein Großvater:
Quintus Cossinius Afer (71). Von ihm hat Quintus lesen und schreiben gelernt

Seine Geschwister:
Cossinia (16 Jahre), die immer zu Quintus hält
Herennia (9 Jahre), die oft kränkelt
Publius Cossinius Afer (4 Jahre), der selten den Mund halten und stillsitzen kann

Kirkos (49 Jahre), der letzte Knecht und Sklave der Cossinier

Silvanus (Mitte 40), römischer Händler und Freund der Familie

Die Jungen aus dem Viertel:
Aulus Plautius Hypsaeus (14 Jahre), aus vornehmer Familie
Tiberius Severus (14 Jahre), der Lässige
Titus Fundanus (13 Jahre), der Kleine
Gaius Marcius (15 Jahre), das Pferdegesicht
Marcius Corvinus (14 Jahre), der Dicke

Pollius Valerianus (um 60 Jahre), ein angesehener römischer Buchhändler

Antias (schwer zu bestimmenden Alters), sein Sekretär

Die Geschichte spielt in der Landstadt Caere und zu Rom im Herbst des Jahres 50 v. Chr.

Die kleine Landstadt Caere

Es ging gegen Mittag. Caere, die kleine Landstadt, zwanzig Meilen* nördlich von Rom, lag ruhig auf der Höhe. Mauer, Tore und Häuser schienen zu dösen. Kein Mensch auf dem *forum*. Längst hatten die Bauern ihre Stände abgebaut, hatten das nicht verkaufte Gemüse und Obst auf den Wagen verstaut und die Stadt wieder verlassen. – Nur in der nordöstlichen Ecke des Platzes stand noch ein zweirädriger Karren. Davor, im Stehen halb schlafend, ein Maultier. Und oben, auf dem Rande des hölzernen Ladekastens, saß ein Junge. Er schien sich zu langweilen, denn er spielte mit dem Riemen der Zügel, band sie fester um den Eckpfosten des Kastens, bohrte ausgiebig in der Nase, zupfte an seinen Fingernägeln und schaute immer wieder zur Sonne. Er seufzte, sagte aber nichts, weder zu sich selbst noch zu dem Maultier, das ohnehin nichts lieber tat als so zu stehen und zu warten.

Obwohl das Jahr schon in die zweite Hälfte des September eingetreten war, lastete die Hitze heute unerträglich auf Mensch und Tier. Quintus beneidete die Bewohner, die sich in die kühleren Räume oder Gewölbe ihrer gemauerten Häuser zurückziehen konnten. Aber lange konnte es nicht mehr dauern, denn er hatte bestimmt schon eine halbe Stunde gewartet. Immer wieder wanderte sein Blick an den weiß getünchten Häuserfronten entlang. Sie sahen fast

* 1 Römische Meile (*milia passuum* = 1000 Doppelschritte) = 1,48 km
(Sach- und Personenauskünfte gibt der Anhang ab Seite 266.)

alle gleich aus, rotbraun der Sockel, zum Schutz gegen hochspritzenden Dreck bei starken Regenfällen, darüber alles weiß, um das helle Licht zu reflektieren und so seine Hitze fern zu halten. Drüben, auf der entgegengesetzten Seite, standen Tempel, eine große Säulenhalle und das Rathaus, aber das alles interessierte ihn jetzt nicht. Immer wieder kehrte sein Blick zu einem bestimmten Haus zurück, blieb an seinem Eingang haften. Dort war sein Vater hineingegangen. »Es wird nicht lange dauern«, hatte er gesagt. Aber was verstand er unter ›lang‹?

Quintus wusste nicht, was der Vater in diesem Haus zu erledigen hatte. Er war mitgekommen um in der Zwischenzeit auf Tier und Wagen aufzupassen. Vater war in letzter Zeit sehr ernst geworden. Er hatte nie viel gesprochen, aber jetzt tat er es noch viel seltener. Oft war er ohne Grund gereizt, gab auf seine Fragen oder die seiner Schwester nur mürrisch Antwort.

Manchmal war er den ganzen Tag über unterwegs. Und am Gesicht seiner Mutter konnte Quintus erkennen, dass etwas nicht stimmte. Doch in seiner Gegenwart sprachen die Eltern nicht über ihre Probleme. So suchte er von sich aus alle möglichen Gründe für den Ernst der Eltern. Er war fast vierzehn Jahre alt und hielt sich durchaus für fähig ihre Sorgen zu verstehen und sie mit ihnen zu teilen, auch solche, die mit ihm nichts zu tun hatten. War vielleicht etwas mit Cossinia? Sie war sechzehn, tat jetzt oft sehr erwachsen und war – obwohl sie ein fröhliches Herz hatte – oftmals unzufrieden. Ob sie womöglich mehr wusste? Zu ihm war sie immer nett und steckte ihm schon mal einen *Sesterz** zu, den sie bei Arbeiten außer Haus verdient

* Kleinste römische Silbermünze

hatte. Dann waren da noch die kleine Schwester Herennia, sie war neun, und der vierjährige Publius. Er konnte sich nicht vorstellen, dass seinet- oder der Geschwister wegen eine so gedrückte Stimmung im Hause herrschte.

Eine Tür wurde zugeschlagen. Quintus fuhr aus seinen Gedanken auf und sah den Vater, wie er leicht gebeugt und eilig herüberkam. Er hielt den Blick am Boden, seine Lippen bewegten sich, er schien etwas vor sich hinzusprechen. Als er näher kam, bemerkte Quintus, dass sein Gesicht blass war, blasser als üblich. Wortlos kletterte er auf den Wagen, setzte sich neben Quintus, löste die Zügel und gab dem Maultier mit der Rute einen derben Schlag, dass das erschrockene Tier mit einem Satz davonspringen wollte und der Wagen sich ruckartig in Bewegung setzte.

»Musst du noch woanders hin?«, fragte Quintus vorsichtig.

»Nein. Wir fahren nach Hause.«

Der einzige Zugang zur Stadt befand sich im Norden, wo eine Art Sattel den von Nordost nach Südwest gestreckten Hügel der Landstadt mit dem ansteigenden Binnenland verband. Von hier oben – die Stadt hatte eine Höhe von etwa 300 Fuß* über dem Meer – hatte man nach Westen einen weiten Blick über die See, das Tyrrhenische Meer. Auf der anderen Seite gewährte der im Osten am Stadthügel vorbeifließende Amnis Caeretanus, ein starker Gießbach, wirksamen Schutz. Bis zur Küste waren es an die vier Meilen. Quintus erkannte im mittäglichen Dunst den Hafen von Alsium und, an der Küste entlang verstreut, die Landhäuser reicher Römer.

* 1 Fuß *(pes)* = 29,6 cm

Vater und Sohn passierten das Tor und folgten der Straße ein Stück nach Norden. Nach etwa einer Meile zweigten sie auf einen Feldweg ab. Er war unbefestigt. In seiner Mittellinie und an den Rändern standen sommertrockene Kräuter und Gräser, am Hang dahinter Dornengebüsch, wilde Rosen, Ginster. Sie erreichten eine Anhöhe. Eine halbe Meile voraus lag der Hof hinter schützenden Eichen. Hier oben wuchs Wein, aber er gehörte nicht zum Besitz des Vaters. Ihr eigenes Land lag näher beim Hof, da, wo der Olivenhain begann, den sie nach wenigen Augenblicken erreichten.

Kirkos

Gaius Cossinius Afer, wie der Vater mit vollem Namen hieß, hatte drei Namen, was auf eine vornehme Abstammung hindeutete. Er warf keinen Blick zu Seiten des Weges; Quintus, der ihn aus den Augenwinkeln beobachtete, sah es wohl, doch noch mehr beunruhigte ihn, dass der Vater während der ganzen Fahrt kein einziges Wort mit ihm gewechselt hatte.

Sie erreichten die alten Eichen, die hufeisenförmig das Anwesen gegen die scharfen Nord- und Ostwinde schützten. Das Maultier, das auf der kleinen Hochebene zu traben begann, kannte die einzelnen Stationen und den stets gleichen Ablauf von hundert anderen Fahrten. Ohne auf das Kommando zu warten beschrieb es jetzt auf dem Platz vor dem Gut einen großen Bogen und hielt vor dem Eingang zum Wohnhaus. Es stand vollkommen still, nur die großen

Ohren lauschten nach hinten und nahmen alle Geräusche im Umkreis wahr. Der Vater stieg umständlich vom Wagen. Quintus folgte ihm mit einem Satz auf den harten Lehmboden nach.

»Bring ihn in den Stall!«, sagte der Vater, während er schon zum Eingang des Hauses ging.

Man musste drinnen die Rückkehr des Wagens gehört haben, denn Herennia, die Mutter, erschien in der Tür. Quintus sah, wie sie den Vater mit erwartungsvollen Augen anblickte. Er blieb kurz vor ihr stehen, hob wie enttäuscht, ja resigniert die Schultern und schüttelte dazu den Kopf. Quintus sah, wie die Mutter daraufhin erschrocken die Hand vor den Mund hielt. Dann wandte sie sich um und beide gingen ins Haus.

Quintus führte das Maultier mit dem Karren zur hinteren Ecke des Hofes, spannte aus und brachte es in den Stall. Der war viel zu groß für ein einzelnes Zugtier. Man hätte sechs Pferde darin unterstellen können. Er hatte das Maultier gerade versorgt und wollte den Raum verlassen, als ihm in der Tür Kirkos, der Knecht, entgegentrat.

»Und? Wie war's?«, fragte der und Quintus war froh, dass überhaupt jemand mit ihm redete.

»Langweilig.«

Kirkos staunte: «Was? – In Caere ist's nie langweilig!«

»Doch. Dann setz du dich mal eine Stunde lang auf dem Forum in die Sonne!«

»Konntest doch in den Schatten der Kolonnaden gehen!«

»Ging nicht. Musste auf den Wagen aufpassen.«

Quintus schaute Kirkos prüfend an, dann fragte er: »Kirkos …«

»Ja?«

»Spricht mein Vater mit dir?«

»*Certo, Gaius!* – Gewiss, er sagt mir, was ich zu tun habe.«

»Ich meine, ob er mit dir auch über andere Dinge redet. Er hat doch mit dir auch immer über anderes ...«

»Also, wenn du mich so fragst... Augenblicklich redet er mit mir nur das Notwendigste.« Er überlegte. »Tja, weißt du ...« Kirkos strich sich über seine dunklen Bartstoppeln. »Er hat ja zur Zeit auch viele Probleme.«

»Darfst du darüber nicht reden?«

»Ich weiß nicht. Wenn dein Vater nicht mit dir darüber redet, dann ...«

»... solltest du es tun, Kirkos! Ich will endlich wissen, was los ist! Du warst schon hier, als ich geboren wurde. Du hast mit mir gespielt, als ich noch klein war. Du hast mir Geschichten erzählt. Du weißt, was hier vorgeht. Also sag es mir!«

Und Kirkos hätte jetzt wohl auch gesprochen, wenn nicht in diesem Augenblick Publius, der jüngste Bruder von Quintus, schreiend über den Hof gelaufen wäre und ihm die rechte Hand entgegengehalten hätte. Ein abgebrochener Rosendorn steckte in seinem Zeigefinger.

»Lass mich mal sehen!«, sagte Kirkos, hockte sich auf den Boden und begutachtete den Finger. »Das werden wir gleich haben.«

Jederzeit bereit loszubrüllen, verfolgte Publius, wie der riesige Kirkos mit seinen großen Händen und Fingern den abgebrochenen Dorn aus dem Finger entfernte.

»Das war's.« Kirkos zeigte Publius den Splitter, den dieser betrachtete, als ob es sich um eine abgebrochene Pfeilspitze handele. Publius ließ ihn sich in seine kleine Hand legen. Dann eilte er strahlend davon um ihn seiner Mutter zu zeigen.

Kirkos verließ den Stall und Quintus folgte ihm. Sie überquerten den Hof, gingen um die Tenne herum, den windigen Dreschplatz hinter der Scheune, zu einem an allen Seiten offenen, überdachten Schuppenplatz. Altes Gerät war hier gelagert, rostige Teile von Pflügen, Ketten, Teile von Holzrädern. An der Rückwand lag ein Stapel von Dachziegeln. Davor stand eine Schubkarre, halb gefüllt mit Ziegeln. Am Boden lagen einige zertrümmerte Stücke.

»Da! Schau dir das an!« Kirkos wies mit der Hand auf den Stapel Ziegel an der Wand. »Das ist der allerletzte Rest! Damit soll ich das Dach vom Stall reparieren! Da leg ich doch lieber gleich Moos drauf!«

Kirkos machte sich daran, die Schubkarre mit weiteren Ziegeln zu füllen, und Quintus sah ihm dabei zu. Plötzlich hielt Kirkos inne, setzte sich auf die Kante des Schubkarrens und kratzte sich am kurzen Haar seines Hinterkopfes.

»Also gut. Ich werd's dir erklären. Setz dich!«

Quintus nahm auf dem Rest des Ziegelstapels Platz und Kirkos begann: »Weißt du, wie alt ich bin, he?«

»Nein.«

»Hm. – Neunundvierzig. Und weißt du, wie lange ich hier bin?«

»Nein.«

»Auch neunundvierzig Jahre. Und weißt du, woher ich komme?«

»Nein, ich verstehe deine Frage nicht.«

»Meine Mutter war schwanger, als sie und mein Vater zu römischen Sklaven gemacht wurden.«

»Woher kamen sie?«

»Aus Thrakien, das ist eine Landschaft nördlich von Griechenland. Damals führte der König von Pontos, Mithridates, seinen großen Krieg gegen Rom. Viele meiner Landsleute haben ihn dabei unterstützt, weil sie die Abhängigkeit von Rom abwerfen wollten, sie wurden gefangen genommen, als Mithridates eine seiner Schlachten verlor. Meine Eltern wurden als Sklaven von deinem Großvater gekauft. Nur noch wenige Jahre lebte mein Vater auf eurem Hof, dann starb er. Er hatte sich wahrscheinlich während des Kriegs das Sumpffieber geholt, aber auch meine Mutter lebte nicht mehr lange.«

»Wie alt warst du, als deine Mutter starb?«

»Ich denke, so um die vier, fünf Jahre. Ich weiß es nicht genau. Deine Großmutter hat mir das erst später erzählt. Sie hat mich ja großgezogen.«

»Welche?«

»Die Mutter deines Vaters. Du hast sie nicht mehr gekannt.«

›Schade!‹, dachte Quintus. Er hatte nur noch einen Großvater, den Vater seines Vaters. Quintus hieß er, Quintus Cossinius Afer, wie er. Er liebte ihn sehr und immer, wenn er an ihn dachte, wurde es ihm warm ums Herz.

»Warum ich dir das alles erzähle...« Kirkos stellte einen Ziegel in dem Schubkarren um. »Ich bin ja nun älter als der Herr, dein Vater, ich kenne den Hof noch aus der Zeit, als Quintus Cossinius, dein Großvater, das Sagen hatte...«

Worauf wollte Kirkos hinaus?

»Ich weiß nicht, ob du etwas über den großen Sklavenaufstand weißt?«

»Doch, ja, Großvater hat mir ein wenig davon erzählt.«

»Vor zwanzig Jahren tobte hier in Italien der große Sklavenkrieg, den Spartacus anführte.«

»Er war auch ein Thraker, wie du!«, rief Quintus. Kanntest du ihn?«

»Nein«, wehrte Kirkos ab, »Thrakien ist ein großes Land. Kennst du alle Römer?«

»Nein«, bestätigte Quintus lachend.

Kirkos fuhr fort: »Nun, euer Hof war groß und stattlich und deshalb auch Ziel der Spartacus-Leute. Mehrmals haben sie ihn überfallen und ausgeplündert. Beim dritten Mal wurde er gänzlich in Brand gesteckt. Wir haben ihn zwar wieder aufgebaut, aber das war eine große Anstrengung, auch finanziell.«

Kirkos hielt inne, als ob er die Flammen wieder vor sich sähe und die folgende Aufbauzeit.

»Wie war es denn zu diesem Sklavenkrieg gekommen?«, fragte Quintus in die Pause hinein.

»Die Sklaven waren aus einer Gladiatorenschule in Capua ausgebrochen.«

»Gladiatorenschule?«

»Ja, sie wurden dort – und natürlich ist das auch heute noch so – zu Gladiatoren ausgebildet. Reiche Römer können sich solche Schwertkämpfer kaufen und sie dann in der Arena gegeneinander auf Leben und Tod kämpfen lassen.«

»Auf Leben und Tod?«

»*Certo.* – Gewiss!«, fuhr Kirkos fort. »Diese blutigen Kämpfe hatten vor langer Zeit einmal einen religiösen Sinn, sie sollten die Totengeister verstorbener Herren besänftigen. Heute ist das längst vergessen. Heute spendieren Adelige, die für ein Staatsamt kandidieren und die Wahl gegen Konkurrenten gewinnen wollen, Gladiatorenspiele um sich beliebt zu machen. Jedenfalls brachen damals an die zweihundert Gladiatoren unter der Führung des Spartacus aus. Sie hatten nichts zu verlieren, denn sie sahen dem sicheren Tod in der Arena entgegen. Zur gleichen Zeit entliefen auch viele unfreie Landarbeiter, die auf den großen Gütern sehr geschunden wurden. Zu Tausenden schlossen sie sich dem Spartacus an. Drei Jahre lang zogen sie plündernd, raubend und mordend durch ganz Italien und im zweiten Jahr der Erhebung verfügte Spartacus schon über siebzigtausend Mann.«

Kirkos hatte mit einem Mal einen Ton in der Stimme, dass Quintus meinte, noch heute bewundere er die Tat seines Landsmannes, auch wenn er sie nicht gutheißen konnte.

»*Bene.* – Und eines Tages kamen wir wieder einmal an die Reihe. Ein Trupp von etwa fünfzig Mann überfiel uns. Sie schlugen alles kurz und klein, nahmen das Vieh mit, vergewaltigten die Mägde und steckten den Hof an. Ein Glück, dass dein Großvater deine Großmutter nach Caere in Sicherheit gebracht hatte.«

Er nickte und packte seine Nase. Dann fuhr er fort: »Es dauerte einige Jahre, bis alles wieder hergerichtet war. Dein Großvater zog gegen Spartacus in den Krieg, er war Offizier, denn alle wurden gebraucht um den Aufstand niederzuschlagen. In dieser Zeit war dein Vater ganz allein verantwortlich für den Wiederaufbau des Hofes. Vielleicht machte er da auch Fehler. Auf jeden Fall wurde alles schöner als vorher. Das Wohnhaus erhielt damals noch ein zweites Stockwerk. Und das Bad bekam eine Fußbodenheizung. In einigen Räumen wurden die Wände bemalt. Zwei Maultiere und zwei Pferde hatten wir damals und alles andere, was zu einem richtigen Hof gehört. Fünf Knechte und auch mehrere Hunde!«

»Und du... warst der Aufseher?«

»Jaja... Aber bald mussten wir alles wieder verkaufen und die Knechte entlassen. Jetzt haben wir nur noch ein Maultier und zwei Ziegen, auch ein paar Hühner und die Tauben. Sonst nichts mehr. Es war einfach nicht wieder hereinzuwirtschaften.«

Quintus versuchte sich zu erinnern: In den vergangenen vier, fünf Jahren war das Personal immer weniger geworden. Es war ihm ganz natürlich erschienen, denn es wurde nicht darüber gesprochen. Nun aber wurde ihm der gewaltige Niedergang des Besitzes und der Wohlhabenheit bewusst und er rief fast zornig: »Ja aber – wie ist denn das alles gekommen?«

»Ja, wie...«, wiederholte Kirkos, »eine gute Frage! Es kann nicht allein mit dem Brand und den Überfällen vor zwanzig Jahren zu tun haben. Da sind auch andere überfallen worden, größere Höfe. Die Großen konnten es besser verkraften. Die Kleinen waren zum Sterben verdammt.«

»Zum Sterben?« Quintus starrte Kirkos fassungslos an.

»Du siehst doch selbst, wie ich das meine. Guck dir doch nur hier den Schuppen an! Mit der Hand voll halb kaputter Ziegel soll ich... Aber lassen wir das. Also, die Großen, musst du wissen, das sind Leute, die besitzen Ländereien bis zur Küste des Meeres und bis zum Gebirge im Osten...« Er beschrieb mit der Rechten einen großen Bogen dazu. »Diese Reichen können ihre Erzeugnisse einfach billiger verkaufen als wir und viele andere...«

»Wieso können sie das?«

»Weil sie sich Unmengen von Sklaven kaufen können, die sie fast ohne Entgelt auf den Feldern und in ihren Werkstätten arbeiten lassen.«

»Woher haben sie das Geld?«

»Woher? – *Mehercule!* – Beim Hercules!* Du stellst Fragen! Also, meistens sind das überhaupt keine Bauern. Das sind römische Senatoren oder römische Ritter**, die den Reichtum, den sie in den letzten Kriegen gesammelt haben, in Land anlegen…«

»In Land und in Sklaven!«

»Ja. Ich sehe, du kannst folgen.« Kirkos spuckte auf den Boden und fuhr fort, die Stirn gerunzelt: »Und damit drücken sie die Preise.«

»Warum das denn? Sie könnten die Preise doch höher halten und so mehr verdienen.«

Kirkos schaute ihn scharf an, nickte und erklärte: »Du solltest Kaufmann werden!« Er zwickte sich wieder in seine fleischige Nase. »Sie sind gezwungen die Preise für ihre Erzeugnisse so niedrig wie möglich zu halten, denn es gibt noch Reichere, die noch viel größere Latifundien*** in Sicilia, in Süditalien und im östlich gelegenen Asia**** haben. Sie beherrschen den gesamten Getreidehandel, so hat's mir mal dein Großvater erzählt. Und auch den Preis der Oliven bestimmen sie, sie können halt ihre Ware noch preiswerter verkaufen.«

Quintus überlegte. So war das also: Die Großgrundbesitzer in Sicilia und andernorts bestimmten die Preise, weil sie keine Konkurrenz zu fürchten hatten. Die italienischen Landbesitzer mussten sich ihrem Diktat fügen, konnten aber mithalten, weil sie genü-

* Griechische Heldengestalt, Sohn des Zeus und der Alkmene

** Senatoren: Mitglieder des römischen Staatsrats
Ritter: reiche römische Bürger mit einem Mindestvermögen von 400 000 Sesterzen

*** Von *latifundium* = großer Grundbesitz

**** Asia: Gebiet der heutigen Türkei

gend Geld besaßen um sich Sklaven zu kaufen, deren Arbeit nicht bezahlt wurde. Bauern wie der Vater und schon der Großvater konnten es nicht. Wenn dazu noch eine oder gar mehrere Katastrophen kamen, Plünderung, Raub der Ernte, Einäscherung der Gebäude, dann – aber da war noch etwas unklar: »*Bene.* Ich habe das verstanden, Kirkos. Aber dann könnten wir doch auch mit den Preisen heruntergehen, und wir würden mehr verkaufen!«

»Siehst du, da ist der Haken!« Kirkos reckte sich und seufzte. »Ich sagte dir ja schon, die Großen konnten die Plündereien besser verkraften als die mittleren Bauern. Beim Mercurius!* Die Welt ist ungerecht! Dein Vater musste sich Geld, viel Geld leihen um Steine, Kalk, Sand, Holz, Ziegel, Pferde, Hühner, Ziegen und natürlich auch Werkzeug und Saatgetreide kaufen zu können.«

Mit einem Mal verstand Quintus: Der Mann, den der Vater heute in Caere besucht hatte, war ein Gläubiger, der ihm Geld geliehen hatte.

»Jetzt begreifst du, mein Junge, warum im Hause seit Monaten eine so gedrückte Stimmung herrscht. Man will jetzt von deinem Vater das ganze Geld auf einmal mit Zins und Zinseszins zurückhaben.«

Er hatte ›man‹ gesagt. »Sind es denn mehrere?«

Traurig nickte Kirkos: »Ja. Mindestens drei.«

In diesem Augenblick hörten sie, wie Mutter Herennia Quintus beim Namen rief.

»Geh, Quintus. Lass die Herrin nicht warten. Sie hat jetzt viel Kummer.«

* Römischer Gott des Handels

Die Bienen

In Gedanken versunken überquerte Quintus den Hof, als Herennia ihm zurief: »Der Großvater wartet auf dich. Du sollst ihm helfen!«

»Wo ist er denn?«

»Bei den Bienen!«

»Ist gut!«

Er machte kehrt, ging bis zur anderen, westlichen Ecke der Gebäude und trat zwischen zwei hohen Büschen auf einen schmalen Pfad, der sich unter den Eichen durchschlängelte. An einer Stelle des Eichenhains war eine Senke. Etwas oberhalb davon entsprang ein kleiner Quell, dessen klares Wasser zwischen Grasbüscheln über Kiesel dahinplätscherte. Oft saß Quintus hier mit seiner kleineren Schwester Herennia und mit Publius. Sie bauten Dämme und Brücken und ließen ihre Rindenschiffchen schwimmen. Manchmal saß er auch eine Stunde allein hier und beobachtete Kleingetier und Insekten, wunderte sich über die Schönheit der Falter und die Zartheit der Libellen, staunte über die Schnelligkeit der Wasserläufer, die auf dem Wasser gingen, als ob es fest wäre. Er kannte jeden Stein, jede Wurzel, jede Biegung des Wasserlaufs. Es war seine Welt.

Nach etwa hundert Schritt erreichte er ein teils ummauertes, teils umzäuntes Areal. Der Pfad führte auf ein hölzernes Tor zu, das geschlossen war. Er öffnete es und schloss es wieder hinter sich. Das ummauerte Quadrat wirkte wie eine Lichtung im Wald. In der Mitte erhoben sich die Bienenstöcke auf einer drei Fuß hohen, lang gestreckten Steinterrasse. Dieser Sockel war sorgfältig mit Verputz geglättet, damit Eidechsen, Schlangen und andere Schädlinge nicht daran hochklettern und an den Honig herankommen konnten. Auf dem steinernen Podest standen sechs Bienenkörbe aus Stroh nebeneinander. Ein hölzernes Dach schützte sie vor Regen und Schnee und auch die Seiten waren geschlossen. Zwischen den Körben waren schmale Trennwände, so dass man nur von vorn oder von der Rückseite an die Stöcke herankam.

Quintus Cossinius, der Großvater, trat gerade aus der Gerätekammer bei der hinteren Mauer. Er hatte seinen breitrandigen Strohhut auf dem Kopf und darüber ein feines, durchsichtiges Netz gelegt, das den ganzen Oberkörper bedeckte. Die Beine hatte er zum Schutz gegen Stiche mit Tüchern umwickelt.

»Ich sollte zu dir kommen«, sagte Quintus.

»*Ita est.* – So ist es.* Kannst du mir tragen helfen?«

»Hast du die Waben schon herausgenommen?«

»*Ita est.* – Ja.«

»Schade. Ich wollte ...«

»Ist zu gefährlich«, sagte der alte Mann. »Ich habe nur noch dies eine Netz. Komm den Stöcken ja nicht zu nahe. Die Bienen sind noch erregt und angriffslustig.«

Quintus schaute zu den Stöcken hinüber. Was hatte er vom Großvater nicht alles gelernt: dass man die Waben ganz vorsichtig aus den Körben herausnehmen muss, weil ihre kunstvollen Bauten aus Wachs sehr empfindlich sind, dass die Öffnungen der Körbe, die den Bienen als Eingänge dienen, tiefer liegen müssen als die rückwärtigen Teile, damit das Regen-

* Da die Römer nicht unser »Ja« kannten, mussten sie es umschreiben, z. B. mit »So ist es«.

wasser nicht einfließen und im Innern stehen bleiben kann.

»Weißt du, die Bienen sind sehr empfindlich«, fuhr der Großvater fort, »zu viel Sonne schadet ihnen ebenso wie Regen und Kälte. Darum ist es gut, wenn ihre Körbe von hohen und mächtigen Bäumen umstanden sind. Die Eichen halten im Herbst und Winter die kalten Stürme ab. Im Sommer aber kühlen ihre Blätter die Luft. In jedem Fall sollten die Bienenstöcke von einer Mauer umgeben sein, damit größere Tiere die Bienen nicht stören können. Und fließendes Wasser muss in der Nähe sein. Denn ohne Wasser können sie nicht auskommen.«

Wie oft hatte Großvater das schon gesagt, aber immer wieder hörte Quintus es gerne.

»Weißt du, Großvater, wie viele Bienen in einem Korb sind?«

»Nein. Aber es sind schon einige Tausend. Also das Wasser… Es ist gut, dass du Steine und Hölzer in das Bächlein gelegt hast. Dann können die Bienen nämlich wie auf Brücken stehen und der Sonne ihre Flügel zum Trocknen darbieten, wenn sie ein plötzlicher Windstoß bei der Rast übersprüht oder gar ins Wasser getaucht hat.«

Woher kam es, dass Großvater so viel wusste? Er sprach ohne Hast und Hetze, anders als der Vater, anders aber auch als andere ältere Männer, die Quintus kannte. Und Quintus dachte daran, dass Großvater lesen und schreiben konnte, wie es sonst bei Bauern nicht üblich war. In Quintus hatte der alte Mann einen gelehrigen Schüler und einen aufmerksamen Zuhörer gefunden, wenn er ihm von Göttern und Helden erzählte. Besonders hatte es Quintus die Geschichte von Castor und Pollux, den beiden Söhnen des Iupiter*, angetan, für die ein Tempel in Rom erbaut worden war.

»Jetzt stehen uns ja wieder die kühleren Nächte ins Haus«, unterbrach Großvater seine Gedanken, »da ist es wichtig, dass die Fluglöcher zum Sonnenaufgang hin stehen, damit die Bienen einen sonnigen Morgenausflug haben und munterer sind. Denn die Kälte macht sie träge. Deshalb müssen auch die Fluglöcher sehr eng sein, damit so wenig Kälte wie möglich durch sie eindringen kann.«

»Aber du hast an jedem Stock drei Löcher gemacht!«

»Gut beobachtet, mein Junge. Das ist gegen die Heimtücke der Eidechse, wenn es ihr doch gelingen sollte, die Stöcke zu erreichen. Sie lauert ja wie ein Torwächter den heraustretenden Bienen auf und tötet sie. Es kommen aber nicht so viele von ihnen um, wenn sie durch ein anderes Flugloch ihren Feinden entkommen können. – So, nun komm! Wir müssen uns beeilen. Die Bienen werden sich auf die Suche nach ihren geraubten Schätzen machen, da sind wir in Gefahr.«

So brachten die beiden die mit Honig gefüllten Waben so schnell wie möglich in einen der leeren Ställe. Der Großvater schloss sorgfältig die Tür und stellte einen Tontopf mit qualmendem Räucherwerk davor um den Bienen die Lust an der Verfolgung und am Eindringen zu nehmen. Dann holte er von der Wand ein geflochtenes Weidensieb, das unten spitz zulief wie ein Trichter, setzte es auf ein passgerechtes hölzernes Gestell und stellte eine hölzerne Wanne darunter. Gemeinsam sortierten sie die Waben. Teile, die Bie-

* Staats- und Reichsgott der Römer

nenbrut oder rote Brutmasse enthielten, wurden abgesondert.

»Sie haben einen schlechten Geschmack und verderben den Honig durch ihren Saft«, erklärte der Großvater. Er zerbrach die Wabenteile und warf sie mit ziemlichem Schwung in das Weidensieb. Dabei gingen viele der sechseckigen Waben zu Bruch und der goldene Honigsaft konnte austreten und nach unten in die Wanne abfließen.

Während Quintus es dem Großvater gleichtat, erklärte dieser ihm: »Man muss es machen, solange sie noch über die Wärme des Korbes verfügen. – So, nun lassen wir das Ganze über Nacht stehen. Morgen werden wir den Honig in irdene Gefäße umfüllen. Kannst mir dabei helfen … wenn du Lust hast!«

»Gern, Großvater.«

»Wird ja wohl das letzte Mal sein …«

Er hatte es nur sehr leise angefügt, mehr gemurmelt als gesprochen, doch Quintus hatte es verstanden, wagte aber nicht zu fragen. Großvater war schon einundsiebzig Jahre alt, in einem Alter, das nur wenige Menschen erreichten und das großen Respekt einflößte.

Als sie auf dem Hof die Hände in der Regentonne wuschen, sahen sie vor der Haustür einen eleganten zweirädrigen Wagen stehen, der von einem wohlgenährten Maultier gezogen war. Wer konnte das sein?

»Wir haben Besuch, Großvater!«

Großvater nickte fast gleichgültig.

In diesem Augenblick öffnete sich die Haustür und ein fremder, etwa fünfundvierzig Jahre alter Mann ging mit schnellem, selbstsicherem Schritt zu seinem Wagen, kletterte hinauf, gab dem Tier die Zügel und der Wagen verließ in einem weiten Bogen den Hof. Jetzt erst bemerkte Quintus seinen Vater, der in der

Tür stand und dem Fremden stumm und gedankenvoll nachblickte, bis dieser hinter den Eichen verschwunden war.

Großvater ging ins Haus, an Vater vorbei, ohne etwas zu sagen. Die beiden nickten sich nur traurig zu.

Silvanus

Kirkos kam mit seiner Schubkarre auf den Hof. Er hatte die letzten unbeschädigten Ziegel geladen und fuhr sie bis zum Stall. Dort lehnte die große Leiter an der Dachkante. Am unteren Ende stand eine Art hölzerner Schlitten, dessen ausgehöhlte Kufen genau auf die beiden Leiterholme passten.

Kirkos lud die Ziegel vorsichtig in den Kasten des Schlittens, kletterte dann über die Leiter aufs Dach, griff sich das Seil, das am Vorderende des Schlittens befestigt war, straffte es und rief: »Stell dich auf die unterste Sprosse, wenn ich anziehe!«

Quintus tat es, als der Kasten sich nach oben bewegte.

Kirkos rief noch einmal: »Fertig! Du kannst die Schubkarre in den Schuppen bringen!«

Als Quintus zurückkam, war Kirkos schon dabei, die Leiter waagerecht an den Sockel des Stalls zu legen. Quintus kam ihm zu Hilfe. Sie richteten sich gerade auf, als sich ein vierrädriger Wagen näherte, der oben von einer halbrunden Zeltbahn geschlossen war. Vier starke Maultiere zogen ihn. Als sie den Hof erreichten, hieß es »Brrr!« und die Tiere standen augenblicklich.

»Der hat uns gerade noch gefehlt!«, brummte Kirkos und knetete seine Nase.

Quintus verstand diese tadelnde Bemerkung nicht so recht, denn Gaius Silvanus war ein stets freundlicher, ja zuvorkommender und humorvoller Mann.

»Wir brauchen nichts.«

»He-he!« Silvanus lachte kurz auf. »Seit wann denn so ungastlich! Was ist los mit dir, Kirkos?« Und zu Quintus gewandt: »Scheint wohl heute mit dem linken Bein zuerst aufgestanden zu sein, hat danach eine Spinne und eine schwarze Katze gesehen!«

»Lass das!«, sagte Kirkos. »Wir brauchen nichts!«

Silvanus blieb vor ihm stehen, spielte den vollkommen Erstaunten und erklärte: »Na, das will ich von deinem Herrn persönlich hören! – Aber sag mal: Was war denn das eben für ein feiner Besuch, he? So fein, dass er noch nicht mal meinen Gruß zurückgab! Wer war das?«

»Keine Ahnung«, sagte Kirkos.

Und Silvanus: »Na ja, geht mich nichts an. Also, dann wollen wir mal ...«

Er öffnete die hintere Plane und schlug sie beidseitig zurück, damit man sich ein Bild von den geladenen Köstlichkeiten machen konnte. Während Kirkos von dieser wortlosen Einladung keine Notiz nahm, näherte sich Quintus dem Ende des Wagens und blickte hinein. Er sah Stapel verschiedenster Stoffe, versiegelte Krüge, verschnürte Körbe, einen Holzkasten mit verschiedenfarbenen Fläschchen und zahlreiche Säcke. Quintus wusste von früheren Besuchen, was die Behälter und Säcke enthielten: Wein, Gewürze, Aromastoffe, Arzneien, das sehr teure

Würzmittel *liquamen**, wovon er einmal heimlich gekostet hatte, so dass ihm drei Tage lang kein Essen mehr schmeckte.

In diesem Augenblick öffnete sich die Haustür. Seine jüngere Schwester Herennia kam heraus, gefolgt von dem kleinen Publius, der sofort auf Silvanus losstürmte, ihn keck an seiner Tunika festhielt und rief: »Hast du mir was mitgebracht? Hast du mir was mitgebracht?«

Silvanus lächelte ihm zu. Dann ging er zum Wagen, hob von einem mittelgroßen Tongefäß den hölzernen Deckel und entnahm dem Topf drei kleine dunkelrote Kugeln.

»Was ist das?«, fragte Publius.

Silvanus hielt ihm eine hin. Publius sah, dass sie glänzte. Farbe und Glanz verlockten unwiderstehlich und Publius griff sich vorsichtig die Kugel. Sie war klebrig. Mittlerweile waren auch Herennia und Quintus herangetreten und Silvanus gab ihnen die beiden andern. »Nun los! Steckt sie schon in eure Mäuler!«

Die Geschwister zögerten nicht, steckten sie in den Mund und kauten vorsichtig. Alle drei standen da mit sehr zufriedenen Gesichtern.

»Na, da seid ihr platt, wie?«, rief Silvanus. »Aber den Kern, den müsst ihr ausspucken.«

Sie taten es, leckten sich genussvoll über die Lippen, und endlich erklärte Silvanus: »Was ihr da gerade geschluckt habt, hat schon eine weite Reise hinter sich. Ihr habt soeben Früchte gegessen von einem Baum, der weit hinten aus Asia stammt. Die Griechen nennen ihn *kerasos.* So heißt nämlich die Stadt, in der

* Eine sehr scharfe Würzsoße, entfernt der heutigen Worcestersoße vergleichbar. Liquamen wurde aus Fisch hergestellt.

seine Früchte am besten gedeihen. Die Frucht heißt ebenso: *cerasus**. Sie ist schon im Mai und Juni reif, nicht erst im Herbst. Diese Früchte hier sind in Honig kandiert, damit man sie auch noch im Winter zum Nachtisch essen kann. Nun geht und erzählt eurer Mutter, wie köstlich sie euch geschmeckt haben, damit sie euch noch mehr davon kauft!«

»Das wird nicht nötig sein. Wir brauchen nichts.«

Gaius Cossinius, der Vater, war auf den Hof gekommen und näherte sich dem Wagen.

Silvanus ließ ihn nahe herantreten. Dann zwinkerte er aufgeregt mit den Augen, zog die Stirn in Falten und beugte sich vor: »Sag mal, was ist eigentlich hier los? – ›Wir brauchen nichts! Wir haben alles!‹« Er äffte den Vater nach. »Was ich habe, braucht jeder! Solltest deine Frau fragen, die kann das besser beurteilen.«

Staunend nahm er jedoch wahr, dass der Mann nicht auf seine herausfordernde Rede reagierte. Sie kannten sich an die zwanzig Jahre, lange genug um zu erkennen, wann den anderen Sorgen drückten, man konnte sogar sagen, sie waren gute Freunde, auch wenn sie sich nur selten sahen.

»Hast du etwas Zeit?«, fragte der Vater.

»Ich? Zeit? – Nie! Wo denkst du hin!« Dann zog er eine Grimasse: »Für dich immer! Wo brennt's denn?«

»Lass uns ins Haus gehen. – Und du kommst mit!« Das war an Quintus gerichtet.

Herennia und Publius blieben draußen und die ältere Schwester Cossinia wurde gerufen um auf sie aufzupassen.

Quintus warf Kirkos einen fragenden Blick zu, was

* Daher unser Wort Kirsche

das denn zu bedeuten habe, doch der tat so, als könne er ihn nicht verstehen. Aber auch er ging mit hinein.

Quintus war erstaunt, als der Vater den Weg zum großen Speisezimmer des Wohnhauses einschlug und nicht in die Küche ging. Man erreichte das Zimmer durch einen kleineren Vorraum. Quintus traute seinen Augen nicht, als er sah, dass die Tischplatte in der Mitte des Raumes mit Gebäck, Wein, Obstsaft und Wasser gedeckt war. Und die steinernen *clinen*, die drei großen Liegen, waren mit Decken und Kissen hergerichtet.

»Sag mal, hat hier einer Geburtstag?«, fragte Silvanus.

Er bekam keine Antwort, sondern nur den einladenden Wink auf einer der Liegen Platz zu nehmen. Der Großvater bekam die zweite, der Vater nahm die dritte. Quintus durfte neben dem Großvater Platz nehmen. Herennia, die Herrin, ließ sich auf einem hochlehnigen, gepolsterten Sessel nieder. Kirkos hatte die Tischgesellschaft zu bedienen, durfte sich dann aber auf einen Hocker neben den Vater setzen.

»Lieber Freund«, begann der Vater zu Silvanus gewandt und der so Angesprochene neigte langsam das Haupt. Alle waren mit einem Mal sehr ernst.

Der Vater fuhr fort: »Ich habe euch hierher gebeten und will nicht viele Worte machen. Du, Silvanus, sollst uns einen Rat geben.«

»Augenblick!«, rief Silvanus. »Ich weiß nichts, gar nichts. Du holst mich da einfach von meinem Wagen weg in dies piekfeine Zimmer und ich weiß gar nicht, worum es geht.«

In einem Zug leerte er die Schale, so dass Kirkos ihm auf einen Wink des Herrn nachgießen musste.

»Wusste gar nicht, dass du so einen edlen Tropfen im Hause hast! Ist wohl ...« Er schaute an die Decke und schmeckte den Wein auf der Zunge. »... ist ein Falerner* von vor sechs Jahren! Stimmt's?«

»Ja«, nickte der Vater. »Ist auch der letzte!«

»Oh, wenn du was brauchst ...«

»Danke! Ich brauche keinen mehr.«

Sofort war der Händler wieder ernst. »Also, würdest du bitte endlich erklären, was diese Trauergesellschaft bedeutet?!«

Auch der Vater nahm einen Schluck, trank den anderen kurz zu, setzte die Schale auf die Platte zurück und wandte sich an Quintus: »Ich habe dich, mein Junge, dazugeholt, denn du bist alt genug um unsere Lage zu verstehen. Und du wirst später einmal deinen Söhnen gegenüber Rechenschaft ablegen über das, was sich in diesen Jahren hier ereignet hat.«

Betretenes Schweigen folgte dieser ernsten Eröffnung und sogar Silvanus zähmte seine lockere Zunge für einen Augenblick.

Quintus nahm erstaunt zur Kenntnis, dass der Großvater bisher noch nichts gesagt hatte. Aber eigentlich war das nicht ungewöhnlich. Er konnte sehr lange schweigen, wenn er es für angebracht hielt.

»*Bene* ...« Der Vater hob den Blick und schaute Silvanus an. »Ich will dir reinen Wein einschenken. Wir sind am Ende ...«

»Was!?«, rief der Händler. »Am Ende? Ihr!? Ich habe heute schon bessere Scherze gehört. – Du bist am Ende mit dem Falerner von vor sechs Jahren und ich habe dir gesagt, ich werde dir neuen ...« Er schluckte. »Das musst du mir erklären!«

* Ein Wein aus der Campania südlich von Capua

»Da ist nicht viel zu erklären«, fuhr Gaius Cossinius fort. »Du kennst die Vorgeschichte...«

»Allerdings. Ihr habt den Hof wieder ganz schön hochgebracht! Hätte nicht jeder geschafft. Lobenswert! *Mehercule!*« Übertrieben anerkennend schaute er sich im Raum um und zeigte auf die gemalten Ranken, in denen sich Schmetterlinge und Vögel tummelten.

Der Vater aber erklärte sachlich: »Wir haben Schulden...«

»Wer hat sie nicht? Wenn du wüsstest, wer alles...« Er hielt inne, starrte Gaius Cossinius an: »Du bist in Schwierigkeiten?«

»Ita est.«

»Du kannst die Rückzahlungstermine nicht einhalten?«

»Ita est.«

»Man hat dir eine letzte Frist gegeben?«

»Ita est.«

»Bis wann?«

»Sie ist bereits überschritten.«

»Aha. Und der feine Pinkel, der eben mit seinem feinen Wagen an mir vorbeifuhr ohne meinen Gruß zu erwidern... War das einer von den Geiern?«

»Ita est.«

»Hm...« Silvanus kratzte sich am Kinn, nahm einen Schluck aus der Schale und sagte nach einer Weile: »Und was droht dir, wenn du nicht zahlst?«

»Es droht nicht, es ist bereits eingetreten!«

»Was?« Silvanus beugte sich vor. »Was ist eingetreten?«

»Wir haben den Hof und das gesamte Land verkauft.«

»Ihr habt... ihr habt verkauft?« Erschrocken stellte

er mit einem Ruck die Trinkschale zurück auf die Tischplatte. Dann wandte er sich an Quintus Cossinius Afer, den Großvater, der bisher geschwiegen hatte: »Verzeih, Patron... Stimmt das alles, was dein Sohn da zwischen zwei Schluck Falerner erzählt?«

Quintus Cossinius nickte bedächtig und erklärte: »Es ist so, wie mein Sohn gesagt hat. Hätten wir nicht verkauft, drohte uns ein entehrender Prozess in Rom, den wir nach dem juristischen Stand der Dinge verlieren müssen. Danach würde man das Anwesen und den ganzen Besitz weit unter Wert versteigern, damit die Gläubiger zu ihrem Geld kämen.«

»Aber das ist jetzt doch nicht viel anders!«, rief Silvanus. »Wer unter Zwang verkauft, tut es immer unter Wert! Immer! Warum habt ihr mir nichts davon erzählt!?« Er sprang auf und ging aufgeregt auf und ab. Dann blieb er stehen und sagte: »Ich hätte euch den Hof samt Land für einen ordentlichen, einen angemessenen Preis an einen Interessenten verkauft! Ich kann's einfach nicht fassen...« Er schüttelte traurig den Kopf. »Wer ist es? An wen habt ihr denn...« Er nahm wieder Platz.

»An einen gewissen Publius Alfenus Varus!«

»Kenn ich nicht!«

Gaius Cossinius schaltete sich ein: »Kannst du auch nicht kennen. Er stammt aus dem Norden, aus dem Diesseitigen Gallien*, aus Cremona.«

»Aus Cremona, so! – Aber das war er doch wohl nicht eben, der mit dem feinen Wagen?«

»Nein, natürlich nicht«, erklärte der Großvater. »Das war einer seiner Sekretäre.«

* Das Diesseitige Gallien ist die heutige Lombardei, die Po-Ebene in Norditalien.

»Sekretäre?«
»Ja, einer seiner Sekretäre.«
»Und was macht ihr nun?«
Gaius Cossinius seufzte, warf seiner Frau einen ernsten Blick zu und erklärte: »Unsere Schulden bezahlen.«
»Und dann?« Silvanus konnte sich nicht beruhigen. »Ihr könnt doch nicht hier wohnen bleiben – oder?«
»Nein, es sei denn, wir würden als Landarbeiter arbeiten. Aber das ist dem neuen Besitzer natürlich zu teuer. Er wird hier einen Teil seiner Sklaven beschäftigen.«
Sie schwiegen alle eine Weile und jedem stand der Ernst der Lage im Gesicht.
Endlich erklärte Gaius Cossinius: »Wir haben dir das erzählt, weil wir meinen, du könntest uns einen Rat geben.«
»Einen Rat?« Silvanus zwinkerte wieder. »Was habt ihr denn vor?«
»Nun, es bleibt uns ja nichts anderes, als diesen Ort zu verlassen.«
»*Certo.* Und wohin wollt ihr?«
»Nach Rom.«
»Ha!«, rief Silvanus und sprang wieder auf. »Nach Rom! Natürlich! Nach Rom! Denn da fliegen einem ja die gebratenen Tauben ins Maul!« Er ging wieder auf und ab und schüttelte entrüstet den Kopf. Dann blieb er vor der Tischrunde stehen, beugte sich vor und hielt beide Hände mit den Innenseiten nach oben: »Ja, meint ihr denn, man hat da auf euch gewartet?«
»Natürlich nicht«, sagte Gaius Cossinius leise. Und der Großvater erklärte: »Ein Vetter von mir wohnt in der Stadt.«

»Ein Vetter«, wiederholte Silvanus und die Übrigen ahnten Schlimmes. »Was macht der denn?«

»Er war Töpfer.«

»Was heißt, er war?«

»Es ist lange her, dass ich ihn gesprochen habe.«

»Wie lange?«

»Ich denke, an die zehn Jahre...«

»Ha!«, ereiferte sich Silvanus wieder, »in zehn Jahren kann viel passieren! In acht Jahren hat Caesar Gallien erobert, ein Land, größer als Italien! In den letzten zehn Jahren hat Rom ein paar Mal gebrannt, ist der Tiber mehrmals über seine Ufer getreten! ... Bei allem Respekt, Quintus Cossinius« – er verbeugte sich vor dem alten Mann – »ich rate dir und deiner Familie: Bleibt hier! Versucht in Caere, in Tarquinia oder in einer anderen Landstadt Fuß zu fassen. Warum muss es denn immer Rom sein!?«

Gaius Cossinius schaltete sich ein: »Weil es in Rom erheblich verbilligtes oder sogar kostenloses Getreide für freie römische Bürger gibt.«

»Hm«, brummte Silvanus. »*Certo.* Und wovon bezahlt ihr alles andere? Schuhe? Kleidung? Wasser? Wein? Und vor allem: Wo wollt ihr die Miete für eine Wohnung hernehmen?«

»Siehst du«, sagte der Vater, »das ist der Punkt. Wir dachten, du könntest uns dabei helfen, fürs Erste eine Bleibe zu finden. Wir haben ja noch einiges an barem Geld vom Verkauf übrig. Davon können wir zehren und uns eine Zeit lang am Leben erhalten.«

Silvanus stützte den Kopf in die Hand, reckte sich dann und nickte ihnen zu: »Ich werde sehen, was ich tun kann. Wann zieht ihr aus?«

»In drei Tagen.«

»Gut. Ihr werdet von mir oder einem Boten Nachricht bekommen. – Aber jetzt muss ich weiter. Der Wein war ausgezeichnet.«

Auch die andern hatten sich erhoben und begleiteten den Mann, von dem sie hofften, dass er Einfluss auf ihr künftiges Geschick nehmen könnte, bis zu seinem Wagen und sahen ihm nach, bis er hinter den Eichen verschwunden war.

Die Fahrt

Gegen Mittag des übernächsten Tages kam von Silvanus durch einen Boten folgende Nachricht: »Mein Herr Silvanus trifft euch morgen Abend am rechten Ufer des Tibers beim Pons Aemilius*. Ihr sollt dort warten, bis er selbst oder einer seiner Leute kommt und euch abholt. Ihr dürft auf keinen Fall mit eurem Wagen am Nachmittag in die Stadt hineinfahren. Das ist verboten und wird von den städtischen Beamten streng geahndet. Stellt euren Wagen so, dass er den Verkehr nicht behindert.«

›Seltsame Bestimmung!‹, dachte Quintus. ›Warum darf man am Tage nicht mit einem Wagen durch die Stadt fahren?‹

Er suchte Kirkos, der eben noch beim Wagen gestanden und die Radnaben geschmiert hatte. Der Gute war gerade damit fertig und begutachtete das ganze Gefährt noch einmal mit kritischem Blick.

* Pons = Brücke, Pons Aemilius = Aemilische Brücke

»Wird er's schaffen...?«, fragte Quintus, ihn prüfend anschauend.

Kirkos nickte. »Wird vielleicht seine letzte Fahrt sein!«

Quintus schwieg dazu, fragte aber: »Warum darf man denn in Rom am Tag nicht durch die Stadt fahren? Ich meine, mit einem Wagen?«

»Hm...« Kirkos fasste nach seiner Nase. »Ich habe noch die Zeiten erlebt, als das erlaubt war. Da gab es zu gewissen Stunden am Morgen kein Vor und kein Zurück mehr. Am Morgen kamen nämlich Hunderte von Bauern aus der Umgebung um auf den verschiedenen Märkten ihr Gemüse, Obst, ihre Eier und Hühner und was sonst noch alles zu verkaufen. Außerdem fuhren viele Römer mit leichten Wagen durch die Stadt. Also, du kannst dir das Durcheinander nicht schlimm genug vorstellen!«

Quintus hing an seinen Lippen, denn Kirkos war, außer dem Großvater, der Einzige, der ihm auf seine vielen Fragen befriedigende Antworten geben konnte.

»Weißt du denn, wo das ist?«

»Was?«

»Der ... Pons Aemili –?«

»Aemilius! Der Pons Aemilius. – *Certo.* Das ist eine der großen Steinbrücken, die über den Tiber in die Stadt Rom führen. Die Brücke hat den Namen nach ihrem Erbauer, einem Senator Aemilius. Viele Brücken heißen nach ihrem Erbauer.«

Quintus hatte noch viele Fragen, aber er wollte Kirkos nicht weiter bei der Arbeit stören. Er selbst wiederum wurde den ganzen Tag von seinen jüngeren Geschwistern Herennia und Publius ausgefragt. Und wie Kirkos ihm, so gab er den beiden Kleinen geduldig Auskunft.

Der Abend dieses Tages war anders als alle Abende, die Quintus jemals in diesem Haus erlebt hatte. Es lag eine ganz seltsame Stimmung über den Räumen, denn jeder machte sich bewusst, dass er dies alles zum letzten Mal sehen würde: die abgetretenen Steinstufen, die abgewetzten Türschwellen, die schiefen Eichenbalken, die verrußte Küche, den gemauerten Herd, die schon wieder verblassenden Farben der gemalten Girlanden im *triclinium,* dem Speisezimmer. Quintus ging, solange es noch hell war, durch das Haus und suchte sich jede Einzelheit, die zu seinem bisherigen Leben gehört hatte, tief einzuprägen. Ja, er schloss mehrmals probeweise die Augen und rief sich das Bild des eben Gesehenen in Erinnerung. Der Einzige, der sich ganz offen freute, war Publius. Wie närrisch sprang er durch die Räume, fragte jeden, ob es auch stimme, dass sie morgen nach Rom führen, und verstand nicht, warum die anderen denn so still und in sich gekehrt waren.

An diesem Abend konnte Quintus lange nicht einschlafen. Doch war es nun nicht mehr die Trauer über den Abschied, sondern die Neugier auf das Ziel der Reise. *Roma!* – Größte Stadt Italiens! Vielleicht gar des ganzen Erdkreises! Sitz der Regierung des Imperiums, des Reiches, dessen Größe er sich nicht vorzustellen vermochte. Hunderte, Tausende, Hunderttausende von Menschen wohnten dort. Er sah sie vor sich, wie sie sich durch enge Gassen zwängten. Keiner beachtete den andern. Er sah die reichen Römer vor sich, prächtig in teure Stoffe gekleidet, die er sich nun golden und silbern glänzend vorstellte. Dann fiel ihm das Fahrverbot ein und er sah wiederum leere Straßen ohne Wagen, aber auch ohne Menschen. So wechselten die Bilder vor seinem inneren Auge in immer schnellerer Folge ab und er merkte nicht, wie er endlich einschlief.

Natürlich passte nicht alles auf den Wagen, was die einzelnen Familienmitglieder mitnehmen wollten. Quintus musste seinen Bogen samt Köcher und Pfeilen zurücklassen und Herennia eine Wiege für ihre Puppen. Doch nur der verwöhnte Publius machte Geschrei, als man ihm klarmachte, dass er seinen kleinen Zwergziegenbock nicht mitnehmen könne. Aber wie sollte er verstehen, dass es dafür in der Stadt keine Bleibe gab.

Großvater und die schon fast erwachsene Cossinia würden übrigens noch ein paar Tage zurückbleiben, denn Großvater musste das Anwesen an die neuen Besitzer übergeben. Gemeinsam wollten sie dann nachkommen, wenn alles erledigt war.

Auch so war der Wagen schon überladen, weniger vom Gewicht der verpackten und verschnürten Dinge her als von der Sperrigkeit der Möbel, die unbedingt mit nach Rom sollten. Das waren vor allem mehrere große, schwere Truhen, voll gepackt mit den Ober- und Unterkleidern der Familienmitglieder, mit der Festkleidung und den noch vorhandenen teuren Stoffen, aus denen Herennia nach Bedarf die Tuniken für ihren Mann und für die beiden Jungen nähen wollte.

Wichtig waren auch die Vorräte an Getreide, Schinken, Käse, kandiertem Obst. Und natürlich Großvaters Honig! Man würde in der Großstadt froh sein solche Köstlichkeiten zu besitzen. Auch das Wachs der Waben, eingeschmolzen in Barren, wurde mitgenommen. Der Vater erklärte sein Werkzeug für besonders wichtig und nahm verschieden große Hämmer, Zangen, Meißel, Bohrer, Nägel und Ösen in einer Kiste mit. Nur einen kleinen Rest ließ er dem neuen Besitzer zurück.

Quintus Cossinius Afer, der Großvater, hatte längliche Dosen mit Lederriemen sorgsam zusammengebunden. Sie enthielten einige ihm besonders kostbare Handschriften, darunter eine Abschrift nach Cato dem Censor, der vor über hundert Jahren gelebt und ein Buch über die Landwirtschaft geschrieben hatte. Einige Kapitel daraus besaß er und sie waren sein ganzer Stolz. Quintus, der Enkel, hatte ihn oft darin lesen sehen und hören, wenn er allein war. Mit dem Zeigefinger der linken oder der rechten Hand ging er behutsam Zeile für Zeile entlang und sprach den Text so aus, als ob er vor einem großen Publikum redete. Von dem Großvater hatte Quintus ja auch Lesen und Schreiben gelernt. Und er konnte beides mindestens so gut und so schnell wie der Großvater.

Zusammen mit dem Vater und Großvater ging Quintus noch einmal durch das leere, stille Haus, und der Abschied war nun, am Morgen des Aufbruchs, nicht so schwer, wie er es gestern Abend befürchtet hatte. Als sie dann zum Wagen zurückkamen, aufsaßen und Großvater und Cossinia winkten, bemerkte Quintus, wie der Mutter Tränen über die Wangen rannen. Da legte er kurz den Arm um sie und sagte leise zu ihr: »Wenn ich groß bin, wirst du den Hof wiederbekommen. Ich schwöre es!«

Da lächelte seine Mutter unter Tränen und drückte kurz die Hand ihres Sohnes. Sie wurde auch schon abgelenkt von Publius, ihrem Jüngsten, der über das Gepäck nach vorne krabbelte und mit seinen Fragen begann: »Fahren wir jetzt? Wann fahren wir? Fahren wir den ganzen Tag? Warum fahren wir nicht den ganzen Tag? Warst du schon einmal in Rom? Wie groß ist Rom? Warum ist Caere nicht so groß?«

Längst hatte sich der Wagen mit dem Maultier in

Bewegung gesetzt. Und obwohl er jeden Baum, jeden Busch, jeden Stein in der Wagenspur kannte, schaute sich Quintus alle Einzelheiten am Wege genau an. Er würde lange davon zehren müssen. Er wusste es, denn ein unbestimmtes, drohendes Gefühl war in ihm, das ihm sagte, er würde lange voll Trauer und Sehnsucht sein.

Sie waren bereits in die Talstraße eingebogen, da grüßte Caere wie zum Abschied von der Höhe herab. Die nächsten Meilen brachten sie der Küste bei der Hafenstadt Alsium näher. Doch bevor sie die Stadt erreichten, bogen sie in die *Via Aurelia* ein. Hier zeigte ein Meilenstein an, dass sie noch fünfundzwanzig Meilen von Rom entfernt waren.

Kirkos glänzte mit seinen Kenntnissen: »Die Entfernungen werden immer von Rom aus gemessen. Immer von Rom aus! Vom Mittelpunkt der Stadt! Vom Forum!« Dazu nickte er mehrmals eifrig und Quintus nickte ebenfalls.

Die Straße war in hervorragendem Zustand. Die Steinplatten lagen plan und dicht beieinander, es gab keine herausstehenden Buckel wie auf den Landstraßen. Der Wagen und seine Last wurden nicht alle paar Schritt durchgerüttelt. Und auch für das Maultier war es so recht angenehm.

Quintus staunte über die große Zahl der Reisenden zu dieser frühen Stunde und ihm fiel auf, dass die meisten zu Fuß unterwegs waren. Viele machten einen müden, heruntergekommenen Eindruck; andere sahen krank aus; manche hatten Glück gehabt und auf einem leer zurückfahrenden Wagen einen Platz ergattern können. Er sah aber auch andere, kräftige junge Männer, die es eilig hatten und sich im Laufschritt fortbewegten.

Das antike Rom und seine Umgebung

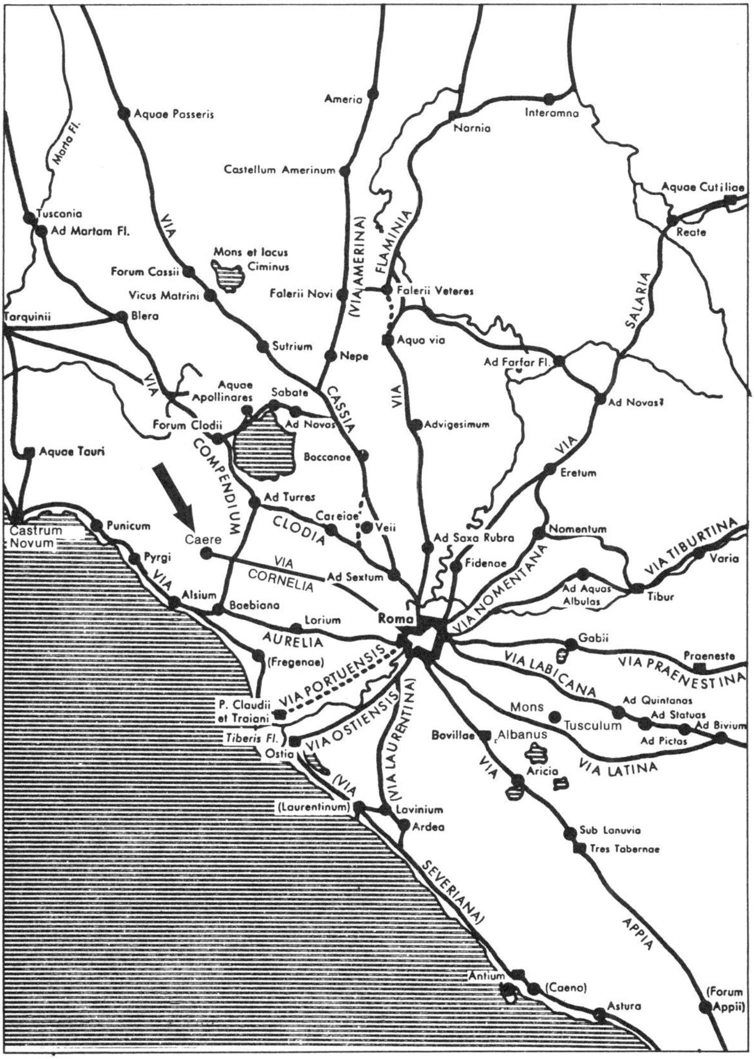

Kirkos wusste auch dies zu erklären: »Das sind Botengänger. Sie sind im Auftrag ihrer reichen Herrn mit Briefen und wichtigen Nachrichten unterwegs. Man kann sich solche Leute in der Stadt auch mieten. Das ist aber nicht billig.«

Die Straße verlief nun in östlicher Richtung und entfernte sich allmählich von der Küste. Sie überquerten zahlreiche Bäche und kleine Flüsse, die vom Apennin herunterkamen, die aber zur Zeit wenig Wasser führten. Das konnte sich nach einem Gewitter mit Platzregen freilich schnell ändern. Die Sonne stieg höher und es wurde von Viertelstunde zu Viertelstunde heißer. Der Vater ließ bei einer Ausfahrt halten und zusammen mit Kirkos spannte er eine leichtere Plane über die Holme als Schutz gegen die Sonne, die in den ersten Stunden des Tages von einem wolkenlosen Himmel stach. Gegen Mittag wurde es dann dunstiger, Wolken zogen auf, doch mit ihnen kam drückende Schwüle. Am Nachmittag konnte es womöglich zu einem Gewitter kommen. Sie hofften bis dahin eine Herberge erreicht zu haben.

Die Schwüle blieb, doch es regnete nicht. Sie kamen nur langsam voran, da sie an Steigungen alle vom Wagen stiegen, damit das Maultier seine Kräfte nicht verausgabte. So erreichten sie gegen Mittag das Städtchen Lorium. Der Meilenstein beim Forum zeigte noch zwölf Meilen bis Rom.

»Wir haben die Hälfte!«, erklärte der Vater. »Wir sollten hier eine Pause machen, denn wir dürfen ja vor Abend nicht in Rom einfahren.«

Quintus dachte an Großvater und an Cossinia und er fragte den Vater: »Ob Großvater uns in Rom auch findet?«

»Silvanus wird unseren Wagen übernehmen und

Großvater und Cossinia abholen. Er weiß ja, wo wir wohnen.«

Quintus war beruhigt. Sie stellten den Wagen in den Schatten großer Bäume und machten es sich bequem, aßen Brot und Käse, tranken vom kühlen Brunnenwasser, das Kirkos in einem großen Krug herbeiholte. Auch das Maultier wurde ausgespannt, bekam Hafer und Wasser und döste dann stehend im Schatten der Bäume.

Der Ort erinnerte Quintus in seiner mittäglichen Erstarrung an Caere. Gegen die achte Stunde,* als die Luft über dem Platz flimmerte, gab der Vater das Zeichen zum Aufbruch. Sie mussten vor Einbruch der Dunkelheit den Pons Aemilius erreichen, wie es ausgemacht war. Das bedeutete, dass sie noch etwa vier bis fünf Stunden unterwegs sein würden. Alle waren nun sehr müde, auch das Maultier, so dass Kirkos des Öfteren zur Peitsche greifen musste; doch tat er dies mehr um das Tier zu erschrecken als ihm wehzutun.

Stunde für Stunde ging dahin. Links veränderte sich die gebirgige Landschaft kaum, rechts wurde sie flacher, weiter, größer. Irgendwo im fernen Dunst am Horizont musste das Meer sein. Quintus fiel auf, dass ihnen nun mehr Menschen, Tiere und Wagen aus der Stadt entgegenkamen, während die Zahl derer, die sich auf Rom zu bewegten, abnahm. Erst als sie nur noch eine, zwei Meilen von dort entfernt waren, nahm der Verkehr wieder die Formen an, die sie vom späten Vormittag her kannten. Kirkos war besorgt, ob das linke Rad den Rest der Strecke noch bewältigen

* Gegen 14.00 Uhr nachmittags
(vgl. hierzu die Zeichnung ›Römische Tageseinteilung‹ auf Seite 267)

würde. Es quietschte immer lauter auf der Achse und er musste mehrmals einige Löffel des teuren Olivenöls vorsichtig auf die Achse tropfen, denn sonst hätte die Reibung die Nabe zu sehr erhitzt und schließlich zum Glimmen gebracht. Auch so knarrte es noch gefährlich genug.

So erreichten sie endlich den Ianiculum, den letzten Hügel vor Rom auf der rechten Seite des Tibers. Hier war die Via Aurelia gesäumt von zahlreichen Gräbern, darunter auch großartige Monumente wohlhabender Römer. Von der Höhe reichte der Blick weit über Rom und die Campania, die Landschaft von Latium. Vater ließ noch einmal anhalten, und Kirkos und Quintus sprangen vom Wagen herab und schauten in das vor ihnen ausgebreitete Land. Großvater hatte immer von sieben Hügeln gesprochen, auf denen die Stadt erbaut sei. Quintus suchte und zählte, bekam aber mehr als sieben zusammen, weil kleinere Erhebungen das Bild verwirrten und er nicht wusste, welche davon die Haupthügel waren, die seit siebenhundert Jahren die Stadt bildeten.

Kirkos stellte sich neben Quintus und beide wanderten langsam mit dem Auge über das Panorama. Ganz links begannen sie und Kirkos erklärte: »Schau, dort fließt der Tiber im großen Bogen an der Stadt vorbei. Auf dem flachen und breiten Ufer liegt das Marsfeld; es heißt so, weil hier vor einem jeden Kriegszug die jungen Rekruten für Mars, den Kriegsgott, gemustert werden. Und gleich daneben! Siehst du die breit hingelagerten, mächtigen Gebäude? Erkennst du das halbkreisförmige Theater mit den ansteigenden Sitzreihen? Daneben, die lang gestreckte Rennbahn, das ist der Circus Flaminius, wo die großen Pferderennen stattfinden. Zur Stadt hin, nach rechts, siehst du größere und kleinere Tempel, aber auch schon mehrstöckige Wohnhäuser. Und dann kommt der Capitolsberg: Er ragt steil auf, und was da in der Abendsonne golden schimmert, ist das Dach des Iupitertempels.« Kirkos streckte den Arm aus und deutete bis zum Horizont. »Weiter im Hintergrund erkennst du noch die flachen Dächer der vielen großen Häuser und Villen auf den Hügeln des Esquilinus und – davor gelagert – des Palatinus. Davor liegt – vom Hügel des Aventinus halb verdeckt – der Circus Maximus, der Große Circus! Und hier gleich vor uns, am Fluss«, Kirkos' Hand zeigte nach unten, »der Hafen mit den Kais.«

Das war eine lange Rede und Quintus bewunderte Kirkos' Wissen. Er schaute auf das Wasser: Hunderte von Schiffen, Booten und Kähnen lagen dort vertäut und an vielen wurde immer noch gearbeitet, be- und entladen, solange das schwindende Licht des Tages noch ausreichte. Am Horizont, gegen Osten, die Albaner Berge, im Dunst blaugrün schimmernd. Quintus konnte sich nicht satt sehen und wäre am liebsten noch länger auf der Höhe des Ianiculums stehen geblieben. Aber Vater drängte zur Weiterfahrt.

Ankunft

Dann ging es bergab. Kirkos musste die Bremse ziehen, sonst hätte der schwere Wagen das Maultier vor sich her getrieben. Aufmerksam schaute Quintus sich nach allen Seiten um. Das also war Rom? Eine Anhäufung hässlicher, zum Teil baufälliger Holzhütten und heruntergekommener Fachwerkhäuser? Dazwischen enge Gassen, die von der Via Aurelia nach Nord und Süd abzweigten. Schäbige Wohnhäuser wechselten mit Nutzbauten jeder Art, Werkstätten von Töpfern und Tischlern, Läden von Elfenbeinschnitzern, Bäckereien, Schuhmacherwerkstätten. Dann kam von rechts ein penetranter Geruch, der, als der Wagen näher heran war, schier unerträglich wurde.

Kirkos erklärte: »Das sind Gerbereien. Aus den Häuten der Rinder, Schweine, Ziegen und Schafe stellen sie Leder her.«

Quintus war froh, als sie daran vorbei waren. Solche Betriebe schienen meist am Rande eines Viertels zu liegen. Nun änderte sich das Bild. Je näher sie dem Tiber und dem Pons Aemilius kamen, um so mehr Krämerläden lagen rechts und links am Wege, auch Herbergen. Doch machten sie alle nicht den saubersten Eindruck. Andere Gerüche zogen in Schwaden vorbei. Es roch nach gebratenem Fisch, nach Essig, Wein und fremdartigen Gewürzen. Nun nahm das Getriebe der Menschen wieder zu. Lastträger waren mit Ballen, Säcken, Kisten, Hölzern und Stangen unterwegs. Andere kutschierten hoch mit Säcken beladene Ochsenkarren. Und überall lagen hier in verschiedener Größe, Ausdehnung und Höhe Lagerschuppen und Hallen, die kleineren aus Holz, die großen aus Ziegel und Naturstein. Schließlich, beim Tiber, gab es nur noch Speicher, die bis nahe an den Fluss gebaut waren.

Plötzlich ein Ruck und der Karren stand. Sie konnten nicht weiter. Vor ihnen eine ganze Schlange von Wagen und Karren, teils von Tieren, teils von Menschen gezogen. Quintus reckte sich und schaute nach vorne. Die Wagenkolonne reichte bis zur Brücke.

»Ich will meine Milch!«, jammerte Publius.

Seine Schwester Herennia wies ihn zurecht: »Meinst du vielleicht, wir sind nicht durstig?«

Die anderen beachteten das Jammern des Kleinen zunächst nicht, und erst als Publius zu heulen begann, zog die Mutter ihn zu sich herüber und reichte ihm die Brust.

Der Vater war vom Wagen geklettert, Kirkos ebenso, und Quintus folgte ihnen. Die Männer schauten sich suchend um. Doch da war niemand, der auf sie wartete. Sie waren ja auch schon etwas früher am Ort, als sie mit Silvanus ausgemacht hatten.

»Wahrscheinlich rechnet er so früh nicht mit uns«, sagte Vater und Kirkos nickte stumm dazu.

Hinter ihnen waren bereits mehrere Wagen aufgefahren. Sie befanden sich unmittelbar vor einer Straßenkreuzung und es gab einige, die an ihnen vorbei und rechts oder links abbiegen wollten. Da aus diesen Seitengassen aber mehrere Karren und Fuhrwerke herausdrängten, kam es immer wieder zu Stockungen und die einheimischen Wagenführer schimpften derb und hart auf die Neuankömmlinge: »Was will das Pack hier? Sollen doch bleiben, wo sie hingehören! Tagediebe! Faulpelze! Als ob hier die Insel der Seligen wäre!«

Es nützte ihnen dennoch nichts, sie mussten warten, bis die Ochsen samt Wagen langsam und behäbig vorbeigetrottet waren. Quintus betrachtete neugierig das Tun und Treiben der Menschen. Zum ersten Mal in seinem Leben sah er eine Sänfte, die von vier Sklaven getragen wurde. Dann noch eine, die kleiner war und eigentlich einem getragenen Stuhl glich. Seltsam, es saß niemand darin. Als schließlich noch weitere dieser bequemen Verkehrsmittel leer vorbeigetragen wurden, fragte Quintus den Vater, was das zu bedeuten habe.

»Keine Ahnung«, sagte dieser und Quintus spürte, dass er in Gedanken bei anderen Dingen war. Auch Kirkos hob die Schultern und fand dafür keine Erklärung.

Während Quintus noch den eilig sich entfernenden Trägern nachschaute, näherte sich von der anderen Seite ein Bettler, in zerfetzte Lumpen gehüllt. Schon in zehn Schritt Entfernung begann er zu lamentieren: »Eine milde Gabe für den todkranken Vater einer zehnköpfigen Familie! Die Götter mögen euch den Dienst lohnen! Krank sind sie alle … alle! Die Götter mögen euch …« Dabei verbeugte er sich in einem fort und hielt ihnen seine offene Hand entgegen.

Quintus, den diese krumme Gestalt, die ausgemergelten Züge und dieses Gehabe betroffen machten, wollte gerade den Vater bitten dem armen Mann ein *as** zu geben, als er sah, dass von der Seite weitere dieser unterweltlich anmutenden Elendsgestalten herangehumpelt kamen. Sie bildeten fast einen Belagerungsring um die Neuankömmlinge. Alle beteten sie ihre Litanei mit flehenden Blicken, erhobenen Händen, krummen Rücken und sogar ihre Stimme wirkte schütter wie ihr Haar. Im gleichen Augenblick war Quintus' anfängliches Mitleid verschwunden und einem anderen Gefühl gewichen: War es Angst? Ekel? Oder war es, weil er plötzlich ihr Gehabe, ihre Humpelei, ihre gichtigen Hände als Schauspielerei zu entlarven meinte? Schnell blickte er vom einen zum andern, sah die Lebendigkeit ihrer Augen und sie schien ihm in Widerspruch zum übrigen verwahrlos-

* Römische Kupfermünze

ten, Mitleid heischenden Zustand zu stehen. Sie kamen immer näher heran, begannen aufdringlich mit ihren Händen nach ihm zu tasten; und einer griff tatsächlich blitzschnell nach seinem Hals um seinen Brustbeutel zu ergattern, was glücklicherweise misslang. Quintus sah auch, wie Herennia und Publius sich ängstlich an die Mutter schmiegten.

In diesem Augenblick ließ ein scharfer Knall sie alle zusammenzucken. Unmittelbar neben ihnen hielt ein Berittener an und ließ seine Reitgerte auf den Rücken des ihm zunächst stehenden Bettlers sausen. »Verdammtes Pack! Wollt ihr wohl die Straße freigeben! Schert euch in den Hades*, wo ihr hingehört!« Mehrmals schlug er auf die krummen Rücken ein.

Einige murmelten etwas wie »Gnade, Herr!« und »Erbarmen, Herr!«, aber der Reiter ließ sich nicht beirren und scheuchte sie von der Straße in die gegenüberliegende Seitengasse, rief hinter ihnen her: »Das nächste Mal kommt ihr mir nicht so ungeschoren davon!«

Dann wandte er sich um und gab mit der Hand ein Zeichen. Jetzt erst bemerkte Quintus den hohen Kastenwagen, der in einer starken Lederaufhängung schwebte. Vier Maultiere zogen an und der Wagen fuhr an ihnen vorbei. Der Reiter und zwei Sklaven zu Fuß schufen ihm Bahn.

Im Vorbeifahren warf Quintus einen Blick in das Türfenster und sah eine in feines Weiß gekleidete Römerin. Neben ihr das Gesicht eines Mädchens, das ihn, während der Wagen vorbeifuhr, mit großen blauen Augen anblickte. Das Gesicht bewegte sich nicht, zeigte keine Regung, kein Lächeln. Merkwürdigerwei-

* Der Hades ist die Unterwelt, der Aufenthaltsort der Toten.

se prägte es sich bei Quintus ein. Sahen die römischen Mädchen alle so aus?

Dann war der Wagen vorbei. Man hörte das sich entfernende Rattern der Räder auf dem Pflaster der Straße. Von den Bettlern war nichts mehr zu sehen.

»Ist ja noch mal gut gegangen!«, hörte Quintus plötzlich eine bekannte Stimme und wandte sich um. Silvanus war von der anderen Seite gekommen, ohne dass er es gemerkt hatte. Er begrüßte alle freundlich und erklärte: »Sie sind zu einer rechten Landplage geworden! Sie haben einen sechsten Sinn entwickelt für Neuankömmlinge vom Land, die die hiesigen Sitten und Gebräuche nicht kennen. Seid auf der Hut vor ihnen! Sie haben euch schneller ausgenommen, als ihr Luft holen könnt. Und wagt euch nie allein nach Einbruch der Dunkelheit hierher!«

»Das ist ja furchtbar!«, murmelte die Mutter auf dem Wagen und Publius begann zu heulen: »Ich will wieder nach Hause! Ich will wieder nach Hause!«

Natürlich hörte in diesem Augenblick niemand darauf, und als Publius es bemerkte, beendete er augenblicklich das Geschrei.

»Ich denke, am Tage darf man nicht mit Wagen durch die Stadt fahren!«, sagte Quintus und schaute Silvanus dabei an.

Silvanus lächelte: »Keine Regel ohne Ausnahme! Es gibt vornehme Familien in der Stadt, für die das Verbot natürlich nicht gilt. Es betrifft vor allem die Händler, die Bauern, die Transportunternehmer. Und da erfüllt die harte Bestimmung auch ihren Zweck. Was meinst du, wie es sonst drüben in der Stadt aussähe.«

Drüben in der Stadt... Sie waren ja noch immer auf

dem rechten Tiberufer in der Vorstadt Transtiberim*. Quintus war gleich aufgefallen, dass sie noch kein Stadttor passiert hatten. Er blickte nach vorne, zum Pons Aemilius, und ein neues Gefühl begann sich zu regen: die Neugier! Er war neugierig auf diese riesige Stadt, ihre Menschen, den Fluss, die Tempel, die Läden, den Hafen, die vielen Straßen. Konnte es möglich sein, dass dieser Wirrwarr – denn die ersten Eindrücke drangen ungeordnet auf ihn ein – einmal seine neue Heimat werden würde?

Silvanus sprach währenddessen mit dem Vater, nun redete er lauter, damit alle ihn vernahmen: »In einer Viertelstunde ist die Sonne hinter den Horizont gesunken, dann können wir aufbrechen…«

Die Insula

Es dauerte dann doch noch sehr lange. Die Wagen vor ihnen wollten auch in die Stadt und setzten sich nach und nach ganz gemächlich in Bewegung. Endlich kam die Reihe an sie. Quintus war wieder auf den Karren geklettert, setzte sich auf die Kante des Kastens, gleich neben Publius, der inzwischen in Mutters Armen eingeschlafen war.

Silvanus und der Vater gingen vor dem Maultier her und vor ihnen schritt ein großer blonder Sklave mit einer Laterne in der Hand. Leider war es schon dun-

* Transtiberim heißt wörtlich »Jenseits des Tibers« (von Rom aus gesehen).

kel, so dass sie den Fluss mehr hörten als sahen. Deutlich drang das Rauschen von den Pfeilern herauf, um die herum das Wasser zu Tal schäumte.

Vor sich glaubte Quintus einen größeren freien Platz zu erkennen. Nur schemenhaft nahm er die Umrisse mehrerer Tempel wahr, darunter einen von vollkommen runder Form. Aus mittlerer Entfernung hörte er Singen und Grölen, das ausgelassene Rufen und Scherzen von Männern, die wohl dem Wein reichlich zugesprochen hatten. Sonst war es hier still.

Dann wieder ein Halt! Eine Stimme von vorne, dann von der Seite: »Woher kommt ihr?«

»Aus Caere«, sagte der Vater.

»Was wollt ihr hier? Wohin?«

»Wir wollen ...«, begann der Vater und wusste nicht weiter.

Da schaltete sich Silvanus ein: »Gute Freunde von mir aus Caere! Wollen Verwandte besuchen in der Stadt.«

»Und dafür das ganze Gepäck?«, staunte der Posten am Stadttor.

»Alles nur Geschenke!«, log Silvanus. »Hier!« Man hörte das Aneinanderklingen von Münzen. »Müsstest mich eigentlich kennen, Mann! Silvanus! Silvanus der Händler!«

Der Posten schien zu überlegen und sich endlich an einen spendierfreudigen Händler zu erinnern, der ihm schon einmal, als er es abends sehr eilig hatte, einige Sesterzen zugesteckt hatte.

»Kann passieren!«, hörte man ihn nach vorne rufen und daraufhin wurde ein großes Tor geöffnet und hinter ihnen wieder geschlossen. Quintus hörte trotz des Ratterns der Räder auf dem harten Pflaster, wie Silvanus dem Vater erklärte: »Ist ja gut und notwendig, dass die Burschen so gut aufpassen. Könnte ja jeder kommen!«

Quintus überlegte, dass sie selbst durchaus »jeder« waren, und er empfand sehr deutlich, wie sich Silvanus in seiner Rolle als Romkenner und Freund der Torwächter gefiel.

Im schwankenden Licht der Laterne, die der Sklave vor ihnen her trug, waren nun kaum noch Einzelheiten rechts, links und vor ihnen zu erkennen. Direkt neben ihm stiegen die Wände dunkel nach oben, denn die Geräusche des Wagens, des Maultiers und der gehenden Männer hallten sofort wider. In dieser Straße lagen mehrere Schenken nebeneinander oder sich gegenüber und Silvanus musste sich bei einem Betrunkenen lautstark Respekt verschaffen, der vor ihnen über die Straße torkelte und sie durch sein Hin- und Herpendeln versperrte. Von da ab verlor Quintus die Orientierung. Er bemerkte, dass sie mehrmals die Richtung wechselten. Einmal glaubte er einen geheimnisvollen Schein am Himmel zu sehen, doch schon waren sie wieder in einer anderen Gasse, deren hohe Hauswände sogar den Himmel verdeckten. Kurz darauf hielt der Wagen auf einem großen Platz.

»Sind wir da?«, rief Schwester Herennia.

»Noch nicht«, erklärte Silvanus. »Ich muss aufpassen, dass ich den Weg nicht verfehle. Sich bei Nacht hier zurechtzufinden ist schon ein Kunststück, zumal niemand da ist, den man fragen kann.«

Dann hatte er sich schon entschieden. Das Maultier zog an und der Wagen rumpelte weiter.

»Ist doch gar nicht so schlimm!«, bemerkte Quintus zu Kirkos.

»Was?«, fragte dieser zurück.

»Das mit dem nächtlichen Verkehr!«

»Ha!«, lachte Kirkos. »Das kommt noch! Dann nämlich, wenn du im tiefsten Schlaf liegst. – Lange vor Sonnenaufgang kommen die Bauern aus der Umgebung mit ihren Wagen, fahren zu den Großmärkten und beliefern die Händler mit Gemüse, Fleisch, Eiern, Geflügel, Milch und Käse. Denn schon mit Sonnenaufgang müssen sie die Stadt wieder verlassen haben. Manche bauen ihre Stände dann noch bei den Toren auf und bieten dort ihre Erzeugnisse an. Jetzt aber, nach Sonnenuntergang, ist die Stadt am ruhigsten. Es sei denn, du wohnst über einer Kneipe.«

Nach einer Weile fragte Quintus: »Weißt du, wohin wir fahren?«

»Ja. In die *Subura.* Aber das sagt dir jetzt nicht viel. Wirst sie morgen und in den nächsten Tagen kennen lernen.«

»Was ist das, die Subura?«

»Hm... Die wohl dichtest bevölkerte Straße von Rom. Am Tag ist da kaum ein Durchkommen. Ich nehme an, Silvanus hat uns eine Wohnung in einer ihrer Seitenstraßen besorgt.«

»*Recte**. – Stimmt«, erklärte Silvanus, der mitgehört hatte. »Wird euch gefallen. Lauter nette Leute.«

Quintus machte sich eine eigene Vorstellung von den »netten Leuten«, sah allerlei fremde Gesichter vor sich, alte, junge, männliche, weibliche, und kam am Ende doch nicht damit zu Rande. Er bemerkte, dass es leicht bergauf ging, denn das Maultier ging langsamer mit kürzeren Schritten. Dann bogen sie nach links in eine Seitengasse ein und folgten ihr vielleicht fünfzig bis sechzig Schritt.

* Wörtlich: richtig

»Brrr!«

Der Wagen stand wieder. Quintus schaute um sich. Soviel er erkennen konnte im Licht der Laterne, hielten sie vor einer Toreinfahrt. Sein Blick wanderte nach oben. Aus einigen Fenstern kam Lichtschimmer von Öllampen oder Kerzen, andere waren dunkel. Es mussten über dem Erdgeschoss noch zwei Stockwerke liegen. In dem links anschließenden Hause schienen es drei oder mehr zu sein.

»So, dann wollen wir mal!«, sagte Silvanus und führte zusammen mit Kirkos Maultier und Wagen durch die Einfahrt in den Gang und wieder hinaus auf den Hinterhof.

»Wir müssen nämlich die Straße freimachen, verstehst du!«

An wen die Mitteilung gerichtet war, konnte Quintus nicht ausmachen. Der Vater, Kirkos und Quintus, alle drei, nickten.

»Lasst alles erst mal auf dem Wagen. Ich werde euch zunächst die Wohnung zeigen. Kommt!«

Silvanus gab seinem Sklaven Anweisung bei dem Wagen zu bleiben und aufzupassen.

Nun ging es zurück in den gewölbten Gang. Rechts erreichten sie durch einen Eingang das Treppenhaus. Silvanus ging voran, die andern folgten. Quintus ließ die Mutter mit dem schlafenden Publius im Arm vortreten. Als Kirkos das sah, nahm er den Jungen wie ein Paket aus ihren Armen in die seinen und trug ihn hinauf.

Die dicken Holzstufen knarrten, ja die ganze hölzerne Konstruktion der Treppe erzitterte unter dem Gewicht der sechs aufwärts steigenden Personen. Sehen konnte Quintus kaum etwas. Er hielt sich an seinen Vordermann. Immer wieder spürte er den Luftzug, der von den offenen Fenstern her wehte und mit zunehmender Höhe angenehm kühlte.

In der Höhe des zweiten Stockwerks über dem Erdgeschoss endete die Treppe. Aus einer halb offenen Tür fiel ein Lichtschein. Silvanus ging darauf zu, öffnete sie, machte dann eine übertrieben tiefe Verbeugung und lud die Familie zum Eintritt in ihr neues Zuhause ein. Quintus hatte sich flink vorgedrängt und trat gleich hinter dem Vater in den Raum. Es war ein kleines Vorzimmer. In der Ecke erkannte er im Licht einer Wandlampe die Latrine. Daneben standen mehrere Wasserkrüge, ein Bottich und mehrere Bürsten an Stielen, die nach dem Stuhlgang zur Reinigung des Gesäßes dienten. Ein Wasseranschluss war nicht vorhanden.

»Wasser ist unten auf dem Hof. An der Außenfront ist ein Brunnen. Sehr bequem!«

Mutter betrachtete das alles vorsichtig, ja ängstlich. Auf ihrem Hof bei Caere hatten sie fließendes Wasser in der Küche gehabt.

Sie gingen in den nächsten Raum, der wohl als Wohn-, Tages- und Essraum gedacht war.

»Gut, dass wir den Tisch mitgenommen haben!«, sagte die Mutter und Vater nickte. »Hier passt einiges hinein.«

Der Raum war kahl, die Wände gerade frisch gekalkt. Der Fußboden bestand aus gestampftem Lehm, in den zerstoßene Ziegelstückchen eingelassen waren. Die dicken, tragenden Bohlen lagen darunter auf Längs- und Querbalken.

»Vielleicht können wir uns noch ein paar Liegen und Hocker vom Hof holen«, sagte Mutter und die anderen nickten.

Der dritte Raum würde als Schlafzimmer dienen. Er hatte eine Nische, in die man die Truhe mit den Kleidungsstücken stellen könnte. Groß war der Raum nicht. Quintus konnte sich kaum vorstellen, wie sie alle hier schlafen sollten.

Vater musste dasselbe gedacht haben, denn er sagte schnell: »Publius und Herennia können in der Nische schlafen. Quintus und Cossinia, wenn sie hier ist, im anderen Zimmer.«

Das war Quintus sehr recht, denn er mochte seine ältere Schwester sehr.

»Und Kirkos?«, fragte er.

»*Interim fit aliquid.* – Kommt Zeit, kommt Rat*«, sagte Vater und kratzte sich am Kopf.

Kirkos aber erklärte: »Ich guck mich morgen mal um. Werde wohl irgendwo eine Ecke zum Schlafen finden in diesem Haus. Ist ja noch ein Speicher drüber.«

»Viel zu warm!«, erklärte Vater. »Und im Winter zu kalt!«

Kirkos knetete seine Nase, was er immer tat, wenn er im Augenblick nicht klar sah.

Aber es wurde an diesem Abend nicht weiter darüber gesprochen. Heute Nacht würde er zusammen mit Quintus im Essraum auf dem Boden schlafen.

Silvanus, der bisher geschwiegen hatte, rieb sich die Hände und rief laut: »Na, wie gefällt's euch denn? Was Besseres war in der Kürze der Zeit nicht aufzutreiben.«

»Was kostet die Wohnung?«, fragte Vater.

»Darüber reden wir morgen. Ich bringe euch dann den Verwalter.«

Vater hätte das zwar gerne noch an diesem Abend geklärt, musste sich aber in die Verhältnisse schicken.

* Wörtlich: Inzwischen geschieht etwas.

Und man konnte nicht nach Sonnenuntergang einen Hausverwalter aus seiner Privatwohnung holen nur um den Preis einer Wohnung zu erfahren, den man ohnehin zahlen musste, wollte man in dieser riesigen Stadt bleiben.

»Also dann bis morgen…«, murmelte der Vater und es klang müde.

Plötzlich hatte Silvanus es auch sehr eilig, er verabschiedete sich und versprach morgen gleich nach Sonnenaufgang da zu sein. Vater, Kirkos und Quintus begleiteten ihn bis nach unten. Auf dem Rückweg nahmen sie alles, was sie tragen konnten, mit nach oben. Am schwersten waren die beiden Truhen. Das Maultier konnten sie in einem hinteren Schuppen unterstellen, bis Silvanus es mitnehmen würde um Großvater und Cossinia abzuholen. Mutter breitete Decken und Felle auf dem Boden aus, und da sie alle müde von der Fahrt und den Aufregungen der letzten Tage waren, schliefen sie wider Erwarten bald ein.

Wie Kirkos es gesagt hatte, wurde Quintus am nächsten Morgen lange vor Sonnenaufgang von ununterbrochenem Rattern, Quietschen, Getrappel, Scheppern, Rufen, Brüllen und was sonst nicht allem geweckt. Eine Zeit lang blieb er ruhig liegen. Als die Dämmerung allmählich kam, verfolgte er, wie der Raum im frühen Licht seine Form zu erkennen gab. Und weil er vom Fußboden hochblickte, erschien er ihm riesig. Er schaute zur Seite und erkannte, dass auch Kirkos wach war, denn auch er starrte zur Decke und schien zu überlegen.

»Sind das die Wagen der Bauern?«, fragte Quintus.

»*Recte.* Und wir können von Glück sagen, dass wir in einer Nebenstraße untergekommen sind.«

»Kennst du die Gegend?«

»Ein wenig.«

Sie schwiegen. Quintus lauschte auf die Geräusche von draußen. Auch vor ihrem Hause fuhr jetzt ein Wagen vorbei. Er hörte, wie sich Leute begrüßten. Dann lachte jemand laut und kurz. Ein anderer fluchte. Darauf lachte der Erste wieder. Es schien Schadenfreude zu sein. Ein Dritter kicherte. Quintus setzte sich aufrecht. Er überlegte, ob er irgendetwas tun könne, was die Mutter erfreuen würde. Er stand auf und faltete die Decke zusammen, legte sie auf den Hocker, der als einziges Möbelstück in einer Ecke stand. Dann zog er seine Sandalen an, ging leise zur Tür und in den Vorraum. Dort erledigte er auf der Latrine sein Bedürfnis, wobei er peinlich darauf achtete, nicht mit dem übel riechenden, fauligen Holz des Sitzes in Berührung zu kommen. Er tat dies instinktiv, denn er ekelte sich davor. Auch auf dem Hof war es schon so gewesen, und wenn eben möglich, hatte er das Geschäft im Freien abgelassen.

Er stellte fest, dass zwei der Krüge voll Wasser, ein dritter leer war. Er nahm ihn und ging nach unten. Alles an diesem Hause machte den Eindruck, als ob es erst kürzlich errichtet oder wiederhergestellt worden sei. Die Wände waren weiß und sauber, die Bretter der Treppe und die Balken rochen nach Leinöl, auch der Außenputz schien in Ordnung zu sein, denn nirgendwo zeigten sich Risse.

Er trat auf den Verbindungsgang hinaus, der den Hof mit der Straße verband. Im Hof sollte es Wasser geben. Quintus ging langsam durch den Gang, und als er aus seinem Schatten trat, konnte er es kaum glauben, was er sah. Mitten in dieser hektischen Stadt gab es einen wunderschönen Garten, der mit Bäumen, Büschen, Marmorbecken, Bänken und Rasenstücken ausgestattet war. Kleine Nutzgärten waren durch Holzzäune voneinander getrennt. Die Beete waren sauber gepflegt. Die Apfel- und Birnbäume standen voll in der Frucht.

Dieser Garten zog sich an der ganzen hinteren Front nicht nur ihres, sondern auch des benachbarten größeren und höheren Hauses hin. Gleich vor ihm rieselte es aus einem kleinen Brunnen in ein Wasserbecken. Er ging hin und füllte den Krug, stellte ihn dann in den Schatten und trat einige Schritte vom Haus weg. Er wandte sich um und betrachtete neugierig die Rückseite dieser riesigen Häuserfront. Noch nie hatte er dergleichen gesehen. Er hätte es einfach nicht für möglich gehalten, dass man Gebäude von solcher Größe und Höhe bauen konnte. Da gab es Balkone, die auf drei flachen Bögen ruhten, und die wiederum lagen auf weit auskragenden Steinen auf. Dreifach wurden diese Steine zur Wand hin gestützt und alles machte einen sehr stabilen Eindruck. Auf einem Balkon hatte man eine Laube errichtet und es war tatsächlich Wein, der dort mächtig aus Krügen und Bottichen rankte. Vor anderen Fensterbänken hingen hölzerne Kästen, in denen die Bewohner heimische Gewürzkräuter zogen. Die Fensterkreuze unterteilten sich in noch kleinere und alle Rechtecke oder Quadrate waren mit Glas oder Pergament ausgefüllt.

Etwa zwanzig Schritt weiter entfernt stand ein ähnlicher Brunnen. Ein Mädchen mit braunschwarzem Haar schöpfte Wasser in ihren Krug und ging dann mit federndem Schritt zum Haus zurück. Hier und da wurde ein Fenster geöffnet. Frauen oder Männer beugten sich hinaus um nach dem Wetter zu sehen und um frische Luft zu schöpfen.

Quintus hob den Krug an und ging zurück in den

Gang. Er setzte ihn neben dem Eingang ab und eilte nach vorne, zur Straße hin. Er konnte es kaum glauben: Gestern Abend, gleich nach Sonnenuntergang, war ihm diese Straße leer erschienen, wie ausgestorben. Jetzt herrschte hier ein Treiben wie auf einem Volksfest. Von beiden Seiten war ein Kommen und Gehen, gingen Menschen vorbei, wie er sie noch nie gesehen hatte, einige trugen seltsame und fremdartige Kopfbedeckungen, große rote, um den Kopf geschlungene Tücher. Diese Männer hatten auch eine dunklere Hautfarbe.

Dann erschrak er: Da kam ein Mann, dessen Gesicht völlig dunkel, ja schwarz war, nicht nur sein Gesicht, auch die Hände und die Füße waren schwarz wie Ebenholz. Noch nie hatte er einen solchen Menschen gesehen. Am kurzen Haarschnitt vieler Männer erkannte er, dass sie Sklaven waren, die schon früh von ihren Herren zu Besorgungen losgeschickt worden waren.

Die Straße war nicht sehr breit, gerade so, dass zur Not zwei Karren aneinander vorbeifahren konnten. Im Augenblick trottete nur ein Esel, hoch beladen mit Säcken, vorbei, dessen Besitzer oder Treiber erst in fünf Schritt Abstand folgte. Es sah aus, als ob der Esel allein durch die belebte Straße ging und sich nicht um die Unruhe des Verkehrs um sich herum kümmerte. So viel erkannte Quintus freilich auch: In dieser Straße – und wohl auch in den benachbarten Gassen – wohnten keine reichen Herren, kein hochmütigen Landbesitzer, sondern hier war ein Zentrum des Handels, des Handwerks, der kleinen und mittleren Kaufleute. Er ging etwa hundert Schritt die Straße aufwärts – ihr Ende war nicht abzusehen, da sie sich dann krümmte – und stellte fest, dass sich hier auffallend viele Schuhmacherläden und Werkstätten in den Läden im Erdgeschoss, den *tabernae,* aneinander reihten. Und fast überall saßen die Meister mit ihren Gesellen und Sklaven vor den Eingängen bei der Arbeit, schnitten Leder zu, nähten es mit besonders kräftigen Nadeln, hämmerten an den Sohlen derberer Schuhe oder brachten feine Lederstreifen in die Form einer leichten Sandale. Aber auch einige Bäckereien gab es. Verlockend stieg Quintus der Duft frischen Backwerks in die Nase. Er tastete nach seinem Brustbeutel, entnahm ihm ein *as* und ging entschlossen in den nächsten Laden. Eine dicke Frau lächelte ihm zu, dennoch sprach er sie sehr schüchtern an, und sie merkte gleich, dass er hier fremd war.

»Was möchtest du denn, mein Junge?«, fragte sie freundlich.

Quintus schaute sich schnell unter dem reichhaltigen Angebot um. Es gab hier entschieden mehr Formen und Arten von Brot als in Caere. Schließlich hatte er sich entschieden. »Eines von den runden und eingekerbten Broten bitte.«

Die Frau nahm es vom hölzernen Regal an der Rückwand und legte es auf den Ladentisch. Es war achtmal um den Mittelpunkt eingekerbt, hatte eine hellbraune und glänzende Kruste und duftete so stark, dass Quintus das Wasser im Munde zusammenlief, als er es in Händen hielt.

»Bist wohl neu hier im Viertel?«, fragte die Bäckersfrau.

»Ita est«, antwortete er höflich.

»Wo wohnt ihr denn?«

Er beschrieb es ihr und er bemerkte ihr Staunen.

»Ein schönes Haus!«, sagte sie, nickte mehrmals

und trocknete sich die Finger an der Schürze ab. »Ein herrschaftliches Haus! Was macht denn dein Vater?«

Quintus wusste nicht, was er darauf sagen sollte. Anscheinend galt das Haus, in dem sie seit gestern wohnten, als besonders schön – und teuer. Er konnte ihr ja unmöglich die Geschichte seiner Familie erzählen. Er errötete und stotterte schließlich: »Ach, er … er arbeitet nur, wenn es ihm Spaß macht.«

Sie schaute ihn überrascht an, dann lächelte sie. »Meine Empfehlung an den Vater!«, sagte sie und reichte ihm noch vier schneckenhausartig gebackene kleine Brote, so dass er Mühe hatte das alles zu tragen.

Er bedankte sich und verließ überglücklich den Laden. Längst waren andere Käufer eingetreten.

Unterwegs fiel ihm der Krug ein. Hoffentlich stand er noch da, wo er ihn hingestellt hatte. Als er aber den Gang erreicht hatte, erschrak er. Der Krug war weg!

Er hastete die Treppe nach oben, stürzte zur Tür, in die Wohnung, wo ihm Kirkos entgegenkam und mit erhobenem Zeigefinger drohte: »Da hast du noch mal Glück gehabt! Ich habe den Krug. Merke dir: Nie darfst du in der Stadt etwas hinstellen! Diebesgesindel ist Tag und Nacht unterwegs! Denk an die Bettler beim Pons Aemilius! Und so einen Krug … also, sie machen alles zu Geld!«

Zur Unterstreichung des Gesagten fasste er nach seiner Nase und fuhr an ihr zwei-, dreimal mit den Fingern abwärts.

Die alte Frau

Die Familie hatte sich im Hauptwohnraum um den Tisch versammelt, den der Vater schon zusammengesetzt hatte. Darauf stand der von Kirkos gerettete Krug. Mutter hatte eine Hand voll Feigen und Rosinen auf einen Holzteller geschüttet und den Rest des Brotes verteilt.

»Schaut mal, was ich habe!«, rief Quintus und legte seine Schätze auf den Tisch. »Das Feinbrot hat die Bäckersfrau mir geschenkt!«, rief er schnell, »weil wir neu hier sind. Und das hier wäre ein herrschaftliches Haus, hat sie noch gesagt! Und sie lässt die Eltern grüßen!«

Zum ersten Mal seit langem sah Quintus den Vater lächeln: »Gut gemacht, Quintus!«

Quintus strahlte.

»Ich will auch eine Schnecke! Ich will auch eine Schnecke!«, forderte Publius, noch ehe die anderen Platz genommen hatten.

Kirkos und der Vater hatten einfach die beiden Truhen an den Tisch gezogen, so dass alle sitzen konnten. Quintus stellte fest, dass ihm reines Wasser noch nie so gut geschmeckt hatte. Auch das Brot war vorzüglich, besonders die Schnecken.

»Sind ja Rosinen drin!«, staunte Schwester Herennia.

»Schmeckt toll!«, nickte Quintus.

»Das werden wir uns nicht jeden Tag leisten können«, sagte der Vater. »Was hat die Frau gesagt? Herrschaftlich sei das Haus?«

Quintus nickte, da er den Mund voll hatte.

»Dann wird die Miete entsprechend sein!« Vater wechselte mit der Mutter einen ernsten Blick.

Auch Kirkos schaute ernst drein, während er das süße Brötchen kaute. Sogar Publius hielt endlich mal den Mund und ließ sich von Mutter die besten Stücke zustecken.

Schließlich fragte sie: »Wo soll denn der Großvater schlafen?«

Keiner antwortete darauf. Jeder sah die auf sie zukommende nächtliche Enge vor sich: Die Eltern schliefen also mit Herennia und Publius im letzten Raum. Cossinia zusammen mit Quintus in diesem Zimmer. Und der Großvater? Und was war mit Kirkos?

»Wir werden schon eine Lösung finden«, sagte der Vater. »Das Haus und die Wohnung sind sauber. Das Einzige, was mir missfällt, ist der fehlende Wasseranschluss. Aber da müssen wir uns eben behelfen.«

»Und die Latrine!«, sagte Quintus.

»Ita est.« Vater nickte ihm zu. Und zu Kirkos gewandt: »Da sollten wir möglichst bald ein anderes Holzgestell bauen.«

»Ich muss mal!«, rief Publius und Quintus erklärte: »Der darf das natürlich während des Essens!«

Kirkos und Vater grinsten. »Er ist ja auch noch klein.«

»Ich will aber so groß wie Onkel Silvanus werden!«

»*Certo.* – Wenn du tüchtig isst, wirst du groß und stark werden.«

Publius nickte und stand auf. Herennia, seine Schwester, musste ihn nach draußen begleiten.

»Herennia gefällt mir nicht!«, sagte Mutter. »Sie ist so merkwürdig still …«

»Ach was, das ist die Umstellung.«

»Dann schaut nur mal, wie blass sie ist!«

»Sie muss viel an die frische Luft und viel Milch trinken.«

Als alle mit dem Frühstück fertig waren, fragte Quintus: »Fahren wir heute noch mal nach Caere?«

»Nein«, sagte Mutter. »Wir warten erst mal auf Großvater und Cossinia. Es hängt auch vom neuen Besitzer unseres Hofes ab, ob wir noch dies oder das holen dürfen. Nachher muss ich allerlei einkaufen. Kannst mir tragen helfen, Quintus. Kirkos und Vater haben hier noch zu tun.«

»Und ich? Und ich? Ich will auch einkaufen!« Publius war gerade wieder ins Zimmer gekommen.

»Nein!«, erklärte Mutter kategorisch. »Du spielst mit deiner Schwester unten im Garten. Später kannst du mal mit mir gehen.«

Augenblicklich begann Publius zu brüllen, doch da keiner auf seinen lauten Protest einging, rettete er sich zu seiner Schwester: »Später darf ich mitgehen! Hast du gehört?«

Herennia nickte nur. Sie wirkte wirklich sehr matt. Alle sahen es und alle hofften, dass es keinen ernsten Grund haben möge.

Mutter war gerade mit dem Abräumen fertig, als draußen jemand gegen die Wohnungstür klopfte.

»*Intrate!* – Tretet ein! Es ist offen!«, rief der Vater und ging in den Vorraum. Wie erwartet, kam Silvanus mit einem Fremden herein, der wohl der Verwalter des Hauses war.

»Herennia! Publius!«, rief die Mutter, »geht jetzt nach unten, in den Garten … und du, Quintus, bleibst in der Nähe, damit ich dich rufen kann. Pass auch ein wenig auf die Geschwister auf.«

Als sie hinausgingen, konnte Quintus einen kurzen

Augenblick lang in das Gesicht des Fremden sehen. Es war verschlossen, ja unfreundlich und abweisend. Der Mann sagte noch nicht einmal Guten Morgen, während Silvanus ganz nach seiner Art eine überschwängliche Begrüßung zelebrierte.

Auf der Treppe begegneten sie einer älteren Frau, die einen Korb hinaufschleppte. Sie blieb alle drei Stufen stehen, setzte die Last ab und rang nach Luft. Quintus schätzte sie auf ungefähr sechzig.

»Komm, Mütterchen, wir helfen dir!«, sagte Quintus und griff sich den schweren Korb, der mit einem Tuch zugedeckt war. »Wohin soll er denn?«

Es war die mittlere Etage, gleich unter ihrer Wohnung. Zusammen mit Herennia brachte er den Korb dorthin.

»Wartet!«, sagte die Frau, als sie nachgekommen war. Sie ging in die Wohnung und ließ dabei die Tür offen stehen. Die Kinder schauten neugierig hinein, erkannten eine dunkle Truhe, ein dunkles Wandregal mit Tellern, Bechern und Schalen, einige sogar aus Silber. Die Latrine war von einem bunten Vorhang verdeckt. Ob die alte Frau allein hier wohnte? – Als sie zurückkam, bemerkten sie die vielen feinen Falten in ihrem Gesicht. Wie ein Spinnennetz lagen sie dicht beieinander. Aber das Gesicht mit den schönen dunklen Augen gefiel ihnen.

»Hier!« Sie reichte ihnen zwei Äpfel und eine weiche Birne. »Gebt sie dem Kleinen!«

Publius war längst herangestürzt und nahm die Birne in Empfang. Die alte Frau fuhr ihm kurz über sein dunkles Haar und fragte, woher sie kämen, ob sie länger blieben und wie sie hießen. Quintus gab auf alle Fragen Antwort. Die Frau sprach anders als die Leute auf der Straße, es klang vornehm, und

Quintus dachte, dass sie eigentlich gar nicht hierher gehöre. Er mochte sie vom ersten Augenblick an. Vielleicht war sie einmal wohlhabend gewesen und ohne eigenes Verschulden arm geworden. Er und seine Familie waren ja auch ein Beispiel für den schnellen Abstieg, zwar nicht aus dem Reichtum, aber doch aus jahrzehntelangen sicheren Verhältnissen.

Sie waren schon an der Treppe, als sie ihnen von ihrer Wohnungstür nachrief: »Das war sehr lieb von euch!«

Quintus nahm sich vor ihr zu helfen, wo immer er konnte. Unten zeigte er den Geschwistern den großen Garten, den hübschen Brunnen, die Blumen, die Bäume, aber er merkte bald, dass Herennia nicht ganz bei der Sache war. Sollte sie wirklich krank werden? – Publius hatte einen Haufen Sand entdeckt und begann sofort darin Höhlen, Straßen und Häuser zu bauen und vergaß alles um sich herum.

Herennia blieb zunächst neben Quintus stehen und schaute sich um.

»Ist dir nicht gut, Herennia?«, fragte er die Schwester. Er legte seine Hand auf ihre Stirn. Kein Zweifel. Sie hatte Fieber. Er wollte sie schon nach oben schicken, als Mutter in den Garten kam. Auch sie schaute Herennia besorgt an, fühlte ihre Stirn und sagte: »Du bist krank. Wenn wir zurück sind, mache ich dir ein Bett. Geh schon mal nach oben und bitte Kirkos hierher.«

Wortlos entfernte sich Herennia. Quintus blickte ihr nach, sah ihre schmalen Schultern und ihre schlechte Haltung und dachte: ›Für sie wäre es besser gewesen, wenn wir auf dem Hof hätten bleiben können.‹ Wie ungerecht, wie furchtbar ungerecht war doch… ja, wer denn? Das Schicksal? Die Götter? Die Natur? – Er kannte all diese Begriffe aus Gesprächen mit dem Großvater und er selbst hatte oft darüber nachgedacht.

Er wurde aus seinen Gedanken gerissen, denn Kirkos erschien, und prompt rief Publius: »Ich will hier bleiben! Ich will hier bleiben!«

Die Mutter sprach leise mit Kirkos. Der nickte und hockte sich neben Publius in den Sand.

»Komm!«, sagte Mutter zu Quintus und beide verließen sie den Garten.

Die Stadt

»Was musst du denn besorgen?«, fragte Quintus.

»Einiges … vor allem Milch«, antwortete Mutter wortkarg und hob einen leeren Krug in die Höhe.

Quintus leitete aus der knappen Antwort ab, dass das Gespräch mit Silvanus und dem Verwalter des Hauses nicht erfreulich gewesen war. Und ausgerechnet jetzt musste Herennia krank werden!

Quintus erklärte der Mutter die Läden und Werkstätten in der Umgebung, zeigte ihr auch die Bäckerei, in der er so großzügig beschenkt worden war. Als sie vorbeigingen, winkte ihm die Bäckersfrau zu. Er machte die Mutter darauf aufmerksam und die beiden Frauen grüßten einander.

Quintus wusste, dass es für Mutter besonders schwer war, sich vom jahrzehntelangen ruhigen Landleben umzustellen auf die Enge, die Hektik, die

Fremdartigkeit und Naturferne des städtischen Lebens. Aber er war sicher, dass sie sich in kurzer Zeit in der neuen Umgebung einrichten würde, denn sie war eine kluge, zupackende Frau. Von ihr hatte er die blauen Augen mitbekommen und den energischen Mund; wahrscheinlich auch die Art dem Leben gegenüberzutreten: Sie gab nicht leicht auf, fand immer noch eine Lösung und glaubte daran, dass die Götter ihnen am Ende stets wohlgesonnen seien.

Mutter wollte sich zunächst einen Überblick über das Viertel verschaffen. Sie gingen die Straße noch ein Stück aufwärts. Da endete die Bebauung der rechten Straßenseite. Uralte Bäume säumten die Straße und bildeten am Hang des Hügels einen Hain, in dessen Mitte ein alter Tempel stand. Mutter blieb stehen und fragte eine vorbeikommende Frau, welcher Gott hier verehrt werde.

»Iuno!«, erklärte diese eifrig. »Iuno Lucina! Die gute Göttin! Die Geburtshelferin aller schwangeren Frauen! Wenn du einen Sohn haben willst, geh hin, opfere und bete zu ihr. Mir hat sie auch geholfen. Dir auch, wie ich sehe.« Sie schaute auf Quintus und fuhr fort: »Du bist fremd hier?«

Mutter nickte und die Frau erklärte geduldig und hilfsbereit, dass man mit allen Frauensorgen zur Göttin gehen könne. Der erste März sei ihr Hauptfest. Dann würden die Eheleute sich beschenken für das Glück ihrer Ehe. Dann müssten die Frauen ihren Sklaven ein Fest geben, so wie die Männer es an den Saturnalien* im Dezember zu tun hätten. »Sie hilft auch gegen Krankheiten!«, fügte sie eifrig hinzu.

* Ein ausgelassenes Fest, unserem Karneval vergleichbar, an dem die Sklaven die Herren spielen dürfen.

Die Frau hätte gerne noch alle Gebrechen ihrer Familie aufgezählt und die verschiedenen Wunderheilungen der Göttin geschildert, doch Mutter bedankte sich schließlich resolut und kurz, so dass die Frau fast beleidigt war, als sie mitten im Redefluss unterbrochen wurde. Endlich ging sie ihres Weges.

»Warte hier!«, sagte Herennia und Quintus nickte. Er sah ihr nach, wie sie den heiligen Hain der Göttin betrat und schließlich hinter den Bäumen verschwand. Sie würde um den Segen der Iuno Lucina bitten für den Neuanfang der Familie hier in Rom, für die Gesundheit aller Familienangehörigen und besonders für die Tochter Herennia.

Als sie nach einer Weile zurückkam, war ihr Gesicht heiterer. Sie gingen die Straße zurück, passierten noch einmal ihr Haus, das sich wirklich sehen lassen konnte, und folgten der Straße zum *Clivus Suburanus*, einer der Hauptgeschäftsstraßen der Innenstadt; auf dieser gingen sie langsam zu Tal, ins Zentrum der Stadt hinein, bis zu der Stelle, an der von rechts der *Vicus Patricius* in sie einmündete und sie, nun entschieden breiter geworden, den Namen *Subura* trug. Später lernte Quintus, dass man das ganze Viertel nach dieser verkehrsreichen Straße nannte.

Ein unglaubliches Gedränge herrschte hier. Blieb man stehen, wurde man binnen kurzem geschoben und zur Seite gedrückt. Quintus achtete nun besonders auf seinen Brustbeutel, in dem seine ganzen Ersparnisse – ein paar Sesterzen – steckten. Genauso hatte er ein waches Auge auf seine Mutter, die das Geld, das sie zum Einkauf benötigte, unter ihrem Gewand über dem Gürtel trug.

Sie gingen nun, je mehr sie sich dem Zentrum näherten, langsamer, denn die Auslagen in den Läden weckten ihre Neugier. Da gab es nicht nur Allerweltsschuhwerk und billige Sandalen bei den Schuhmachern, nein, einige hatten zierliche Damenschuhe aus gefärbtem Leder auf kleinen Ständen aufgebaut. Einer hatte zwei kleine Ziegen an Riemen gebunden um damit anzuzeigen, dass seine Sandalen aus weichem Ziegenleder hergestellt seien.

Obwohl es doch erst etwa eine Stunde nach Sonnenaufgang war, schien schon ganz Rom auf den Beinen zu sein. Die beiden sahen, dass schon um diese Zeit die Wirte in ihren Herbergen gute Geschäfte machten, denn viele Kaufleute trafen sich in den kühlen Gewölben um dort mit ihren Handelspartnern wichtige Verträge abzuschließen. In den Schankräumen nahmen die Bewohner der umliegenden Mietshäuser ihr erstes karges oder ein zweites reicheres Frühstück zu sich und bestellten für den späten Nachmittag oder frühen Abend die Hauptmahlzeit. Wie Quintus bald lernen sollte, war in vielen Häusern das Kochen und Backen wegen der großen Brandgefahr verboten. In ihrer *domus,* ihrem Stadthaus, war dies zwar nicht der Fall, doch reichten die dafür vorgesehenen tragbaren Kochöfen bestenfalls zum Warmhalten von Suppen.

Und noch etwas fiel Quintus auf: Es gab sehr viele Leute, Männer vor allem, die untätig herumstanden und sich miteinander unterhielten. Einige nahmen auf den Hockern der zahlreich vertretenen Barbiere Platz um sich den Bart scheren oder das Haar stutzen zu lassen. Quintus sah sogar, dass sich Männer die Nägel schneiden oder die Haare mit Brennscheren kräuseln ließen.

Sie gingen weiter in Richtung *Forum Romanum.* Hier, gleich neben den Barbieren, hatten die Ärzte ihre Buden, die *tabernae medicorum.* Einfache, bedürftige Leute kamen hierher, wenn ihre Krankheit das Gehen erlaubte, um sich Rat oder Medikamente zu holen. Besonders die Augenkranken ließen sich die Lider mit einem Balsam einsalben. Etwas weiter wurden Zahnschmerzen behandelt und eben hielt der *medicus* einen gezogenen Eckzahn vor dem staunenden Publikum in die Höhe, als Aufmunterung für andere von Schmerzen gepeinigte Römer.

»Mea mater!«, rief plötzlich Quintus, »sollen wir nicht Herennia hierher bringen? Vielleicht kann ihr einer der Ärzte helfen!«

Herennia, die einstmalige Herrin, seufzte: »Diese Ärzte sind teuer. Und ich habe zu ihnen wenig Vertrauen. Ich werde zunächst die Hausmittel, die ich von meiner Mutter kenne, einsetzen. Vielleicht helfen sie. Dazu gehört unbedingt frische Milch. Milch ist für Herennia die beste Medizin!«

Quintus nickte und schaute um sich. Hier war keine Milch zu bekommen.

Langsam gingen sie weiter. Die Straße war etwas breiter geworden und hieß mittlerweile nicht mehr Subura, sondern das *Argiletum.* An beiden Seiten liefen Schatten spendende Kolonnaden, in denen die Läden vor Sonne geschützt waren. Hier nun, im Geschäftsviertel beim Argiletum, war der Platz der Buchhändler. Manche hatten schrankartige Gestelle an die Pfeiler der Kolonnaden angekettet; andere besaßen fahrbare Schränke, die sie im Schatten aufstellten, oder große, fest installierte Kästen, die mit stabilen Läden, Schlössern und Ketten gesichert waren. Die größten Handlungen hatten eigene Läden im Erdgeschoss, die sich nach hinten fortsetzten.

Quintus bat die Mutter einmal kurz stehen zu blei-

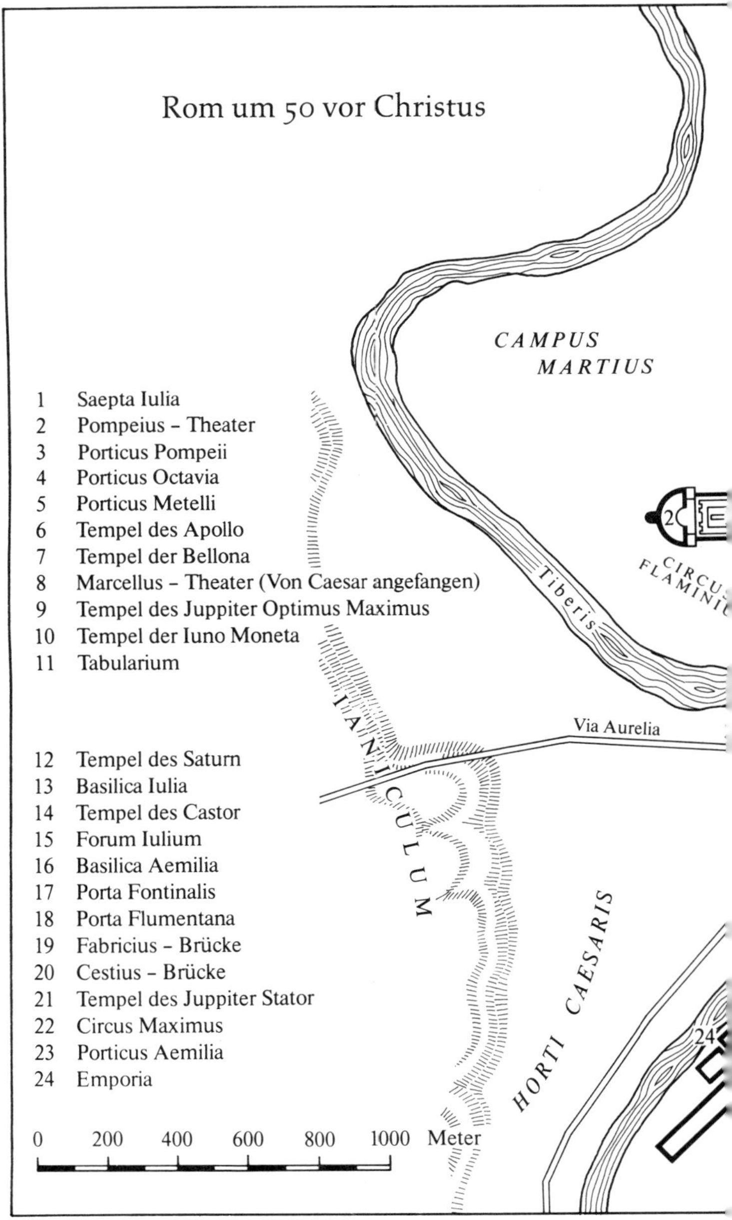
Rom um 50 vor Christus
CAMPUS MARTIUS
1 Saepta Iulia
2 Pompeius – Theater
3 Porticus Pompeii
4 Porticus Octavia
5 Porticus Metelli
6 Tempel des Apollo
7 Tempel der Bellona
8 Marcellus – Theater (Von Caesar angefangen)
9 Tempel des Juppiter Optimus Maximus
10 Tempel der Iuno Moneta
11 Tabularium
12 Tempel des Saturn
13 Basilica Iulia
14 Tempel des Castor
15 Forum Iulium
16 Basilica Aemilia
17 Porta Fontinalis
18 Porta Flumentana
19 Fabricius – Brücke
20 Cestius – Brücke
21 Tempel des Juppiter Stator
22 Circus Maximus
23 Porticus Aemilia
24 Emporia
Tiberis
Via Aurelia
IANICULUM
HORTI CAESARIS
0 200 400 600 800 1000 Meter

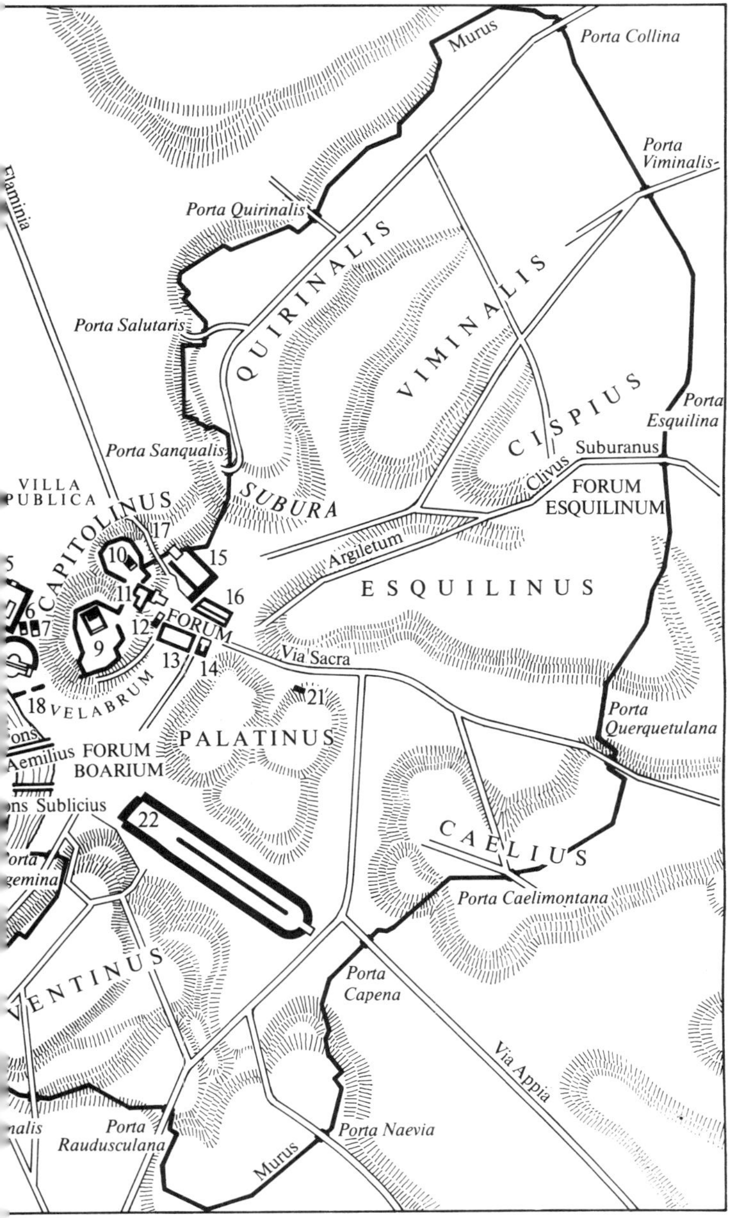

Murus
Porta Collina
Porta Viminalis
Flaminia
Porta Quirinalis
QUIRINALIS
VIMINALIS
Porta Salutaris
Porta Esquilina
CISPIUS
Porta Sanqualis
Suburanus
Clivus
FORUM ESQUILINUM
VILLA PUBLICA
SUBURA
CAPITOLINUS
17
10
15
Argiletum
ESQUILINUS
5
11
16
6
7
12
FORUM
9
13
14
Via Sacra
21
18
VELABRUM
Porta Querquetulana
PALATINUS
Aemilius
FORUM BOARIUM
ns Sublicius
22
CAELIUS
Porta Caelimontana
VENTINUS
Porta Capena
Via Appia
Porta
Raudusculana
Porta Naevia
Murus

ben, denn seit der Großvater ihm das Abc beigebracht hatte, übte alles Geschriebene auf ihn eine unwiderstehliche Anziehungskraft aus. Beinahe neidvoll sah er nun, wie ein vornehm gekleideter, etwa dreißigjähriger Mann drei Buchrollen kaufte und sage und schreibe dem Händler zweihundert Sesterzen in die Hand zählte. Eine ungeheure Summe! Dann kam ein älterer Mann in schneeweißer Tunika, begleitet von zwei jüngeren Männern, die wohl seine Sklaven waren. Er unterhielt sich kurz mit dem Buchhändler, kaufte aber nichts und ging wieder.

»Weißt du, wer das war?«, hörte Quintus den Händler zu einem eine Buchrolle aufziehenden Käufer sagen. Und als dieser den Kopf schüttelte, erklärte er: »Das war Pomponius Atticus, der Freund von Cicero!«

»Sooo?« Verblüfft schaute der Käufer hinter den drei sich entfernenden Gestalten her. »Ich habe nicht auf ihn geachtet. Was wollte er denn?«

»Er schaut mindestens einmal im Monat bei mir herein, ob ich zufällig eine Kostbarkeit aus Alexandria bekommen habe.«

»Aber er hat nichts gekauft!«

»*Ita est.* Er kauft nur ganz gezielt. Wenn ich aber habe, was ihm vorschwebt, zahlt er jeden Preis! Neulich erst konnte ich ihm eine Übersetzung der Odyssee ins Karthagische verkaufen.«

»Ins Karthagische? Kann er denn Karthagisch?«

»Er sammelt alle Odyssee-Ausgaben, deren er habhaft werden kann.«

»Wie teuer war sie denn?«

»Dreitausend.«

»As?«

»Sesterzen!«

Vor Staunen blieb dem Käufer der Mund offen stehen. Und auch Quintus konnte es nicht fassen. Eine Summe, von der sie alle ein ganzes Jahr lang essen und trinken konnten, wenn sie sich nichts Außergewöhnliches leisteten.

Als sie weitergingen, fragte Quintus: »Weißt du, wer Atticus und Cicero sind?«

»Soviel ich weiß, ist Cicero ein großer Mann hier in Rom. Du solltest Vater – oder besser noch Großvater – fragen, wenn er da ist.«

Quintus nahm sich vor dies zu tun. Beim Pluto!* Wie reich musste dieser Atticus sein, wenn er im Vorbeigehen dreitausend Sesterzen für eine Rolle Papyrus ausgeben konnte!

Mit einem Mal änderte sich das Bild. Die Straße stieß zwischen zwei stattlichen Gebäuden auf einen weiten Platz. Das konnte nur das Forum Romanum sein, der reich geschmückte große Platz mitten in der Stadt, gesäumt von zahlreichen Tempeln und Hallen, gekrönt vom Iupiter-Tempel auf der Höhe des Capitols!** Gestern Abend, im Dunkeln, hatte Quintus nichts von den umliegenden Gebäuden bemerkt. Gleich gegenüber prunkte die Basilica Iulia, eine Halle, noch größer als der Iupiter-Tempel, deren Marmorverkleidung sehr neu aussah. Sie diente als Gerichtshalle oder Amtssitz des hohen Magistrats. Bei schlechtem Wetter konnte sie auch Treffpunkt für Händler, Vereine und Kaufleute sein. Sie war jedermann zugänglich und Quintus erkannte so viel, dass das gesamte Gebäude an allen Seiten von einer

* Gott der Unterwelt und des Reichtums, weil das Gold aus den Tiefen der Erde kommt

** Der Heilige Berg Roms

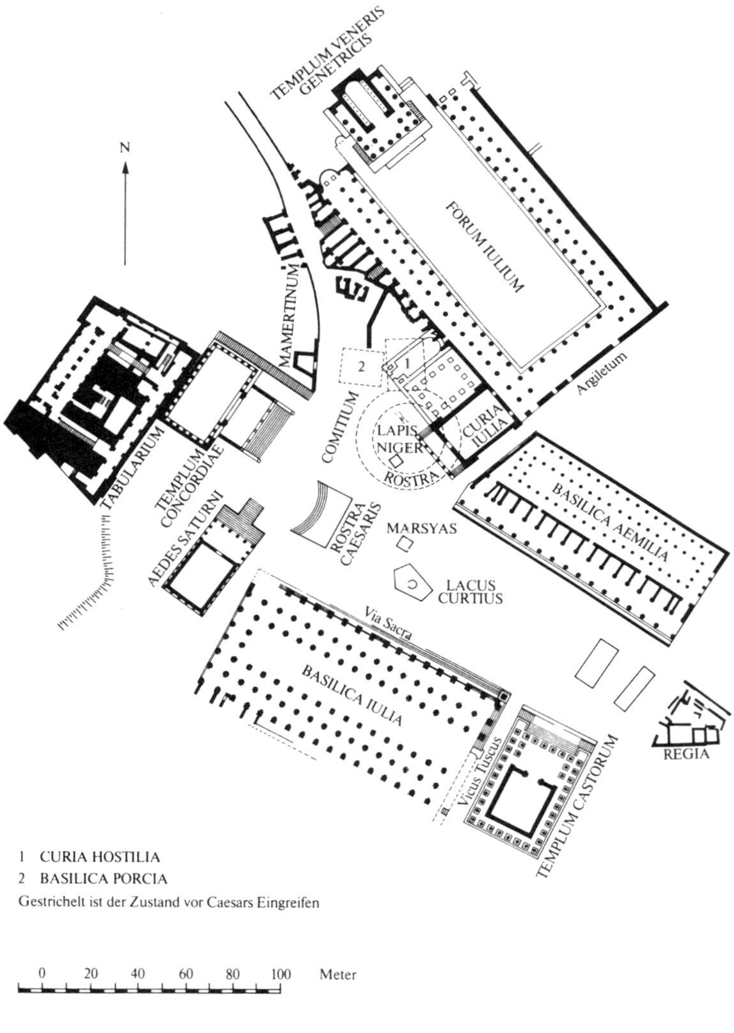

Das Forum Romanum um 50 v. Chr.

weiträumigen überdachten Halle umgeben war, die von mächtigen Pfeilern getragen wurde. Das mittlere Geschoss überragte die seitlichen um ein Stockwerk. Sein Dach war verschwenderisch mit Statuen geschmückt. Auf den Stufen der Basilika lungerte allerlei zwielichtiges Volk herum, Bettler, Faulenzer, Habenichtse, viele von ihnen in Spiele vertieft, deren Felder sie oder andere in die Bodenplatten der Halle geritzt hatten.*

Neben der Basilika stand auf einem erhöhten Podest einer der ältesten Tempel Roms, das Heiligtum des Gottes Saturnus, in dessen Kellergewölben der Staatsschatz aufbewahrt wurde. Und dem Heiligtum gegenüber ein Gebäude, das durch seine Schlichtheit auffiel. Es war die Curia, der Versammlungsort des Senates, wo sich der Staatsrat zu wichtigen Besprechungen, Diskussionen, Beratungen traf. Dort war schon oft in den vergangenen Jahrzehnten und Jahrhunderten über das Schicksal der Stadt und des Reiches entschieden worden. An der Curia wurde eifrig gebaut und restauriert, denn vor zwei Jahren war sie während politischer Wirren in Flammen aufgegangen. Davor lag das Comitium, der eigentliche Versammlungsplatz des Volkes. Hier wurden seit Jahrhunderten die Schicksalsfragen Roms öffentlich entschieden.

Das alles wussten Mutter und Sohn an diesem ersten Tage, als sie die Mitte Roms durchschritten, noch nicht; aber schon bald erging es ihnen wie allen, die zu den Bürgern dieser lebendigen Stadt gehörten: Die Mitte Roms wurde ihnen zum Mittelpunkt des Erdkreises.

* Man kann sie dort heute noch deutlich erkennen.

Heute aber staunten sie über die Vielfalt der Tempel und die Erhabenheit ihrer Architektur, und ebenso über das Gewimmel der Menschen davor. Sie schauten nach links und nun erkannte Quintus das Gebäude, von dem ihm der Großvater oft berichtet hatte.

»*Ecce!* – Schau! Das muss der runde Tempel der Göttin Vesta sein!«

Dort war der heilige Mittelpunkt der Stadt und des Staates. In diesem Rundtempel brannte die heilige, ewige Flamme der Vesta, der Gottheit des Herdfeuers. Ihren Schein musste er gestern Abend am Himmel gesehen haben.

Quintus suchte sich alles einzuprägen, was er sah, damit er später den Großvater oder Kirkos fragen konnte. Langsam ging er mit der Mutter über die Heilige Straße, die von Süden, vom Vesta-Tempel kommend, das Forum durchquerte und hinter dem Saturn-Tempel zum Capitolsberg führte. Sie sahen Geldwechsler hinter ihren Tischen und Kunden, mit denen sie verhandelten.

Gleich neben der großen Basilica Iulia blieben sie vor dem riesigen Tempel von Castor und Pollux stehen. Quintus kannte ja ihre Geschichte aus Großvaters Erzählungen, und überwältigt nun den Tempel der Göttersöhne vor sich zu sehen, sprudelte es nur so aus seinem Munde: »Castor und Pollux sind die Zwillingssöhne des Iupiter. In Griechenland werden sie als Söhne des Zeus ›Dioskuren‹ genannt und wir haben diesen Namen übernommen. Auf ihren wilden Rossen erscheinen sie als Helfer in der Schlacht…«

Die Mutter machte eine kleine, ungeduldige Bewegung, denn sie dachte an Herennia, die daheim vielleicht ihre Hilfe brauchte. Doch sie bezwang sich und sagte: »Erzähle weiter! Von Castor und Pollux habe ich nämlich schon in meiner Kindheit gehört, und wer weiß, wann ich wieder einmal zu ihrem Tempel komme.«

So sprach Quintus weiter: »Im Krieg zwischen Rom und dem benachbarten Latium gelobte vor 450 Jahren* der römische Diktator und Feldherr Aulus Postumius den Iupiter-Söhnen ihnen einen stattlichen Tempel zu bauen, wenn sie ihm in der Entscheidungsschlacht am Regillus-See beistehen würden. Die Dioskuren erhörten ihn und setzten sich an die Spitze der römischen Reiterei. Auf weißen Pferden stürmten sie gegen die Feinde und verjagten sie. Mit Blut und Staub bedeckt, erschienen sie dann auf dem römischen Forum und verkündeten den Sieg. Am nahen Quell der Nymphe Iuturna tränkten sie ihre schweißtriefenden Rosse um gleich darauf zu verschwinden. Darum erbaute Postumius' Sohn den Dioskuren hier am Quell der Iuturna den Castor- und Pollux-Tempel.« Quintus schöpfte Luft und jetzt zog Herennia ihren Sohn eilig weiter.

Sie verließen das Forum auf dem *Vicus Tuscus*, einer recht breiten Straße. Hier hatten die Tuch- und Kleiderhändler ihre Läden. Und etwas weiter zum Tiber hin lag das Velabrum mit seinen zahlreichen Lebensmittelläden. Dort konnte man Öl, Fleisch, Brot, Milch und Käse kaufen: den sehr großen Käse von Luna, derb und billig, gab man den Sklaven zu essen; gelobt wurde der Ziegenkäse aus Agrigentum in Sizilien, weil er geräuchert war; aber der hier im Velabrum hergestellte Räucherkäse war wohl doch der schmackhaftere. Natürlich gab es auch Kuhkäse und solchen aus dem weit entfernten Bithynien in

* = 499 v. Chr. Gebaut wurde der Tempel 484 v. Chr.

Asia, aus Gallia im Norden und solchen aus den Tälern der Alpen.

Hier in den Läden des Velabrum gab es auch die größte Auswahl an köstlichem Backwerk. Gewöhnliches Weizenbrot, runde und viereckige Stücke, für die wohlhabenderen Bürger, Brot aus Gerste und Kleie für die Sklaven und für die armen Leute; in vielen Läden auch feineres Gebäck, kleine runde Brötchen und den beliebten Honigkuchen in den verschiedensten Formen und Figuren. Für Feinschmecker wurden die raffiniertesten Delikatessen angeboten: phrygische Hühner und spanische Pfauen, der Kranich von der Insel Melos, Fasanen und Krammetsvögel aus Persien; Austern aus Circeii und vom Lucriner See und sogar aus Britannia, Purpurschnecken von Baiae und vieles andere mehr. Auch gesalzene und gräucherte Fische, geräucherte Schinken und Würste aller Geschmacksrichtungen gab es in den Tabernen des Velabrum zu kaufen. Frischfleisch allerdings holte man im *macellum,* einem besonderen Fleischmarkt, und deren gab es mehrere in der Stadt, zum Beispiel auf dem Hügel Esquilinus, ganz in der Nähe ihres Hauses.

Mutter kaufte preiswerten Käse, geräucherten Fisch, etwas Wurst und sie achtete bei allem darauf, dass sie nicht übervorteilt wurde. Besonders günstige Angebote wurden lauthals feilgeboten und die Verkäufer überschlugen sich in ihrem Eifer die *victualia,* die Lebensmittel, an die Käufer zu bringen. Natürlich wurde Milch gekauft. Dafür hatte Mutter ja einen kleinen Krug mitgenommen. Herennia musste unbedingt Milch haben, Publius auch, denn es war Zeit ihn vom Stillen zu entwöhnen.

Quintus trug den Krug. Das lange Laufen und Staunen, der ununterbrochen an ihnen vorbeiziehende Menschenstrom, der Lärm, die zunehmende Wärme, die Fülle all dieser neuen Eindrücke hatten beide ermüdet und sie machten sich eilig auf den Heimweg.

Tiberius

Um diese Zeit – es ging schon auf die vierte Stunde* – erreichte das Treiben auf den Straßen und Plätzen seinen Höhepunkt. Wegen des Fahrverbots musste alles Gekaufte auf dem Rücken von Menschen oder Tieren getragen werden. Ein ganzes Heer von Trägern, Boten, Sklaven überfüllte die Straßen, und die Maultier- und Eseltreiber versuchten oft vergeblich sich mit ihren Karawanen einen Weg durch die Menschen zu bahnen.

Mutter und Sohn waren froh, als sie endlich in ihre Seitenstraße einbiegen konnten. Quintus trug der Mutter den Korb und den Krug nach oben.

In der Wohnung hatte Vater bereits mit Kirkos ein neues Gestell für die Latrine fertig gestellt. Sie entschärften gerade mit Hobel, Feile und Raspel die oberen Kanten.

»Wisst ihr, was mir noch fehlt...«, rief Mutter den beiden Männern entgegen, die sie fragend anschauten. »Ein kleiner Schrank, in dem man Lebensmittel ein, zwei Tage lang vor lästigen Fliegen geschützt aufbewahren kann!«

* Gegen 10.00 Uhr morgens

Die beiden versprachen ein solches Behältnis zu bauen und Kirkos machte sich sogleich auf die Suche nach geeignetem Holz.

»Wo schläft Kirkos denn nun?«, fragte Quintus.

»Bis Großvater kommt, wieder mit dir zusammen. Danach vielleicht auf dem Speicher. Der Verwalter hat nichts dagegen.«

»Und Großvater?«

»Mal sehen...«

Vater wich den Fragen aus und Quintus schloss daraus, dass der Verwalter eine sehr hohe Miete für die »herrschaftliche« Wohnung gefordert hatte.

Die Mutter kümmerte sich zunächst um Herennia und wickelte nasse Tücher um ihre Beine um das Fieber zu senken. Zum Glück war Publius für eine Stunde eingeschlafen und störte dabei nicht.

Dann musste Herennia Milch trinken, obwohl sie Milch nicht besonders mochte. Herennia lag apathisch auf dem Rücken und starrte gegen die Decke. Mutter hatte die Fensterläden geschlossen. So konnte nur die Luft zwischen den Ritzen der Querlatten ins Zimmer, das brennende und heiße Licht des Mittags nicht. Kirkos kam kurz herein um nach der Kranken zu schauen. Er versprach ihr später eine Geschichte zu erzählen und Herennia nickte ihm dankbar zu. Sie mochte Kirkos sehr. Alle Kinder mochten Kirkos. Sie konnten sich ein Leben ohne ihn überhaupt nicht vorstellen.

»Wäre es nicht besser einen Arzt zu holen?«, fragte Quintus.

»Gute Ärzte können wir nicht bezahlen. Ich habe zur Iuno Lucina gebetet und ihr etwas gelobt... Sie wird uns helfen.«

Quintus fragte nicht, was sie der Göttin versprochen hatte. Aber Mutters Worte beruhigten ihn.

Mittlerweile hatten Kirkos und Vater Regale an den Wänden aufgebaut, so dass man das irdene und hölzerne Geschirr an seinen Platz stellen konnte.

Es war immer noch viel zu tun, zu ordnen und einzuräumen. Die kostbaren Gewänder für feierliche Anlässe wurden Stück für Stück auseinander genommen, akkurat gefaltet und in die entsprechende Truhe gelegt. Dann kamen die Schuhe und Sandalen an die Reihe. Einige Sohlen mussten erneuert, andere neu genagelt werden. Quintus sollte sie gleich heute noch wegbringen. In der Gegend gab es Schuhmacher genug.

Die verderblichsten Lebensmittel legte Herennia in mit dicken hölzernen Deckeln versehene Tontöpfe, die dann noch mit Wackersteinen beschwert wurden. Nur so waren sie vor Mäusen sicher. Mäuse gab es mehr als genug, davon zeugten ihre Spuren, die kleinen schwarzen Kotkörner. Damit die Tonbehälter kühl blieben, wurden sie in Wasserschalen und Untersetzer gestellt und mit feuchten Tüchern umwickelt. Durch die Verdunstung des Wassers wurden sie kälter als die Luft im Zimmer. Kleine Säckchen mit Mehl, Nüssen, Kastanien hängte Vater an die Balken der Decke.

Als Quintus sich mit den Schuhen und Sandalen auf den Weg machte, traf er im langen Gang auf Kirkos, der gerade vom Hof kam. Er trug ein Bündel kurzer und längerer Hölzer unterm Arm und strahlte: »Schau, Quintus, das Holz hier ist aus Nussbaum, und das ist Pinie und dieses Zeder. Da werden sich die Fliegen noch schwarz ärgern, wenn sie es riechen!«

Er hielt Quintus das Holz unter die Nase und dieser sog tief den wundervollen Harzduft ein, besonders den der Zeder und der Pinie. Kirkos hatte diese Reste zwei Häuser weiter, bei einem alten Tischler, aufgetrieben, der in Transtiberim seine Hauptwerkstatt hatte.

»Es geht bei dem Alten wie in einem Taubenschlag zu. Die ganze Nachbarschaft kommt mit kleinen Reparaturarbeiten zu ihm. Ich habe ihm dafür einen Becher Landhonig gegeben. Er war ganz glücklich. Solch ein Honig sei hier unbezahlbar.«

Kirkos ging an ihm vorbei zur Treppe und Quintus wollte gerade auf die Straße treten, als ihm aus dem Schatten des Gewölbes jemand entgegentrat. Vor ihm stand ein Junge, nicht größer als er selbst, sein Gesicht zeigte aber die Erfahrenheit eines Erwachsenen. Er hatte dunkle Augen, schwarze Haare, stark ausgeprägte Backenknochen und zwischen den Brauen eine kurze, steile Falte, die ebenfalls zum Älteraussehen beitrug. Quintus sah mit einem Blick, dass er schlank und zäh war und sicherlich über große Ausdauer verfügte.

Der fremde Junge blieb vor ihm stehen und machte keine Anstalten ihn vorbeizulassen.

»Ihr wohnt seit gestern hier...« Seine Stimme klang für die eines Jungen seines Alters unglaublich lässig. Und nun erkannte Quintus auch, dass er auf irgendetwas herumkaute, einer trockenen Erbse vielleicht. Er kaute ohne Unterbrechung, sogar beim Sprechen.

»*Ita est,* seit gestern«, sagte Quintus. »Und wo wohnst du?«

Der fremde Junge reagierte nicht auf diese Frage, sondern maß Quintus mit kritischen Blicken von oben bis unten. »Willst zum Schuhmacher, wie?«

»Ja, wenn du einen guten kennst, sag ihn mir!«

Statt einer Antwort kaute der Junge weiter, drehte

sich um und ging. Nach drei Schritten wandte er sich zurück und sagte: »Komm!«

Sogleich bemerkte Quintus, mit welch selbstverständlicher Sicherheit sich der Junge zwischen den vielen Menschen bewegte. Er wich kaum jemandem aus, sondern zwang die Entgegenkommenden ihm Platz zu machen. Quintus ging hinter ihm her und hatte Mühe das Tempo mitzuhalten. Der Junge führte ihn die Straße abwärts in Richtung Clivus Suburanus ohne sich einmal nach Quintus umzusehen. Plötzlich blieb er stehen: »Zeig mal!«

Das galt den Sandalen und Schuhen, die Quintus an einer Kordel gebündelt trug. Der Junge betrachtete das Schuhwerk mit einem sachkundigen Blick. Dann nickte er, ließ die Sandalen wie achtlos aus den Händen gleiten und bog links um die Ecke. Nach etwa zwanzig Schritten blieb er stehen und wartete, bis Quintus heran war. Mit der größten Selbstverständlichkeit sagte er: »Ich heiße Tiberius, klar?«

Quintus war von dieser unerwarteten Erklärung fast überrumpelt, aber er antwortete schnell: »Ich heiße Quintus.«

Sie schauten sich einen Augenblick an und Tiberius lächelte. Dabei bildeten sich rechts und links vom Mund kleine Grübchen, während die steile Falte zwischen den Brauen verschwand. Dann sagte er: »Du hältst da drin vollkommen den Mund! Klar!?«

Quintus nickte, während Tiberius fortfuhr: »Lässt mich reden! Klar!?«

Dann gingen sie unter die Kolonnade, vorbei an den Verkaufstischen, in das dunkle Innere der Taberna. Tiberius musste sich hier gut auskennen, denn er schritt zielsicher durch den langen schmalen Raum, vorbei an Regalen mit Schuhen, Sandalen, Stiefeln, vorbei auch an Gesellen oder Sklaven, die eifrig bei der Arbeit saßen und zuschnitten, Leder über den Leisten spannten, nähten, nagelten oder polierten.

Allmählich hatten sich die Augen von Quintus an das Zwielicht des höhlenartigen Raumes gewöhnt. Er nahm auch diesen einmaligen Geruch frisch gegerbten Leders wahr und sog mehrmals tief die Luft ein. Währenddessen hatte Tiberius Halt gemacht, näherte sich von hinten einem Mann, der suchend vor einem Regal stand, und drängte sich keck in sein Blickfeld.

»Ah, Tiberius! Was willst du?«

»Pass auf, Onkel Lucius! Ich bringe dir Schuhe und Sandalen einer vornehmen Familie! Wohnt seit gestern nahe beim Tempel der Iuno Lucina! Könnte später günstig für dich sein, wenn du gute Arbeit machst. Klar?«

Lucius Pedianus zog die Brauen hoch, nahm die Sandalen mit kritischem Blick vor die kurzsichtigen Augen, betrachtete ebenso das übrige Schuhzeug und sagte: »Viel Arbeit! Viel Arbeit!«

»Quatsch!«, fiel ihm Tiberius respektlos ins Wort, »für dich eine Kleinigkeit!«

Er flüsterte ihm leise etwas ins Ohr, was Lucius mit einem »Sooo?« und »Beim Mercurius! Nicht schlecht!« kommentierte. Dann erklärte er: »Also gut… In drei Tagen kannst du sie wieder abholen.«

Grußlos drehte Tiberius sich um, winkte Quintus lässig zu ihm zu folgen und sie verließen die Werkstatt.

Als sie wieder ihre Straße und ihre Wohnhäuser erreicht hatten, fragte Quintus: »Was hast du ihm denn da ins Ohr geflüstert?«

Tiberius grinste: »… dass er ein gutes Geschäft machen könne, wenn er die Schuhe besonders gut und billig herrichtet! Ihr hättet eine ganze Reihe Sklaven, die alle irgendwann neue Sandalen brauchten …«

»Das hat er dir geglaubt?« Quintus schüttelte erstaunt den Kopf.

Und Tiberius antwortete darauf lachend: »Musst noch vieles lernen! Klar!«

›Da kann er Recht haben‹, dachte Quintus, laut aber fragte er: »Wo wohnst du?«

»Neben euch!«

Tiberius zeigte zum linken fünfstöckigen Nachbarhaus und zum Beweis rief in diesem Augenblick jemand aus eben diesem Hause von ganz oben nach Tiberius.

»Das ist meine Mutter. Ich hab heute keine Zeit mehr. Bis morgen. Morgen Nachmittag! Zur zehnten Stunde*! Hier!«

Und weg war er.

Quintus hatte sich noch nicht einmal bedanken können.

Die Miete

Der Rest des Tages ging vorbei mit vielen Kleinigkeiten, die zu tun waren. Quintus half dem Kirkos beim Bau des Fliegenschranks, beide waren ganz bei der Sache. Bei Kirkos erkannte man das immer daran, dass er zu pfeifen begann. Was er pfiff, wusste man nicht zu sagen, denn er pfiff die Melodie dermaßen falsch, dass sie niemand erkennen konnte.

* Gegen 16.00 Uhr nachmittags

Quintus aber hatte es gern und die kranke Herennia lauschte auf alle Geräusche, die von den anderen Zimmern kamen, weil sie sich dann vorstellen konnte, was dort gerade geschah. Publius hatte zwar zunächst darauf bestanden »mitzuhelfen«, doch nach kurzer Zeit war sein Interesse erlahmt. Der Vater war außer Haus gegangen. Er wollte sich erkundigen, wo der Sitz der für dieses Viertel zuständigen städtischen Beamten war und ob er und seine Familie ordnungsgemäß in einer römischen Bürgerliste geführt wurden; davon hing es ab, ob und wo sie verbilligtes Brotgetreide zugewiesen bekamen.

Er kam dann am späten Nachmittag, kurz vor Sonnenuntergang, zurück und berichtete, dass sie zwar wie erwartet in der Bürgerliste eingetragen seien, aber erst im nächsten Quartal an der Getreideausgabe teilnehmen könnten. Dazu müssten erst die Getreidemarken auf ihren Namen ausgestellt werden. Müde ließ er sich zusammen mit der Familie am Abendbrottisch nieder, den Mutter schon bereitet hatte. Einige der Köstlichkeiten, die sie am Morgen gekauft hatte, lagen auf dem Tisch.

Als alle kräftig zulangten, sagte Vater sorgenvoll: »Wir müssen uns die nächste Zeit mehr mit dem Essen einschränken.«

Trotzdem schmeckte der geräucherte römische und sizilische Käse vorzüglich und die Stücke, die Mutter auf dem runden Holzteller verteilt hatte, waren im Nu verschwunden.

Quintus kaute das köstliche helle Brot, das sie im Velabrum gekauft hatten. Vater und Kirkos tranken verdünnten Wein, Mutter und die Kinder Wasser vom Brunnen.

Gleich nach dem Essen wurden die einzelnen

Schlafstätten hergerichtet und schon eine halbe Stunde nach Sonnenuntergang lag Quintus in tiefem Schlaf.

Der nächste Tag verlief ähnlich wie der vorherige. Quintus kümmerte sich am frühen Morgen um frisches Brot. Das gehörte nun schon zu seinen täglichen Pflichten, wie überhaupt jedes Familienmitglied für bestimmte Dinge und Tätigkeiten zuständig war. Kirkos bekam den Fliegenschrank erst an diesem Morgen fertig. Quintus half ihm wieder. Eine Gelegenheit seine Fragen zu stellen.

»Kirkos...!«

»Ja. Reich mir mal die Zange!«

Quintus tat es und musste auch noch den Rahmen der Tür halten, in die ein feines Netz gespannt werden sollte. »Hoffentlich bringt der Patron sein altes Bienennetz mit. Das ist feiner als dieses hier. Wir wechseln dann aus.«

Endlich wagte Quintus die Frage, die ihn so sehr bewegte: »Kirkos, was hat der Verwalter gesagt, als er hier war?«

»Dieser Wucherer! Halsabschneider! Betrüger! Man sollte diesen Halunken in den Carcer Mamertinus werfen!«

»... in den Carcer Ma...?«

»Ja! In das Staatsgefängnis!« Er knetete lebhaft seine Nase.

Quintus blieb hartnäckig: »Und? Was hat er gesagt?«

Kirkos hörte mit dem Hämmern auf, schaute um sich, ob die Eltern in der Nähe wären, und erklärte dann leise: »Er hat eine ganz unglaubliche Summe verlangt. Sein Herr habe das Haus gerade erst für viel

Geld erneuern lassen. Es sei jetzt eines der schönsten Häuser in der Straße. Es gäbe genügend Interessenten. Wenn uns die Wohnung nicht passte, könnten wir ja ausziehen. Und natürlich müssten wir die Miete immer einen Monat im Voraus zahlen!«

Quintus fragte nicht nach der Höhe der geforderten Summe. Sie war wahrscheinlich so hoch, dass die Familie sie nicht lange zahlen konnte. Sie hatten ja im Augenblick keine Einkünfte.

»Was machen wir denn, wenn wir...« Er beendete den Satz nicht, sondern starrte Kirkos ratlos an.

»Wir müssen versuchen eine andere Wohnung zu bekommen. Außerdem werden dein Vater und ich uns irgendwo verdingen. Aber zunächst warten wir einmal auf deinen Großvater, den Patron. Er hat bis jetzt immer guten Rat gewusst.«

Damit beendeten sie dieses Thema, denn der Fliegenschrank war so weit fertig, dass nur noch ein feineres Netz in die Tür eingesetzt werden musste.

Der Zustand von Herennia hatte sich nicht gebessert. Sie hatte nach wie vor Fieber und lag apathisch auf ihrer Liege. Mutter sorgte dafür, dass sie regelmäßig Milch, Wasser und auch Wein mit Honig trank. Sie aß kaum etwas. Man konnte nur warten und beten. Mutter ging noch einmal zum Tempel der Iuno Lucina und blieb lange dort. Den Nachmittag verbrachte sie mit Ausbesserungsarbeiten an der Kleidung und Wäsche.

»Ich geh noch ein bisschen raus...«, meinte Quintus beiläufig, denn in der Wohnung gab es im Augenblick nichts zu tun.

»Meinetwegen«, sagte die Mutter. »Sei zum Abendessen wieder da! Vielleicht kommt Großvater heute Abend!«

Als er aus dem Torbogen auf die Straße trat, wartete Tiberius schon auf ihn.

»Bist du schon lange da?«

Statt einer Antwort winkte Tiberius mit dem Kopf: »Komm!«

Die »Weißen«

Quintus fragte nicht, wohin es ging. Er vertraute Tiberius. Zunächst liefen sie die Straße aufwärts. Es war heiß und die meisten Menschen hielten sich in ihren Häusern auf. So kamen sie schnell voran. Sie passierten den Heiligen Hain mit dem Tempel der Iuno Lucina und bogen gleich danach in einen schmalen Pfad ein, der gerade so breit war, dass ein Esel oder Maultier gehen konnte. Rechts begleiteten sie die großen, alten Bäume des Hains. Dann Buschwerk, Dornen, es sah aus wie ein verwilderter alter Garten. Zielsicher ging Tiberius voran. Nun lagen hin und wieder große Steine, Mauerreste, Säulenstümpfe im Weg und man musste aufpassen nicht zu stolpern. ›Seltsam‹, dachte Quintus, ›mitten in Rom ein Stück unbebautes Land, verwildert, brach, still.‹ Echsen huschten in ihre Verstecke, als sie vorbeigingen. Quintus wusste ungefähr, wo sie sich befanden.

»Das Stück gehört einem alten Grundstücksmakler, der auf einen besseren Absatzmarkt wartet«, sagte Tiberius, als kenne er sich auch in diesem Geschäft aus.

Der Weg endete auf einer Art Lichtung. Ringsum

standen unregelmäßig verteilt uralte Pinien, Zypressen, Kastanien und Nussbäume; zwischen ihnen Buschwerk, hohes trockenes Kraut, vom Sommer verdorrt und strohig. Man konnte nicht erkennen, was sich dahinter erstreckte, ob diese Wildnis weiter reichte oder ob aufwärts am Hang wieder Häuser standen.

Am nördlichen Rande der Lichtung ragten verschieden große Ruinen erheblichen Alters hervor. Hier und da standen Gewölbe, die von einem alten abgebrochenen Bauernhof übrig geblieben sein mochten. Vielleicht kam Tiberius hierher, wenn er allein sein wollte. So wie er selbst sich auf dem Hof bei Caere in den Eichenhain und an die Quelle zurückgezogen hatte.

Tiberius hielt Quintus zurück. Sie blieben beide beobachtend am Rande der Lichtung stehen. Lange ließ Tiberius seinen Blick über die Bäume, Büsche, Steine und Höhlungen der Ruine wandern. Doch nichts regte sich. Wie aus großer Ferne hörte man vereinzelt Rufe, Lachen oder Kommandos aus dem belebten Viertel der Subura. Misstrauisch wartete Tiberius noch eine Weile. Dann trat er entschlossen aus der Deckung und schritt auf die Ruine zu. Quintus folgte ihm. Tiberius näherte sich einem mannshohen Strauch wilder Rosen und zwängte sich rechts an ihm vorbei. Quintus folgte ihm und stellte verblüfft fest, dass sich dahinter eine Nische befand, etwa zwei Schritt tief, der Überrest eines Raumes. Darüber eine schwere Decke, Teil eines früheren Gewölbes aus Natursteinen. An der rissigen Rückwand nur noch Reste von Putz. Nach vorne war das Gewölbe eingestürzt und aus den schweren Quadern hatte jemand vor der Rückwand Sitzgelegenheiten geschichtet. Davor, über einem Säulenstumpf, lag eine dicke, verwitterte Eichenbohle als Tischplatte, die mit unendlicher Mühe dorthin bugsiert worden sein musste. Die Sitzsteine waren, so gut es ging, mit alten Kissen, Lappen und Fetzen von Decken ausgelegt, damit man es eine Weile auf ihnen aushalten konnte.

Tiberius weidete sich an dem erstaunten Blick von Quintus und lud ihn zum Sitzen ein.

Sie machten es sich auf der Bank bequem. Tiberius zeigte seinem Besucher, dass man durch einen Mauerritz im Rücken das Gelände dahinter überschauen konnte. Nach vorne, zur Lichtung hin, gab es mehrere Stellen, durch die man zwischen dem dichten Dornengezweig den Pfad, auf dem sie gekommen waren, im Blick hatte. Der Platz um den Tisch reichte für mehr als zwei Personen und es sah auch so aus, als ob es sich hier schon andere außer ihnen bequem gemacht hätten. Der Boden um den Tisch war glatt getreten, fest und ohne Grasbewuchs und die Decken und Kissen zeigten an, dass sie kurz zuvor benutzt worden waren. Quintus fragte deshalb vorsichtig: »Wer kennt außer dir diesen Ort?«

»Vier...«

»Kommen sie heute auch?«

»Wahrscheinlich. – Pst!« Und da kamen sie auch schon. Man hörte nur, wie in unregelmäßigen Abständen Zweige knackten. Dann ertönte der Ruf des Käuzchens, und ehe Tiberius ihn beantworten konnte, hatte Quintus dies bereits getan, so dass Tiberius ihn erstaunt anstarrte. Und schon drangen sie von links und rechts, zwischen Mauer und Gestrüpp in das Versteck ein. Sofort erkannten die Ankömmlinge den Fremden. Sie blieben stehen und starrten Quintus an. Sie waren tatsächlich zu viert. Schnell suchte sich Quintus ein Bild von ihnen zu machen, indem er ihre

Gesichter, ihre Kleidung, ihre Haltung, Größe, Stärke einzuschätzen versuchte und sie miteinander verglich. Sie schienen alle in seinem Alter zu sein, vielleicht war der Große mit dem etwas einfältigen Gesicht älter. Ein anderer begutachtete ihn besonders misstrauisch und fragte Tiberius streng: »Was soll das? Wer ist das?«

Quintus fiel sogleich die selbstsichere Art dieses Jungen auf. Seine Kleidung war aus besserem Stoff als die der anderen, seine Sandalen sahen fast neu aus und er blickte sehr selbstsicher. War er der Anführer?

»Ich bin Quintus Cossinius Afer«, stellte sich Quintus nicht ohne Stolz auf seine drei Namen vor: seinen Vornamen, seinen Familiennamen und den Beinamen. Längst nicht alle Römer verfügten darüber. Keck fügte er hinzu: »Und wie heißt du?«

Statt einer Antwort wandte der Angesprochene sich an Tiberius: »Ich glaube, du bist nicht ganz bei Trost! Willst du vielleicht endlich erklären, was das soll? Hatten wir nicht ausgemacht...?« Weiter kam er nicht, denn einer der Neuankömmlinge rief: »Sie kommen!«

Sogleich besetzten die Jungen die Ausgucke und spähten in die verschiedenen Richtungen und auch Quintus versuchte etwas zu entdecken. Und da waren auch schon Geräusche zu hören, die von der gegenüberliegenden Höhe herabdrangen. So sehr sich Quintus auch bemühte, er konnte niemanden sehen, hörte aber jetzt huschende Schritte. Der selbstsichere Junge drückte sich zwischen Wand und Gestrüpp nach außen, ein zweiter folgte ihm und Tiberius huschte auf der anderen Seite davon. Zwei Jungen, denen man die Angst ansah, waren mit Quintus im Gewölbe geblieben und dieser versuchte angestrengt durch den Spalt in der Mauer etwas zu erblicken. Und jetzt sah er sie tatsächlich! Es waren zwei, drei, nein fünf, ja sogar sieben Jungen, die weiße Binden im Haar trugen. Als Waffe trugen sie Stöcke, biegsame Gerten, die in einer Lederschlaufe hingen. Sie stürzten sich sogleich auf die Jungen, die das Gewölbe verlassen hatten, und im Nu waren schwere Ringkämpfe im Gange. Gegen die sieben würden die drei keine Chance haben. Quintus sah, wie sich drei von ihnen auf den selbstsicheren Jungen stürzten, ja dass er das eigentliche Ziel ihres Angriffes war. Tiberius und sein Kamerad wurden einzeln angegriffen. Quintus erkannte blitzschnell die Gefahr, in der die Jungen schwebten.

»Los!«, rief er und sprang aus der Deckung, doch die beiden, die im Gewölbe verblieben waren, folgten ihm nicht. Er stürmte um die Ecke des Gemäuers herum, sah, wie übel die drei Angreifer den Jungen zurichteten, ihn schlugen, traten, so dass dieser zurückweichen musste. Dabei stolperte er, fiel nach rückwärts und lag am Boden. Sofort stürzten sie sich auf ihn und schlugen mit ihren Stöcken auf ihn ein.

Eine große Wut stieg in Quintus auf. Mit drei, vier Sätzen war er bei der Gruppe. Er riss dem ersten Besten den Stock aus der Hand und schlug auf ihre Rücken und Arme und gegen ihre Schienbeine. Damit hatten die Angreifer nicht gerechnet. Überrascht lösten sie sich von ihrem Opfer und suchten sich mit Armen und Händen gegen die schnellen Schläge zu schützen. Doch Quintus, derart in Wut geraten, hörte nicht auf und traf den einen, den größten, am Ohr, so dass es blutete. Als die anderen beiden das sahen, hielten sie einen Augenblick erschrocken inne. Das nutzte der am Boden liegende Junge aus um wieder auf die Beine zu kommen und nun wehrten sich immerhin zwei gegen drei. Tatsächlich waren die Angreifer so verblüfft, dass sie zurückwichen. Schließlich machten sie kehrt und rannten, so schnell sie ihre Beine trugen, davon. Ein Stück weiter stand Tiberius, klopfte sich den Schmutz von der Tunika und kam zu den beiden herüber.

»Ich heiße Aulus ... Aulus Plautius Hypsaeus«, sagte nun der von Quintus freigekämpfte Junge und hielt diesem die Hand hin.

Quintus ergriff sie und drückte sie fest. Hatte er einen Freund gewonnen?

»Wer waren diese Burschen eben?«, fragte er.

»Die ›Weißen‹!«

»Was heißt das?«

»Wie du gesehen hast, tragen sie weiße Kopfbinden.«

»Warum?«

»Sie sind Anhänger der weißen *factio,* der weißen Partei.«

»Der weißen Factio?«

Nun schaltete sich Tiberius ein: »Er ist erst seit gestern in Rom. Man muss ihm noch vieles erklären, klar?!«

Sie setzten sich auf einen umgestürzten Baumstamm, der am Rande der Lichtung lag, und Aulus Plautius fragte: »Bist du noch nie beim Circus Maximus gewesen?«

»Nein.«

Die beiden Jungen warfen sich einen erstaunten Blick zu, dann erklärte Aulus Plautius: »Also, pass auf. Du hast doch bestimmt schon von den Rennen, den Pferderennen im Circus gehört?«

»*Certo!*«

»*Bene.* – Also, es gibt da vier Gruppen von Anhängern, vier Parteien, vier *factiones.* Sie unterstützen vier verschiedene Renngesellschaften. Und jede Factio hat ihre Farbe: die Weißen, die Grünen, die Roten und die Blauen. Die weiße und die rote sind die ältesten Parteien. Die beiden anderen sind noch sehr jung, aber sie haben auch schon ihre Anhängerschaft gefunden.«

Quintus nickte. »Die Burschen, die eben hier waren, sind also Anhänger der ›Weißen‹?«

»*Ita est.* Du kannst dir denken, dass sich die Parteien ihre Anhängerschaft nicht aussuchen können. Das sind dann oft wilde Burschen, die aus irgendwelchen Gründen Streit suchen. Warum diese ›Weißen‹ uns allerdings so brutal verfolgen, müssen wir noch herauskriegen. Vorläufig habe ich keine Ahnung, warum.«

»Und zu welcher Partei gehörst du?« Quintus schaute Aulus Plautius interessiert an und dieser sagte nicht ohne Stolz: »*Factio mea est russata!* – Meine Factio ist die rote!«

Mittlerweile waren auch die drei anderen Jungen näher herangekommen, also auch die beiden, die sich im Gewölbe versteckt gehalten hatten. Quintus musterte sie und fand, dass sie sehr verschieden aussahen. Aulus Plautius bemerkte es und stellte Quintus die drei Jungen vor.

»Das ist Titus Fundanus!« Er zeigte auf den Kleinsten der Gruppe, der vielleicht erst zwölf Jahre alt war und Quintus freundlich anlächelte.

»Das ist Gaius Marcius!«

Auch Gaius versuchte ein Lächeln, doch es wurde ein Grinsen. Er war groß, hager, wirkte tollpatschig, hatte ein langes Gesicht mit langer Nase und mit großen Zähnen, so dass er, als er nun grinste, Quintus an ein Pferdegesicht erinnerte. Aber er war ihm auf Anhieb sympathisch.

»Und das ist Marcius Corvinus.«

Corvinus stand direkt neben Quintus und hielt ihm sofort seine fleischige Hand entgegen. Er war von allen der Wohlgenährteste, um nicht zu sagen der Dickste. Alles an ihm war rund, der Kopf, die Nase, das Kinn, der Körper, die Finger, doch überrascht stellte Quintus fest, dass diese runde Hand, trocken und fest, energisch zupackte. Das war auch der Junge, der wie Aulus und Tiberius mit den Weißen gekämpft hatte. Auch ihn mochte er sofort. Er konnte es kaum fassen: Schon am zweiten Tag war er, teils durch Zufall, teils durch eigenes Verdienst, in eine Gruppe von Jungen geraten, wie er sich Kameraden auf dem Hof nur erträumt hatte. Dort wohnte niemand in der Nähe. Die Tage hatte er mit seinen Geschwistern verbracht.

Noch etwas stellte Quintus fest: Alle außer Aulus Plautius hatten schmutzig graue Tuniken an und trugen schlechtes Schuhwerk, das schon die besten Zeiten hinter sich hatte. Titus Fundanus war sogar barfuß, seine Tunika war an einigen Stellen mit aufgesetzten Flicken ausgebessert worden; und die Sandalen von Gaius Marcius, dem Langen, waren kurz vor dem Zerfall. Waren ihre Eltern denn so arm? Verglichen mit diesen kam er sich selbst wie in Festtagskleidung vor. Aber erst Aulus Plautius! Die Tunika war zwar jetzt an einigen Stellen zerrissen und beschmutzt, aber aus gutem Stoff, das Leder seiner Sandalen weich, leuchtend braungelb. Auch seine Haare sahen aus, als ob sie täglich gewaschen würden. Seine Hände wirkten gepflegt, so als ob er nicht mit ihnen arbeiten müsste, während die Hände der Übrigen Schrammen hatten und Flecken von schwarzem und öligem Dreck an den Innenseiten. Doch die Stimme von Aulus Plautius unterbrach seine Beobachtungen und Gedanken.

»Corvinus!«, rief dieser und Marcius Corvinus stand stramm: »*Hic!* – Hier!«

»Wache übernehmen!«

Marcius salutierte wie ein Soldat und eilte davon, hinter einen Busch in der Nähe des Pfades, so dass sich niemand unbemerkt von dort nähern konnte. Zugleich hatte er auch das rückwärtige Areal im Auge.

»Folgen!«, erklärte Aulus Plautius und die Gruppe setzte sich in Bewegung. Es ging zurück an den versteckten Platz unter dem alten Gewölbe, wo sie sich hinsetzten und auf weitere Anweisungen warteten. Kein Zweifel. Aulus Plautius war hier der Anführer. Weil er der Intelligenteste war? Der Tapferste? Der Vornehmste? Oder alles zusammen? Quintus hätte gern mehr von ihm gewusst, von seiner Herkunft, seinem Elternhaus. Er besaß wie er selbst drei Namen, den schönen alten und seltenen Vornamen Aulus, den Familiennamen Plautius, den Beinamen Hypsaeus. Als Aulus dann zu sprechen begann, war auch Quintus ganz Ohr.

»Es ist uns heute gelungen die ›Weißen‹ in die Flucht zu schlagen. Besonderes Verdienst hat sich dabei ein Fremder erworben. Quintus Cossinius Afer!«

Aulus hatte sich also seinen Namen schon eingeprägt und Quintus fiel die gewählte Ausdrucksweise auf, als dieser fortfuhr: »Aber sie werden wiederkommen. Sie wollen nicht nur diesen Platz haben! Aus irgendeinem Grunde sind wir ihnen im Wege.«

Er sprach wie ein Feldherr vor der Truppe, doch schien dies keiner der Jungen albern zu finden. Quintus musste sich eingestehen, wie wenig Erfahrung er im Umgang mit Gleichaltrigen hatte und dass er sich im Geheimen immer solche Freunde gewünscht hatte.

»*Commilitones!* – Kameraden!«, fuhr Aulus fort.

»Wir können jeden Arm gebrauchen. Darum bitte ich um euer Handzeichen. Wer dafür ist, dass Quintus Cossinius Afer in den Verband aufgenommen wird, möge die Hand heben.«

Keine Hand blieb unten. Da hatte Aulus plötzlich eine Papyrosrolle in der Hand, nahm dann einen kleinen Stein aus der Mauer und aus der Höhlung dahinter ein Stück grau schimmerndes Metall. Es konnte Blei sein. Er entrollte den Bogen, legte kleinere Steine ans obere und untere Ende. Dann griff er das Metallstück, das an einem Ende zugespitzt war, ritzte – Quintus verfolgte es mit großen Augen – seinen Namen auf den Bogen, ein Quintus Cossinius Afer stand nun unter den Namen der anderen Jungen in einer schönen Schrift, wie die Steinmetzen sie an den öffentlichen Denkmälern und Statuen benutzen:

QUINTUS COSSINIUS AFER

Auch die anderen hatten es stumm und mit Staunen verfolgt. »Du … du kannst ja schreiben!«, rief Quintus erstaunt aus.

»Und du kannst lesen!«, antwortete Aulus lachend.

Quintus überflog die Namen auf dem Blatt und endlich erfuhr er den Familiennamen von Tiberius; Severus lautete er, ohne Beinamen. Und noch etwas bemerkte Quintus. Es stand noch ein weiterer Name im Mittelfeld, der aber durchgestrichen war.

»Warum ist der Name Lucius Albinus durchgestrichen?«

Quintus nutzte diese Situation um Aulus und auch den Übrigen noch einmal zu verstehen zu geben, dass er wirklich lesen konnte. Die Wirkung war dann auch groß. Die Jungen schauten sich kurz untereinander, dann Quintus an und nickten sich zu: Toll! Noch einer von uns, der schreiben und lesen kann! hieß das, und für Quintus stand fest, dass er auf Grund dieser Kenntnis und Fähigkeit im Ansehen der Gruppe gestiegen war. Ob es allerdings auch Aulus beeindruckte, musste man abwarten.

Schließlich erklärte dieser: »Lucius Albinus haben wir ausgestoßen. Er ist zu den ›Weißen‹ übergelaufen. Durch ihn wissen sie auch von diesem Platz. Auf die Dauer müssen wir einen anderen, besseren finden.«

Quintus fragte weiter: »Woher kommen die ›Weißen‹?«

»Vom Hügel Esquilinus. Das heißt, sie wohnen alle in der Nähe der Porta Esquilina.«

Er sprach wie ein Erwachsener, man hörte ihm gerne zu. Und Quintus wurde immer deutlicher, dass die andern vier Aulus nicht das Wasser reichen konnten. Zu groß war der Unterschied. Quintus würde Tiberius einmal fragen, woher Aulus stammte. Er fühlte sich zu ihm hingezogen. Doch jetzt fiel Quintus mit Schrecken die Bitte seiner Mutter ein, heute nicht zu spät nach Hause zu kommen.

So stand er auf und sagte: »Ich muss jetzt gehen. Es kann sein, dass heute Abend noch ein Wagen mit Möbeln und Material aus Caere kommt. Da muss ich helfen.« Und dann fügte er hinzu: »Wann treff...« – Er wollte sagen: ›Trefft ihr euch wieder‹, verbesserte sich aber: »Wann treffen wir uns hier wieder?«

Aulus schaute in die Runde, dann zu Quintus: »Morgen. Um die gleiche Zeit.«

Quintus nickte und verließ schnell das Versteck.

Wer ist Cicero?

Wie erwartet fand Quintus im Hof den alten vertrauten Wagen vor, der bereits entladen war. Großvater war also gekommen! Ohne dem geliebten Vehikel einen Blick zu schenken hastete er die Treppe nach oben!

»Großvater!«, rief er und stürzte auf ihn zu und der alte Mann war sichtlich gerührt vom Überschwang der Wiedersehensfreude seines Enkels, der den gleichen Vornamen wie er selbst trug. Er umarmte ihn und strich ihm mehrmals liebevoll über das Haar.

»Wo ist Cossinia?«, fragte Quintus, »ist sie auch mitgekommen?« Und seine Schwester Herennia rief von ihrem Lager her: »... ist schon mit Mutter einkaufen gegangen. Was Schönes! Weil Großvater da ist.«

»Was soll der ganze Wirbel?!«, fragte der Großvater. »Zu viel Ehre für einen alten Mann!« Aber natürlich freute er sich doch darüber.

Da Kirkos und der Vater auch nicht da waren, hatte Quintus endlich den Großvater wieder für sich allein, so wie auf dem Hof, und auf der Stelle fragte er ihn: »Großvater, wer ist Cicero?«

»Wer Cicero ist? Wie kommst du denn auf Cicero?«

Quintus berichtete ihm ausführlich von dem Gespräch zwischen dem Buchhändler und dem Buchrollen-Käufer, das er beim Argiletum mit angehört hatte.

Der Alte schaute seinen Enkel nachdenklich an, hüstelte ein wenig, wie er es manchmal tat, wenn er sich auf einen komplizierten Gedankengang konzentrieren musste, und sagte dann: »*Bene,* Cicero ... Marcus Tullius Cicero … das ist der größte Redner, den Rom bisher hervorgebracht hat. Das Erstaunlichste ist, dass er eine politische Karriere machen konnte, obwohl er nur dem Ritterstand, nicht dem Adel angehört. Eigentlich darf nur jemand das höchste Amt des Consuls übernehmen, dessen Familie sich in den vergangenen Jahrzehnten, ja Jahrhunderten im Dienst der *res publica,* des Gemeinwohls, ausgezeichnet hat. Aber in Zeiten der Gefahr, wenn sich unter den alten Familien Uneinigkeit, Neid und Streit breit machen, dann kann es schon einmal vorkommen, dass ein Außenseiter, ein Nichtadeliger, der neue Mann ist und die Spitze erreicht. In der Tat nennt man ja einen solch ehrgeizigen Aufsteiger einen *homo novus,* einen neuen Mann. Cicero allerdings hat viele große Begabungen und seine größte ist die seiner Rede …«

»Seiner Rede?!«

»Ja, seiner Rhetorik …«

»Was ist das?«

»Das ist ein griechisches Wort, das wir übernommen haben. Damit meint man die vollendete Beherrschung der Redekunst, um die Menschen durch Reden von etwas zu überzeugen. Also, mit seiner unglaublichen Rhetorik und seinem Mut sich für eine gerechte Sache einzusetzen gewann er mehrere politische Prozesse. Schließlich siegte er in einem großen Prozess über Hortensius, den Verteidiger des ungetreuen Statthalters von Sizilien, Gaius Verres. Und Hortensius hatte bis dahin als der bedeutendste Redner Roms gegolten. Seitdem genießt Cicero beim römischen Volk, aber auch bei Adel und Ritterschaft großes Ansehen. Vor dreizehn Jahren wurde er zum Consul gewählt, und während seiner Amtszeit gelang es ihm tatsächlich ohne Waffengewalt eine Verschwörung zu zerschlagen. Der berüchtigte Lucius Sergius Catilina hatte nämlich versucht mit seinen Genossen die Regierung in einem Staatsstreich zu stürzen. In der Entdeckung und unblutigen Unterdrückung dieses Anschlags sieht Cicero selbst den Höhepunkt seines Lebens und überall wurde er als Vater des Vaterlandes gepriesen.«

»Und der Adel hat Cicero den Aufstieg gegönnt?«, fragte nun Quintus, den Großvater unterbrechend. »Hat er keine Neider unter der Ritterschaft?«

Jetzt sah Großvater seinen Enkel an, voll Staunen über dessen Fähigkeit hinter die Dinge zu blicken.

»Sein politischer Stern ist bereits ein wenig gesunken«, antwortete er beiläufig, »ja, vorübergehend musste Cicero sogar ins Exil gehen. Sein Einfluss auf die heutigen starken Männer Roms, auf Pompejus und Caesar, ist gering. Dafür hat er jetzt Zeit bedeutende Bücher zu schreiben, die an die große Tradition Griechenlands anknüpfen. Darauf ist Rom stolz. Freilich wissen wir nicht, wie sein Leben enden wird, und du hast Recht: Womöglich muss man um Cicero bangen, weil er sich stets furchtlos für die Gerechtigkeit einsetzt.«

»Ist Cicero eigentlich reich?«, fragte Quintus. »Schließlich kann er es sich leisten so teure Handschriften zu kaufen.«

Großvater lächelte: »Reich? Nein, er kann sich mit den reichen Familien der Stadt nicht im Entferntesten messen, obwohl sein Vater ein ertragreiches Landgut bewirtschaftete. Nie hat er die ihm übertragenen Staatsämter dazu benutzt, sich persönlich zu bereichern. Er ist ein Ehrenmann. Und das ist heutzutage die Ausnahme. Die absolute Ausnahme!« Die Wiederholung klang fast zornig. »Aber auch er hat die Verhältnisse der Armen, der unschuldig Verarmten, nicht bessern können.«

»Meinst du damit auch uns, Großvater?« Vorsichtig, ja leise hatte Quintus diese Frage angehängt.

Der Großvater nickte: »Ja. Ich meine auch Leute wie uns. Aber ich habe die Hoffnung noch immer nicht aufgegeben.«

»Auf Cicero?«

»Nein, inzwischen ist noch ein Mächtigerer im Spiel, ich meine Caesar.»

»Wieso hoffst du auf Caesar? Er ist doch weit weg, in Gallien!«

»*Certo.* – Noch ist er in Gallien, aber die Verhältnisse hier in Rom haben sich gerade in den letzten Monaten zugespitzt. Ich versuch dir das mal zu erklären, denn über Caesar solltest du schon ein bisschen Bescheid wissen. – Caesar hatte schon viele wichtige Staatsämter bekleidet und große Siege erfochten, als er vor neun Jahren zum Consul gewählt wurde...«

»Aber es regieren doch immer zwei Consuln, damit einer nicht zu mächtig wird«, unterbrach ihn Quintus eifrig.

»Richtig«, fuhr Großvater fort, »als Kollege wurde ein gewisser Calpurnius Bibulus gewählt, der sich Caesars Reformen auch zu widersetzen versuchte. Caesar hat aber, bevor er das Consulat antrat, ein Abkommen geschlossen, das seine Macht festigte: Mit den beiden einflussreichsten Männern Roms – mit Crassus, dem Sieger über Spartacus, und mit dem im Osten des Reiches siegreichen Feldherrn Pompejus schloss er ein Dreierbündnis, das erste *Triumvirat.* Das sicherte den dreien eine feste Machtposition, denn sie versprachen einander sich gegenseitig nicht an der

Verwirklichung ihrer Pläne zu hindern. So konnte Caesar Statthalter in Oberitalien und Südgallien werden. Von da aus unterwarf er ganz Gallien zwischen dem Rhein und den Pyrenäen, stieß über den Rhein vor und setzte sogar nach Britannien über. Vor zwei Jahren ist ihm die endgültige Unterwerfung Galliens gelungen und er schrieb sein ›*De bello Gallico*‹,* das ihm auch als Schriftsteller Ruhm brachte. Die siegreichen Feldzüge und sein kampferprobtes Heer machten Caesar sehr mächtig – mächtiger, als es manchem hier in Rom lieb ist. Nach dem Tod von Crassus scheint es nun zwischen Caesar und dem ehrgeizigen Pompejus zu einer Machtprobe zu kommen. Im nächsten Jahr will sich Caesar erneut zum Consul wählen lassen, dafür verlangen aber seine Gegner, dass er auf Provinzen und Heer verzichtet. Solange er Statthalter ist, kann er nämlich nicht belangt werden. Und solange er Oberbefehlshaber seiner Armee ist, wagt sich so leicht niemand an ihn heran. Seine Soldaten gehen für ihn durchs Feuer. Aber wenn er auf die Forderung seiner Gegner eingeht, wäre er nur noch ein Privatmann, ein Bürger wie alle anderen, und dann könnte man ihn vor Gericht bringen und ihn wegen aller möglichen Dinge anklagen.«

»Und lässt er sich das gefallen? Was meinst du, was er tun wird?«

»Schwer zu sagen. Ich glaube, dass er mit seiner Armee Richtung Rom zieht und sich Pompejus in der Schlacht stellt. Dann kann es in Italien zum schrecklichsten aller Kriege kommen, zum Bürgerkrieg, denn auch Pompejus ist ja ein großer Feldherr.«

* De bello Gallico: Über den Gallischen Krieg, Caesars Kriegsbericht

Und was versprichst du dir von Caesar für uns?«, fragte nun Quintus, den Anfang des Gesprächs wieder aufnehmend.

»Caesar hat dem Volk seine Hilfe zugesichert und ist stets für die Armen eingetreten. So hatte er gleich am Anfang seines Consulats zwei Ackergesetze durchgesetzt. Er strebt eine Neuordnung des Reiches an. Das könnte auch den unschuldig Verarmten zugute kommen.«

»Wenn Caesar den Pompejus besiegt, wäre er ja Alleinherrscher in Rom. Darf das denn sein?!«

»Wer weiß, was Caesar vorhat, wenn er Pompejus besiegen sollte«, antwortete Großvater langsam. »Wir stehen tatsächlich in einer Zeit des Umbruchs.«

Sie schwiegen beide eine Weile und hingen ihren Gedanken nach. Quintus merkte, dass der Großvater nicht weiter darüber sprechen wollte, und sah eine gute Gelegenheit für seine zweite, noch immer unbeantwortet gebliebene Frage.

»Großvater...!«

»Ja?«

»Als wir beim Pons Aemilius auf Silvanus warteten, sahen wir viele Sänftenträger mit Sänften vorbeikommen. Aber die Sänften waren leer. Was bedeutet das?«

»Hm...«, sagte der Alte, »ganz einfach. Sie haben in Transtiberim ihren Standort. Sänftenträger sind tagsüber in der Stadt unterwegs, im Auftrag des Staates, um die verschiedenen Magistrate, die Beamten der Stadt und des Staates, zu befördern, wenn diese es wollen. Abends bringen sie dann die Tragestühle wieder nach Transtiberim zurück.«

Quintus nickte befriedigt. Großvater wusste eben alles.

Nun wollte aber auch Großvater einiges von Quintus wissen. »Was hast du denn heute und gestern getrieben?«, fragte er den Enkel.

Daraufhin berichtete Quintus von den ersten Tagen in Rom, erzählte auch, dass er Anschluss an eine Gruppe von Jungen gefunden habe, und von seinen Erlebnissen mit ihnen.

»Kannst du mir noch einmal den Namen des Jungen sagen, der die Gruppe anführt?«

»Aulus Plautius Hypsaeus.«

»Plautius Hypsaeus? Die Plautier sind eine römische Adelssippe. Sehr alt. Sie stammen aus der Stadt Praeneste. Haben vor dreihundert Jahren siebenmal das Consulat besetzt. Ein Plautius Hypsaeus war im letzten Jahr Praetor, oberster Richter. Ein Praetor kommt im Rang gleich nach dem Consul. Ein anderer hat sich vor Jahren als Feldherr unter Pompejus hervorgetan... Sei vorsichtig, mein Junge«, sprach der Großvater nachdenklich weiter, »Adelige werden nur selten Freunde von Bürgerlichen. Bewahre Zurückhaltung... Im Übrigen brauchst du aber dein Licht nicht unter den Scheffel zu stellen. Wir Cossinier sind von uraltem etruskischem Adel.«

Quintus starrte Großvater an: »Darüber haben wir nie gesprochen...«

»*Ita est!* – Es spielte ja auf unserem Hof auch gar keine Rolle. Vor vierhundert Jahren wurden die Etrusker, das war die Urbevölkerung des Landes und ein großes Kulturvolk, von den Römern geschlagen und damit verloren auch unsere Vorfahren immer mehr an politischem Einfluss. Ja, ja, die Ratschlüsse der Götter sind oft seltsam und man muss sich bisweilen sehr zusammennehmen um sie nicht zu verfluchen. Aber erinnere dich immer deiner vornehmen etruskischen

Herkunft. Das wird dir hier in Rom eine große Sicherheit geben.«

Quintus nickte eifrig. Er versuchte sich seine Vorfahren vorzustellen: ernste Männer, mit großem Gefolge. Was sie rieten, wurde befolgt. Viele Sklaven bemühten sich um ihr Wohlergehen.

Geräusche von der Treppe her unterbrachen seine Gedanken. Die Familienmitglieder kamen zurück.

Cossinia war auch dabei. Sie begrüßte ihren Bruder freundlich und drückte ihn kurz an sich.

›Schön sieht sie aus!‹, dachte Quintus. ›Sie hat wunderschöne schwarze Haare und große dunkle Augen. Sie ist schlank.‹

Er hatte es schon öfter erlebt, dass junge Burschen hinter ihr her pfiffen oder riefen. Dann hatte Cossinia immer ein seltsam heiteres und zugleich hochnäsiges Lächeln auf den Lippen. Sie war ganz anders als Herennia. Er mochte Cossinia sehr. Sie hatte etwas Großzügiges im Wesen und konnte über Unangenehmes hinwegsehen. Außerdem ging von ihr stets ein ungemein frischer Körpergeruch aus, so, als ob sie gerade aus dem Bad gestiegen wäre.

Cossinia winkte ihren Bruder in eine Ecke: »Hier ... ich habe dir etwas mitgebracht!«

Sie reichte ihm einen länglichen Gegenstand, der in ein altes, verschossenes Tuch gewickelt war. Als er ihn in Händen hielt, wusste er, was es war: sein Bogen! Am liebsten hätte er laut gejubelt, aber Cossinia drückte ihm ihren Zeigefinger auf den Mund und er schwieg. Dann sagte er leise: »Das werde ich dir nie vergessen.«

Schnell brachte er den Bogen in seine Schlafecke, packte ihn aus und begutachtete ihn. Er war völlig in Ordnung. Kirkos hatte ihn vor Jahren für ihn gebaut.

Er war fachmännisch hergestellt und man schoss damit so treffsicher auf mittlere Entfernungen, dass er eine durchaus ernst zu nehmende Waffe darstellte. Er durfte auf keinen Fall in falsche Hände geraten. Für einen Augenblick fühlte er sich wie zu Hause auf dem Hof. Er würde den Bogen stets in Ehren halten.

»Essen kommen! Kommt alle essen!«, rief Herennia und das ließ sich niemand an diesem Abend zweimal sagen. Im Nu waren alle um den Tisch versammelt.

Familienrat

Großvater hatte auf dem alten Wagen, der nun Silvanus gehörte, noch etliches mitgebracht, was dringend gebraucht wurde, darunter einiges Werkzeug, ein paar derbe Bettgestelle, Geschirr, Öllampen und tatsächlich das Bienennetz. Kirkos hatte kaum gewagt den alten Herrn darauf anzusprechen und ihm zu erklären, dass Herennia, die Herrin, das feine Gespinst dringend als Schutz gegen Fliegen und anderes fliegendes Ungeziefer benötige.

»*Per deos!* – Bei den Göttern!«, hatte der Großvater daraufhin gesagt und tief geseufzt: »Ob ich's noch einmal brauchen werde …« Dann hatte er es in einem plötzlichen Entschluss Kirkos gegeben, der es sogleich in die Tür des Fliegenschranks einsetzte.

Längst hatte die Dämmerung begonnen, die Sonnenstrahlen näherten sich im Treppenhaus immer mehr der Waagerechten und Kirkos zündete die drei Öllampen des zierlichen Kandelabers an, der auf dem

Tisch stand. Dies war eine Ausnahme, denn das Olivenöl war teuer. Die Familie setzte sich um den Tisch und Kirkos machte den Mundschenk. Zur Ankunft von Großvater und Cossinia servierte er den Falerner Wein, allerdings mit Wasser verdünnt.

Nur Mutter dachte schmerzlich an Herennia, die allein im Nebenzimmer lag. Sie öffnete einen Spaltbreit die Tür, damit das Kind ohne allzu sehr gestört zu werden an der allgemeinen Stimmung teilhaben konnte.

»Nun erzählt mal!«, forderte der Großvater die Familie auf, »was habt ihr denn schon erledigt?«

Jeder hatte etwas zu berichten, auch Publius: »Ich habe eine Festung gebaut! Eine ganz große!« Er zeigte bis zur Decke. Da er gähnte, wurde er von Cossinia ins Bett gebracht. Und seltsamerweise erhob er keinen Widerspruch. »Morgen bau ich noch eine größere!«

»Tja...« Vater presste einen Augenblick die Lippen fest aufeinander und stellte die Gegenfrage: »Und du bist mit allem klargekommen?«

Der Patron nickte. »Es waren nur noch die Formalitäten. Ich...«

Er zögerte und musste schlucken, ehe er weitersprach: »Ich ... eh ... ich habe da noch einen Passus in den Kaufvertrag aufnehmen lassen...«

»Einen Passus?«

»*Ita est.* – Ich habe darauf bestanden, dass der Besitz innerhalb von zwölf Jahren zurückgekauft werden kann.«

»Was hast du?« Sein Sohn, Quintus' Vater, starrte ihn an.

Der Großvater wiederholte geduldig: »Ich habe auf dem Wiederkaufsrecht bestanden.«

»Wie hast du das denn gemacht?!« Vater konnte es nicht fassen und auch die Übrigen sahen den Patron staunend und bewundernd an.

»Es war ganz einfach. Er lachte nämlich, als ich damit herausrückte...«

»Wer?«

»Der Sekretär des Alfenus Varus. Er hatte Vollmacht zu allem und jedem. Er hielt die von mir vorgeschlagene Vertragsklausel für einen Witz und...«

»Das kann man wohl sagen«, bemerkte der Vater trocken.

»... und nahm sie mit einem hochmütigen Lächeln in den Vertrag auf. Hier ist die gesiegelte Abschrift.«

Er legte eine kleine Rolle auf den Tisch und erlaubte besonders Quintus einen Blick hineinzuwerfen. Es war die Sprache der Händler, Kaufleute, Juristen: sachlich, nüchtern, umständlich. Quintus murmelte den entscheidenden Satz vor sich hin: »... ist der Schuldner berechtigt innerhalb von zwölf Jahren, vom heutigen Tage an gerechnet, das Haus und das dazugehörige Land zurückzukaufen. Der Preis muss mindestens dem jetzigen entsprechen. Er darf nicht darunter liegen.«

Tief prägte sich Quintus den Satz ein, so tief, dass er ihn später jederzeit so ins Gedächtnis zurückrufen konnte, als ob er die Urkunde vor sich in Händen hielte. ›Ich werde es schaffen!‹, gelobte er sich. Dann bemerkte er, wie der Großvater ihn die ganze Zeit über angeschaut hatte, und nun lächelte er ihm zu. Sie hatten sich verstanden.

»Na gut«, meinte der Vater. »Man kann nie wissen.« Er trank einen Schluck Wein. »Aber zunächst geht es ganz einfach ums Überleben. Freund Silvanus hat unsere finanziellen Möglichkeiten überschätzt. Die Miete für diese Wohnung können wir nicht lange zahlen. Niemand von uns hat im Augenblick ein festes, regelmäßiges Einkommen. Meine eigenen Versuche in den beiden Tagen, eine bezahlte Arbeit zu bekommen, waren vergebens. Überall das Gleiche: ›Wie? Arbeit willst du? Du? Ein freier Mann? Wenn du mir einen Sklaven verkaufen willst, kannst du wiederkommen!‹«

Quintus sah, wie Kirkos bei dieser Mitteilung zusammenzuckte, auch Vater hatte es bemerkt und er legte Kirkos seinen Arm auf die Schulter: »Keine Sorge, Kirkos! Dich wird niemand verkaufen. Du gehörst zur Familie!«

Und alle nickten kräftig dazu, so dass es Kirkos ganz peinlich berührte und er nicht wusste, wohin mit den Händen. Also blieb ihm wieder mal nur der letzte Ausweg: Er griff nach seiner gewaltigen Nase und knetete sie kräftig.

Inzwischen hatte Vater weitergesprochen: »Ich habe manchen Rat bekommen. Ich sollte es mal drüben auf der anderen Seite des Tibers, in Transtiberim, probieren. Da brauche man immer Leute. Ich versuch's morgen. Du, Kirkos, kannst den alten Tischler mal fragen, ob du bei ihm unterkommst, wenigstens für ein paar Wochen…«

Kirkos nickte eifrig dazu: »*Immo!* – Natürlich!«

»Und dir, Vater…« Er schaute seinen Vater mit einem liebevollen Lächeln an. »Dir kann niemand zumuten in dieser schrecklichen Stadt nach Arbeit zu suchen.«

»Mir wird schon was einfallen. Ihr sollt sehen: Mir fällt bald etwas ein!«, unterbrach dieser lebhaft den Vater.

»Du, Cossinia ... Also, es müsste mit dem Charon* zugehen, wenn du nichts fändest!«, fuhr dieser fort.

»Jaja«, rief Cossinia, die seit jeher Vaters Liebling gewesen war, »ich habe schon mit Mutter darüber gesprochen. Wir werden die Nachbarin unter uns fragen und eine Bäckersfrau in der Nähe ...«

»Bene.« Vater schaute Quintus an. »Du bist, außer dem Großvater, der Einzige in der Familie, der lesen und schreiben kann. Zwar habe ich in jungen Jahren auch versucht mich mit der hohen Kunst zu befassen, aber ... ich musste mich um den Wiederaufbau des Hofs kümmern, besonders, als Großvater nicht zu Hause war und gegen Spartacus kämpfte. Hatte einfach keine Zeit ... Wohl auch keine Geduld ... Also, du solltest morgen mal mit deinem Großvater zu den Buchhändlern beim Argiletum gehen. Vielleicht wäre da eine Möglichkeit ...«

Quintus war überrascht! Daran hatte er überhaupt nicht gedacht. Schon sah er sich inmitten eines Stapels kostbarer, reich verzierter und illustrierter Handschriften sitzen und lesen ... lesen ... lesen ...

»Sag mal, hast du überhaupt zugehört?«

»Ich? Wie? Natürlich! Gleich morgen geh ich mit dem Großvater hin! Nicht wahr, Großvater?«

Der nickte ihm bedächtig zu: »Ja, wir werden sehen, wie wir es anstellen.«

»Mutter hat genug im Haus zu tun. Herennia ist krank. Seien die Götter uns und ihr gnädig! Wenn sich ihr Zustand nicht bessert, müssen wir einen Arzt holen.«

Vater gähnte, der Tag war für alle anstrengend

* Fährmann in der Unterwelt, der die Schatten der Verstorbenen über den Totenfluss Styx in den Hades rudert

gewesen. Es musste noch geregelt werden, wer wo schlief. Sie einigten sich dann schnell: Vater, Mutter, Herennia und Publius im letzten Zimmer; Großvater und Kirkos im mittleren Raum, in dem sie gerade saßen; Cossinia und Quintus im Vorraum. Das gefiel Cossinia nicht wegen der Latrine, aber Mutter erklärte: »Wir werden gleich morgen einen Vorhang anbringen. Und sollten wir doch länger hier wohnen, müssten die Männer eine Trennwand aus Holz bauen. Aber solange wir nicht wissen, wie es weitergeht, haben wir keine andere Wahl. Für Großvater ist es am schlimmsten, er hatte auf dem Hof sein eigenes Zimmer!«

An diesem Abend lag Quintus lange wach. Zu vieles war heute auf ihn eingestürmt. Beim Apollo!* Ausgerechnet Vater musste diese Idee haben! Arbeiten bei einem Buchhändler! Gleich morgen früh würde er mit dem Großvater hingehen. Immer wieder malte er sich aus, wie er mit Buchrollen hantierte, wie er Kunden beriet und ihnen kleine und große Kostbarkeiten verkaufte, wie eines Tages Cicero an ihn herantrat und … da schlief er endlich ein.

* Griechischer Licht- und Sonnengott

Die Walkerei

Am nächsten Morgen wurde wenig gesprochen. Jeder hatte für den Tag etwas Bestimmtes vor und war in Gedanken damit befasst. Großvater wollte zunächst einmal allein bei dem einen oder anderen *librarius*, wie die Buchhändler genannt wurden, vorsprechen und die Lage erkunden, ob man denn überhaupt Interesse an einer jungen Kraft habe, die lesen und schreiben könne.

Cossinia hatte sich zusammen mit Mutter vorgenommen die alte Frau unter ihnen aufzusuchen und sie um Rat zu fragen. Der Vater aber würde heute nach Transtiberim gehen und sich in den dortigen Betrieben umsehen. Er musste eine bezahlte Stelle bekommen, und sei es nur vorübergehend. Er würde nehmen, was sich bot. Quintus sollte ihn begleiten.

Kirkos konnte schon einiges berichten: Der alte Tischlermeister legte großen Wert auf seine Mitarbeit. Sofort hatte er bemerkt, dass Kirkos zupacken konnte, dass er fleißig war, vor allem aber, dass er einen ungewöhnlichen technischen und handwerklichen Verstand besaß. Es sah ganz so aus, als ob Kirkos nun umsatteln und sich in einen Holzfachmann verwandeln würde. Sein Verdienst würde von ihm in die gemeinsame Familienkasse eingezahlt werden. Er war ohne die Erlaubnis seines Herrn nicht berechtigt allein größere Geschäfte abzuschließen oder größere Summen einzunehmen. Als Sklave war er dem Patron Quintus Cossinius Afer verantwortlich. Darüber war zwar nie gesprochen worden, aber jeder in der Familie wusste es. Kirkos selbst natürlich auch. Es gab freilich die Möglichkeit, dass er sich freikaufte, wenn er genügend Geld besäße. Über eine solche Möglichkeit hatte er noch nicht mit dem Patron, auch nicht mit Gaius Cossinius, dessen Sohn, gesprochen. Vor dem Gesetz hatte der Patron als das älteste männliche Familienmitglied darüber die Entscheidung zu fällen; aber die Verantwortung lag tatsächlich bei Gaius, dem Vater von Quintus. ›*Interim fit aliquid.* – Kommt Zeit, kommt Rat‹, dachte Kirkos an diesem Tag.

Der Weg, den Vater und Sohn durch die Stadt nahmen, war ihnen nun schon bekannt. – Drei Tage waren sie erst in der Stadt und es kam ihnen bereits vor, als ob sie schon Wochen hier lebten und hausten.

Quintus hatte sich schon angewöhnt Bettler entweder nicht zu beachten oder sie barsch anzufahren. So auch jetzt, als sie in der Nähe der Curia das Forum überquerten und zum schräg gegenüber abzweigenden Vicus Tuscus strebten. Doch da geschah etwas Sonderbares! Einer der Betteljungen, der gerade heulend und jammernd das Schicksal seiner »todkranken« Geschwister beweinte, brach, als er Quintus sah, plötzlich ab und stutzte. Quintus nahm sein Gegenüber näher in Augenschein und glaubte hinter dem von Kohle und Schmutz verdeckten Gesicht bekannte Züge zu erkennen. Das war doch … das … das war einer aus der Gruppe um Aulus Plautius Hypsaeus! Das war … Natürlich! Titus Fundanus, der Kleinste von allen. Aber Quintus hatte nicht lange Zeit über diese erstaunliche Entdeckung nachzudenken, denn gerade wurde eine Sänfte vorbeigetragen, und bei ihrem Anblick lösten sich die Bettler wie in Luft auf.

Quintus behielt seine Beobachtung für sich. Er hatte ohnehin dem Vater nichts von der Gruppe erzählt. Ihn würden in diesen schweren Tagen Vermutungen im Zusammenhang mit Bettlern kaum interessieren. Quintus freilich wollte der Sache nachgehen. Heute Nachmittag traf er die Gruppe ja wieder.

Sie erreichten den Tiber, das *Forum Boarium,* den alten Viehmarkt, hielten sich aber nicht auf und überquerten den Fluss auf dem Pons Aemilius. Rechts grüßte von der Südspitze der Tiberinsel der Tempel des Aesculapius, des Gottes der Heilkunst, den die Griechen Asklepios nannten. Man erkannte von der Brücke aus zahlreiche Krüppel, Hinkende, Bucklige, Einarmige, Alte vor allem, die wohl alle auf die Hilfe des Gottes hofften und ihm nun opfern wollten. Die Hähne – seit alters Opfertiere des Gottes – gab es gleich in der Nähe zu kaufen.

Als sie die Brücke überquert hatten, blieb der Vater stehen und kratzte sich am Kopf. Quintus schaute ihn an. Er bemerkte, wie das Gesicht des Vaters in den letzten Wochen und Tagen gealtert war. Die Falten zu Seiten des Mundes hatten sich tiefer eingegraben. Sein Mund war schmal und hart geworden, die Lippen lagen fest aufeinander. Quintus liebte den Vater, aber es war anders als bei der Mutter. Vater redete nie viel. Er handelte. Er war immer mit etwas beschäftigt. Er war fleißig. Sie waren alle fleißig. Das war auf dem Hof eine Selbstverständlichkeit gewesen. Jetzt allerdings war es die Frage, ob Fleiß allein genügen würde sich wieder hochzuarbeiten. Quintus wusste, sein Vater hatte dazu den eisernen Willen!

Gaius Cossinius war ein Mann der Tag, während Quintus Cossinius, sein Vater, mehr die Betrachtung der Dinge und Ereignisse liebte. Und Quintus vermochte in diesem Augenblick nicht zu sagen, was das Bessere war.

»Wir sollten einfach der Nase nach gehen«, meinte

er und der Vater lächelte zum ersten Mal, seit sie unterwegs waren.

»Dann komm!«

Sie kannten das Viertel hier in der Nähe der Via Aurelia vom Tage ihrer Ankunft. Und als sie sich weiter nach Westen bewegten, wurde der penetrante Geruch, den sie schon einmal wahrgenommen hatten, zum Gestank.

»Die Leute können wahrscheinlich am Geruch erkennen, wie das Wetter wird«, bemerkte Vater um etwas zu sagen.

Quintus nickte. Längst waren sie in eine Seitenstraße eingebogen, hatten Passanten nach einer Walkerei gefragt und mürrisch den Weg gewiesen bekommen. Endlich standen sie vor dem Eingang eines solchen Betriebes und schauten sich um.

Vater und Sohn wussten, dass der Walkvorgang sehr kompliziert war und aus einer ganzen Reihe verschiedener Arbeitsgänge bestand.

»*Ecce!* – Schau mal! Warum sind in der Außenwand solche Röhren?«, fragte Quintus.

»Zum Urinieren.«

»Zum Uri…?« Ungläubig starrte Quintus seinen Vater an.

Doch der sagte nur: »Pass auf!«

Etwa zwanzig Schritt von ihnen entfernt näherte sich ein Mann der Wand und erledigte sein Bedürfnis in die dortige Röhre. Niemand der Passanten beachtete das weiter. Kurze Zeit später kam ein alter Mann und tat das Gleiche. Jetzt verstand Quintus: Daher kommt also der Gestank! Anscheinend brauchte man den Urin beim Walken und Färben in einer *fullonia,* einer Tuchmacher- und Walkerei.

»Ich erklär's dir später«, bemerkte der Vater und

öffnete die Tür. Gleich hinter dem Eingang befand sich ein großer Raum. In einer Ecke war eine gewaltige Presse, in der Tücher geglättet wurden, aufgestellt. Eine Frau stand im Gespräch mit einem Mann, der eine beigefarbene Tunika aus derbem Stoff als Arbeitskleidung trug und wohl zur Fullonia gehörte. In der Linken hielt er eine Wachstafel, auf der er mit einem *stilus** während des Redens Notizen machte. Die beiden schienen ein Geschäft abzuwickeln und die betonte Höflichkeit des Schreibers ließ einen größeren Auftrag vermuten. Der Mann war vielleicht der Betriebsleiter. Er begleitete die Römerin bis zum Ausgang und verbeugte sich tief: »Mögen die Götter dir und den Deinen stets gewogen sein! *Vale!* – Leb wohl!«

Die Frau hob nur leicht die Hand, sagte ebenfalls *»Vale!«* und entfernte sich. Der Mann schaute noch einmal auf seine Notizen, nickte zufrieden – und wollte ins Innere des Gebäudes gehen, als er Quintus und seinen Vater bemerkte.

Er hielt sich nicht lange mit Vorreden auf: »*Quid est?* – Was ist? *Quid a me quaeris?* – Was willst du von mir?«

»Bist du hier der Betriebsleiter?«

»Ita est.«

»Ich suche Arbeit.« Der Vater hatte den Satz selbstsicher, keineswegs unterwürfig gesagt.

Der Betriebsleiter stutzte einen Augenblick und betrachtete sein Gegenüber von oben bis unten. Schließlich sagte er: »Du bist doch kein Sklave?«

»Nein.«

»Hm ... Woher kommst du?«

»Von Caere.«

* Schreibgriffel

»Bauer?«

»Ita est.«

»Hof verloren?«

»Ita est.«

»Schulden gehabt?«

Vater zögerte einen Augenblick, dann nickte er.

»Kenne das...« Der Betriebsleiter nickte nun seinerseits. »Kenne das nur zu gut. Mein Vater hatte auch einen Hof. Aber mehr im Süden. Bei Aricia. Immer das Gleiche! Ist dann auch nach Rom gegangen... Hat's aber nicht lange überlebt. War aber auch schon ein alter Mann.«

Der Betriebsleiter schaute Vater und Sohn eine Weile an, dann seufzte er: »Tja, sagen wir mal so: Wegen des Ausfalls einiger Leute kann ich zur Zeit jeden Mann brauchen. Aber...«

»Ja?«

»Du wirst für die Arbeit nicht viel bekommen. Sie wird meist von Sklaven erledigt. Und Sklaven kosten außer Essen und Trinken nichts.«

»Ich muss fürs Erste nehmen, was ich kriege.«

»Na gut. Wann kannst du anfangen?«

»Jetzt gleich.«

»Ist das dein Junge?«

»Ja.«

»Soll er etwa auch hier...?«

»Nein.«

»Wäre auch nicht gut...«

Er wandte sich um und ging den kurzen Flur ins Innere des Gebäudes voraus. Im folgenden Raum befand sich die Wäscherei.

»Am besten, ich zeige euch die Reihenfolge der Arbeiten. Damit du verstehst, wie es abläuft. Dann kannst du dir überlegen, ob du...«

Das war sehr freundlich von dem Mann, dessen Namen sie noch immer nicht wussten. Aber sein Vater war Bauer gewesen und deshalb hatte er offensichtlich Mitleid mit ihnen.

Die vom Webstuhl kommenden Webstücke wurden zunächst einmal nach Fehlern untersucht, danach genoppt und schließlich von Flusen und Knoten gereinigt. Dann erst begann die eigentliche Arbeit des Walkens, das heißt die Herstellung von Tuchen durch Verfilzen und Verdichten. In riesigen Walkgruben wurden sie durch ununterbrochenes Treten in Bewegung gehalten, was die Verfilzung bewirkte. Das Zeug musste dabei mit klarem, warmem Wasser und mit Substanzen, die die Auflösung des Fetts erleichterten, bespült werden. Dazu eignete sich am besten menschlicher Urin, der natürlich auch am billigsten war. Er wurde in Krügen gesammelt und in die entsprechenden Tröge geschüttet.

Angewidert sah Quintus Männer und auch Kinder, die in der übel riechenden Flüssigkeit mit den Füßen das Tuch stampften.

Da der Urin den Stoff etwas spröde machte, setzte man beim Auswaschen im nächsten Trog Walkerde bei. Das war eine bestimmte Tonerde, die das aufgelöste Fett in sich aufnahm. Auch hier traten Männer und Kinder in den dafür vorgesehenen Becken herum, aber das stetig frisch dazufließende Wasser machte die Sache etwas weniger unangenehm. Im nächsten und übernächsten Becken waren andere, die Stoffe mit Stöcken und Ruten schlugen, damit die Verfilzung weiter voranschritt.

In weiteren Becken wurden die Stoffe gründlich ausgewaschen. Und nun verstand Quintus, warum die

Walkereien in unmittelbarer Nähe einer Wasserleitung liegen mussten.

Jetzt wurden die Tücher getrocknet. Dann folgte das Aufkratzen und Aufrauhen und dazu benutzten die Arbeiter eine bestimmte Distelart. Einige Arbeiter hatten auch besonders kräftige Bürsten in Gebrauch, deren Borsten aus den Stacheln von Igeln bestanden. Die abgekratzten Wollflocken wurden keineswegs weggeworfen. Man benutzte sie zum Stopfen von Polstern und Kissen.

Nun verließen sie die überdachten Räume und stiegen auf ein Flachdach. Dort waren mehrere Sklaven dabei, die getrockneten Tücher über Gestelle aus Rutengeflecht zu breiten. Darunter hatten sie Kohlenpfannen aufgestellt, in denen Schwefel verbrannte. Dieser Prozess diente zum Bleichen der Stoffe, sofern sie weiß sein sollten. Und wieder wurden sie danach gebürstet, immer wieder, um die noch anhängenden fremden Bestandteile zu entfernen und um den Fasern eine gleichmäßige Richtung zu geben. Es gab freilich auch Stoffe, die man im Naturzustand beließ. Sie waren billiger – oder dienten im Winter aufgrund ihrer längeren Fasern als besonders guter Schutz gegen die Kälte.

Bevor nun die Tücher gepresst wurden, bespritzte man sie mit Wasser: Der Arbeiter nahm etwas klares Wasser in den Mund und versprengte es möglichst gleichmäßig über die Stoffe. Dann kamen die Tücher unter die beim Eingang stehende Presse, wo sie je nach ihrer Dicke einige Stunden oder sogar einen, manchmal zwei oder drei Tage verblieben.

Das alles sahen Quintus und sein Vater bei dem kurzen Rundgang. Nachdem sie wieder in den Raum hinter dem Eingang zurückgekehrt waren, fragte der

Betriebsleiter: »Du weißt jetzt, was auf dich zukommt. Willst du wirklich hier arbeiten?«

»Was kommt denn in Frage?«, entgegnete der Vater vorsichtig.

»Es fehlen mir Walker, wie du wahrscheinlich selbst gesehen hast. Wenn du das machen willst...« In dieser Frage klangen Zweifel mit, ob es eines freien Mannes würdig sei.

Vater überlegte nicht lange: »Ich will!«, sagte er entschlossen.

Da lachte der Mann kurz auf: »Ist übrigens das beste Mittel gegen Gicht! Habe noch nie einen kennen gelernt, der danach die Gicht bekam! – Du kannst morgen anfangen.«

»Wann?«

»Gleich nach Sonnenaufgang! Über den Lohn reden wir, wenn ich sehe, wie du dich anstellst.«

Auf dem Heimweg schwiegen Vater und Sohn lange. Schließlich meinte Quintus: »Vielleicht kannst du dich nach kurzer Zeit verbessern...«

Vater antwortete nicht darauf und strich Quintus während des Gehens über den Kopf und drückte ihn kurz an sich.

Die Mitteilung

Als Vater und Sohn zurück in die Wohnung kamen, war der Großvater schon da. Er saß bei Herennia am Bett und erzählte ihr eine Geschichte. Publius hatten die beiden Frauen mitgenommen.

»Wie geht es dir?«, fragte der Vater das Mädchen.

»Ich weiß nicht«, antwortete Herennia mit matter Stimme.

»Wir sollten nun doch einen Medicus zuziehen«, sagte Großvater ernst. Er ging mit zurück in den großen Wohnraum. »Wie war's bei dir?«

Vater berichtete dem Großvater. Tapfer fügte er hinzu: *»Interim fit aliquid.* Ich muss fürs Erste damit zufrieden sein. Wenig ist besser als nichts.«

Endlich konnte Quintus fragen: »Großvater, hast du etwas bei den Buchhändlern ausrichten können?«

»Hm... Da war einer, der könnte so einen Jungen wie dich gebrauchen, wenn er lesen und schreiben kann. Du sollst dich morgen früh bei ihm vorstellen.«

»Wer ist es denn?«

»Ein gewisser Quintus Pollius Valerianus.«

«Wie viel Leute arbeiten bei ihm?«

»Also, was ich gesehen habe, da waren an die zehn in seiner *officina.*«

»Officina?«

»So nennt man die Werkstatt im hinteren Teil des Hauses, wo die Schreiber bei der Arbeit sitzen.«

»Stellt er denn die Bücher selbst her?«

»Ja. Er produziert und verkauft sie. Aber den ganzen Hergang wirst du ja morgen kennen lernen. Pollius machte auf mich einen ehrenwerten Eindruck. Er scheint auch gebildeter als der Durchschnitt der Buchhändler. Sein Geschäft geht gut, denn im vorderen Teil der Taberna herrscht ein stetes Kommen und Gehen von Leuten. Und viele Adelige sind darunter.«

In diesem Augenblick kamen die beiden Frauen mit Publius zurück.

»*Salve, Pater! – Salve, Ave!** – Ich hab eine Stelle! Ich hab sie!« Cossinia strahlte über das ganze Gesicht.

Sie lief auf Vater und Großvater zu und umarmte beide stürmisch. Ihre Fröhlichkeit wirkte ansteckend und alle machten eine Weile heitere Gesichter.

»Ich hab's ja immer gesagt, du kriegst hier was!«, erklärte Vater und betrachtete stolz seine älteste Tochter.

»Was ist es denn?«, fragte der Großvater.

»In der Bäckerei! Schräg gegenüber! Wo Quintus morgens Brot holt!«

Sie konnte es immer noch nicht fassen. Der Laden und die Bäckersfrau hatten ihr gut gefallen. Mutter, die bisher geschwiegen hatte, erklärte nun nüchtern: »Sie hat die übliche Probezeit. Die muss man abwarten. Es gibt in dieser Straße Hunderte von Mädchen, die eine Stelle suchen.«

»Aber nur eine Cossinia!«, sagte Vater und alle dachten das Gleiche.

»Vater!«, sagte da Mutter in die Stille hinein. Sie meinte den Großvater und schaute ihn an: »Wir brauchen dringend einen Arzt für Herennia. Ich bin mit meinen Hausmitteln am Ende. Seit wir in Rom sind, ist sie krank, das zeigt, dass wir alleine nichts mehr ausrichten können. Würdest du dich nach einem Medicus umsehen? Du kennst dich da am besten ...«

»*Certo.* Ich gehe.« Großvater zögerte keinen Augenblick und machte sich sogleich auf den Weg, denn er hatte den gleichen Eindruck wie Mutter.

Für den Rest des Vormittags half Quintus der Mutter, die immer noch mit dem Einräumen und Verstau-

* Sei gegrüßt, Vater! Sei gegrüßt, Großvater!
»*Ave*« heißt hier »Großvater« (in der Anredeform von *avus*).

en der kleinen Dinge beschäftigt war. Während der Ruhe der Mittagszeit nahm er sich eine Wachstafel und übte sich im Schreiben von Buchstaben und Wörtern, so wie Großvater es ihm noch auf dem Hof gezeigt hatte. Nun wurde es ernst! Er wusste, dass es von seinen Schreib- und Lesekenntnissen abhing, ob er bei diesem Pollius Valerianus bleiben konnte. Und er hatte den Willen es weiter zu bringen als sein Vater und Großvater. Der Hof musste zurückgekauft werden! Der Hof! Die Felder! Die Bäume! Er sah sie vor sich, während er den Stilus an die Lippen hielt. Er hatte es der Mutter geschworen.

Er übte auch weiter, als Großvater mit einem großen, dürren Mann zurückkam, den er als einen Medicus vorstellte und der eine große lederne Tasche bei sich trug. Er strebte sogleich ins Zimmer der Kranken, ließ sich einen Hocker geben und nahm vor dem Bett Platz. Dann tastete er den ganzen Leib des Mädchens ab, legte sein Ohr an verschiedene Stellen, schaute in ihren Hals und stellte viele Fragen, die Mutter möglichst genau beantwortete. Dann entnahm er seiner Tasche ein Stück Papyros, schrieb darauf ein Wort, reichte es dem Großvater und sagte: »Das sollte sofort besorgt werden. Bei einem *aromatarius,* einem Drogen- und Gewürzhändler. Ich bekomme nun fünf Sesterzen!«

Für eine knappe Viertelstunde Besuchszeit eine erkleckliche Summe! Großvater bezahlte sofort und steckte seinen ledernen Geldbeutel wieder umständlich weg.

»Wenn es in zwei, drei Tagen nicht besser sein sollte, holt mich. Dann muss ich sie zur Ader lassen.«

Grußlos verließ der Medicus das Krankenzimmer und die Wohnung.

»Was hat er denn verschrieben?«, fragte Mutter.

Großvater las das Wort vor, kannte es freilich auch nicht und hob resignierend die Schultern. Dann machte er sich auf den Weg. Wie sich später herausstellte, handelte es sich um ein grauweißes Pulver mit einem seltsamen fremden Geruch. Die Menge des halb vollen Löffels sollte in einem Becher Wasser aufgelöst und der Kranken eingegeben werden. Herennia ließ alles mit sich geschehen. Jetzt konnte man nur abwarten und beten.

Am Nachmittag machte sich Quintus auf den Weg zum Treffpunkt, dem alten Gewölbe unter dem steinernen Bogen. Doch es war niemand da. Seltsam. Sie hatten doch gestern abgemacht sich heute um diese Zeit hier zu treffen.

Er blieb eine Weile am Tisch sitzen und lauschte auf die Geräusche der Stadt, das Zwitschern der Vögel in den Bäumen, das Rauschen des Windes, das leise Knacken der Zweige im Unterholz, schließlich auf den eigenen Atem und seinen Herzschlag, der sich langsam beruhigte. So saß er lauschend, grübelnd, träumend, in Gedanken mit sich selbst oder anderen redend. Schließlich wurde es ihm zu lang. Er schaute sich um und sein Blick blieb an dem Stein haften, den Aulus Plautius Hypsaeus das letzte Mal herausgenommen hatte. Quintus griff nach ihm, entfernte ihn und fand ganz unerwartet dahinter einen Fetzen Papyros. Darauf stand:

ZUR ELFTEN STUNDE* AN DER PORTA ESQUILINA.

Er schaute nach dem Stand der Sonne. So weit war es noch nicht. Er überlegte: Die Botschaft konnte

* Gegen 17.00 Uhr nachmittags

doch nur an ihn gerichtet sein, denn niemand sonst in der Gruppe konnte lesen. Er stand auf und machte sich auf den Weg. Porta Esquilina – war der Stadtteil Esquilina nicht das Revier der Weißen?

Die Gruft

Er war noch nicht in der Nähe der Porta Esquilina gewesen, konnte sich aber die Lage des Tors vorstellen. Der Clivus Suburanus führte in seiner Verlängerung direkt darauf zu. Nach kaum hundert Schritt hatte er es erreicht. In drei Bögen fasste es den ein- und ausfahrenden Verkehr. Die Servianische Befestigung bestand an dieser Stelle nicht nur aus einer Mauer, sondern es war bis zur Porta Collina im Norden hinter der Mauer ein gewaltiger Erdwall aufgeworfen worden.

Eine wohl durchdachte Verteidigungsanlage.

Um diese Zeit war es ruhig hier. Die Torwächter warteten auf ihre Ablösung und trotteten müde und gelangweilt hin und her. Wer von ihnen etwas wollte, wurde mürrisch abgefertigt. Quintus wollte gar zu gern das Tor durchschreiten um zu sehen, wie es vor diesem aussähe. So schlenderte er mit großer Selbstverständlichkeit auf die rechte Durchfahrt zu, ging ohne Gruß an dem Posten vorbei und war draußen. Gleich vor dem Tor teilte sich der Clivus Suburanus. Links zweigte eine Straße ab, die parallel zur Stadtmauer nach Norden führte. Geradeaus war die Straße gepflastert, ebenso die rechte Abzweigung. Er hätte gerne gewusst, wohin beide Straßen führten, mochte aber niemanden fragen, da er sich nun einmal als eingeborener Römer geben wollte. Um so mehr erschrak er, als jemand ihm von hinten auf die Schulter klopfte und erklärte: »In der Mitte, das ist die *Via Tiburtina.* Rechts ist die *Via Labicana.*«

Er fuhr herum und sah in das Gesicht von Aulus, der schmunzelte, weil Quintus sich so erschreckt hatte.

»Warum hast du mich hierher bestellt?«, fragte Quintus dann.

Aulus ging seltsamerweise nicht auf die Frage ein. »Sie haben ihn fertig gemacht!«, sagte er tonlos.

»Wen?«

»Titus! Titus Fundanus! Den Kleinen!«

»Wer? Die ›Weißen‹?«

»Wer sonst?«

Sie schwiegen. Quintus kam das höchst befremdlich vor. Wie konnte man einen Jungen »fertig machen«? Das Wort wurde gemeinhin gebraucht, wenn man von einer Bande von Verbrechern sprach, die jemanden »fertig gemacht« hatten. Aber es handelte sich hier um einen Jungen von vielleicht zwölf Jahren.

»Warum?«

Aulus zuckte die Achseln.

Hartnäckig fragte Quintus wieder: »Warum hast du mich hierher bestellt?«

»Wir wollen ihn besuchen.«

Das leuchtete Quintus ein. »Warum kommt keiner von den andern?«, fragte er dennoch.

»Das kann ich dir sagen«, erklärte Aulus und Zorn schwang in seiner Stimme mit: »Weil sie zu feige sind!« Dabei hob er die Faust und drohte unsichtbaren Feinden. »Komm!«

Sie gingen wieder durch die Porta Esquilina zurück, bogen dann aber gleich nach rechts, nach Norden ab und folgten dem *Pomerium*, dem heiligen Maueranger hinter dem Wall. Später erfuhr Quintus, dass dies die Linie war, die der Sage nach Romulus* mit dem Pflug gezogen hatte, als er die Stadt vor 700 Jahren gründete.

Der Stadtbezirk dahinter galt für alle Zeiten als befriedet und unter dem besonderen Schutz der Götter stehend. Kein römisches Heer durfte das Pomerium überschreiten, noch nicht einmal sein Feldherr, solange er in diesem Amt war.

Als sie hinter dem Wall entlanggingen, bemerkte Quintus, dass die Befestigung in keinem guten Zustand war. Er machte Aulus darauf aufmerksam und dieser erklärte: »Stimmt. Aber wozu auch? Rom ist der Mittelpunkt des Reiches. Es wird in seinen Provinzen, also weit von der Stadt entfernt, verteidigt. Der Murus Servianus, die Servianische Mauer, wurde gebaut, als die Stadt hart von äußeren Feinden bedrängt war.** In Italien gibt es keine Feinde mehr für Rom.«

Quintus versuchte sich das Bild auf einer Karte vorzustellen: die gewaltige, unvorstellbare Größe des Imperiums, des Reiches. Und mitten darin Rom, Italien. Jetzt verstand er auch, warum man das große, das mittlere Meer *Mare Nostrum*, »unser Meer«, nannte.

* Der Sage nach zusammen mit seinem Bruder Remus der Gründer Roms im Jahre 753 v. Chr.

** Das war nach dem Galliereinfall 380 v. Chr. Aulus aber meint, wie alle damaligen Römer, die Mauer sei von König Servius Tullus Jahrhunderte vorher gebaut worden. Diese Meinung hielt sich in Rom und Europa bis ins 18. Jahrhundert.

Als ob es Rom gehörte! Es war nicht zu fassen. Manchmal war er sehr stolz ein Römer zu sein.

Plötzlich blieb Aulus stehen.

»Was ist?«, fragte Quintus.

»Wir sind da.«

»He...?« Quintus schaute nach allen Seiten, sah unzugängliche Häuser, vielleicht Lagerräume, sah die Rückseite des Befestigungswalls, der an dieser Stelle zum Maueranger hin von mannshoch gemauerten Steinen gestützt wurde. Und mitten drin einige kleine Torbögen mit Fensterluken und eine Tür. Alles alt und verrottet.

»Hier?«, fragte Quintus.

Aulus nickte und ging zur Tür, klopfte nicht an, sondern öffnete und trat ein. Quintus folgte ihm. Muffige, abgestandene Luft schlug ihnen entgegen, vermischt mit dem Gestank von Urin und Kot, dazwischen noch andere aufdringliche Gerüche, säuerliche, wie Essig oder billiger Wein. Zunächst war es dunkel. Quintus sah nichts und hielt sich an den vorausgehenden Aulus, der sich fraglos hier auskannte, denn er bewegte sich sicher und ohne zu zögern. Dann schien der Gang zu enden. Aulus öffnete eine zweite Tür. Sie quietschte schrecklich in den Angeln. Allmählich gewöhnten sich die Augen an das dämmrige Licht des Raumes und Quintus erkannte Einzelheiten. Drei mächtige Gewölbe bildeten die Decke. Dicke Pfeiler trugen sie und unterteilten den Raum in Rechtecke. An drei Seiten standen primitive Holzgestelle, aus Resten von Latten und Brettern roh zusammengezimmert. Darauf lagen schmutzig braune, sackartige Decken. An den Wänden hingen allerlei Lumpen an Hölzern, die in die Ritzen zwischen den Quadersteinen gesteckt worden waren. An der vierten Wand ein Tisch. Auch er klobig, grob zusammengenagelt. An Gerät nur das Notwendigste: ein paar billige Krüge, irdene Teller auf einem Brett, ein paar Schüsseln. Nichts war in diesem schrecklichen Raum, was entfernt an Schmuck erinnerte, kein Bild, keine Ranke, keine Blume, es fehlte jede Farbe außer diesem erbärmlichen, schmutzigen Braungrau. Und dann die Luft! Quintus zögerte sie einzuatmen, so sehr ekelte sie ihn. Es schien niemand da zu sein. Oder doch? Schließlich brannte auf einem vorgeschobenen Stein an der Wand eine Öllampe. Ihr Licht reichte gerade aus um die gegenüberliegende Mauer zu erkennen.

Aulus ging geradewegs in Richtung Lampe. Quintus folgte zögernd. Und als er näher kam, erkannte er, dass auf der Liege unter der Lampe jemand lag. Er erkannte es an den Augen, die auf ihn und auf Aulus gerichtet waren. Diese Augen waren erfüllt von Trauer, Ergebung in das Schicksal und Lebensüberdruss. Quintus hatte solche Augen noch nie bei einem Menschen gesehen, wohl schon bei Tieren. So einmal bei einem unheilbar kranken Hund, den Kirkos deshalb töten musste. Auch schon bei Vögeln, die sie in der Nähe des Hofs in Netzen gefangen hatten.

Ohne viel Umstände zu machen griff sich Aulus einen der Hocker, die am Boden lagen. Quintus nahm sich auch einen. Sie setzten sich dicht neben das Lager und schauten in das Gesicht mit den großen, fiebrigen Augen.

»Waren es die Weißen?«, fragte Aulus, obwohl er es doch zu wissen vorgegeben hatte.

Titus Fundanus nickte. Da griff Aulus nach dem schmutzigen Laken, mit dem Fundanus bedeckt war, und schlug es zurück.

»Zeig!«, sagte er und Titus Fundanus hob seine geflickte Tunika, entblößte die Leisten, den Leib, die

Brust: Überall hatte er blaue Flecken. An drei Stellen waren es offene Wunden. Man musste ihn mit harten Gegenständen so zugerichtet haben.

Aulus tastete ihn ab. Er schien nichts gebrochen zu haben, obwohl er bei der Berührung seiner Wunden vor Schmerzen zusammenzuckte. Aulus bedeckte ihn wieder und zog das Laken nach oben. Nun erst fiel Quintus auf, dass Titus Fundanus auch im Gesicht Beulen und Flecken hatte.

»Warum haben sie das getan?«, fragte Quintus. Aulus versetzte ihm einen Stoß in die Seite und das hieß: Jetzt nicht fragen! Und Quintus schwieg.

Aulus erhob sich. »Ich werde dir lindernde Salben und etwas zu essen schicken lassen.«

Titus Fundanus nickte darauf dankbar und ließ den Blick nicht von Aulus.

»War von den anderen schon einer hier?«

Titus schüttelte den Kopf.

»Ich werde mich um dich kümmern.«

Aulus entfernte sich, Quintus folgte ihm und zusammen verließen sie den schrecklichen Raum.

Beide atmeten sie draußen erst einmal tief durch.

»Das ist … das ist ja furchtbar!«, sagte Quintus.

Aulus nickte. »So leben hier viele.«

»Und seine Eltern? Wo sind sie?«

»Betteln.«

Quintus sah die Szene beim Forum wieder vor sich. Dann nickte er. »Verstehe. Wie viele sind sie denn? Ich meine, zusammen mit seinen Geschwistern …«

»Zehn.«

»Und die wohnen alle in der Gruft?«

»Fast alle … Die älteren sind weg.«

»Verheiratet?«

»Nein. Das gibt es bei ihnen nicht. Sie leben mit

jemandem zusammen – und trennen sich wieder. Wie es ihnen passt.«

Quintus versuchte sich das ganze Elend vorzustellen.

Ganz unerwartet sagte Aulus: »Jetzt muss ich nach Hause… Treffen wir uns morgen?«

»Ich weiß nicht. Ich fange morgen bei einem Librarius am Argiletum an.«

»Aber gegen Mittag wirst du freihaben. Ich auch.«

Das hieß also, dachte Quintus, dass Aulus am Morgen auch irgendetwas Wichtiges zu erledigen hatte. »Ich habe am Mittag nicht frei. Morgen bestimmt noch nicht.«

»Gut. Wo? Wann?«

»An unserm Platz! In der Ruine! Zur elften Stunde!«*

»Gut. Ich vesuche zu kommen. Im Übrigen können wir uns hinter dem Stein Nachrichten zukommen lassen.«

Sie hoben die Hand, winkten sich zu, sagten *»Vale!«*** und gingen auseinander. Aulus bog gleich hier, bei der Mauer, in eine Seitenstraße ein, die auf die Höhe des *Cispius* führte. Also musste er dort irgendwo wohnen.

›Vielleicht kann ich mir irgendwann mal das Viertel ansehen‹, dachte Quintus.

Tief in Gedanken versunken machte er sich auf den Heimweg.

* Gegen 17.00 Uhr nachmittags

** Leb wohl

Die Officina

Quintus war am nächsten Morgen schon früh wach. Dies konnte ein wichtiger, vielleicht gar ein entscheidender Tag in seinem Leben werden und Quintus nahm sich vor sich von der besten Seite zu zeigen. Im Übrigen war er froh, dass der Großvater ihn an diesem ersten Tag begleitete.

Dann fiel ihm der arme Titus Fundanus ein. Und er dachte, dass seine eigene Familie, verglichen mit den Lebensverhältnissen im Gewölbe unter dem Wall, beinahe wohlhabend war. Natürlich nicht wörtlich! Aber im Vergleich dazu. Man musste überhaupt stets alles vergleichen, ehe man sich ein Urteil bildete.

Fast alle mussten an diesem Morgen früh aus dem Hause. Cossinia war schon fortgegangen, so leise, dass Quintus nichts gemerkt hatte. Vater musste ebenfalls früh das Haus verlassen um pünktlich in der Walkerei zu sein. Publius und die kranke Herennia schliefen noch.

»Seid leise! Sie braucht den Schlaf!«, mahnte die Mutter.

So bewegten sie sich in der Wohnung nur auf Zehenspitzen, tranken und aßen langsam, schepperten nicht mit dem Geschirr.

Mutter hatte an diesem Morgen eine Menge Arbeit vor sich. Es musste gewaschen werden. Sie hatte die näheren Einzelheiten bei der alten Frau unter ihnen erfragt. In der Nähe gab es eine Wäscherei. Gegen ein kleines Entgelt konnte man dort die Tröge und Bürsten benutzen. Das Wasser kam aus dem *Anio Vetus,* einer der ältesten Wasserleitungen Roms. Sie brachte der Stadt das beste Wasser von einem Nebenfluss des

Tibers, der oberhalb Roms mündete. So viel hatte Quintus gleich gesehen: Das Wasser des Tibers selbst war ungenießbar. Es war fast immer gelb und schmutzig, denn der Fluss transportierte vor allem nach jedem Regen große Mengen von Lehm und Ton zu Tal.

Als er mit dem Großvater in Richtung Innenstadt ging, fragte Quintus: »Meinst du, Pollius Valerianus ist jetzt da?«

»Das glaube ich schon. Er ist ein Mann, der sich selbst um alles kümmert.«

Aber Pollius war doch nicht da. Antias, einer seiner Freigelassenen* und sein Stellvertreter, befand sich als oberster Aufseher der Angestellten in der Taberna und gab vor nichts von Quintus gehört zu haben.

Doch Großvater bat ihn ruhig und bestimmt sich an die Abmachungen seines Herrn zu halten. »Du könntest sonst Ärger mit ihm bekommen. Quintus ist kein Sklave, sondern Abkömmling eines alten römischen Hauses, das seine Vorfahren bis in die Zeiten der Stadtgründung zurückverfolgen kann …«

Noch nie hatte Quintus den Großvater so reden hören. »Quintus Cossinius Afer!« Dabei zeigte er auf Quintus. »Er kann lesen und schreiben!«

Quintus verfolgte mit Genugtuung, wie sich in dem schmalen, faltigen Gesicht des Antias Staunen und Respekt abzeichneten, sei es über das, was der Großvater gesagt hatte, oder über die Art und Weise, wie er es vorbrachte.

»Wann kommt dein Herr?«, fragte Großvater schließlich ziemlich barsch.

»Er wird im Laufe des Vormittags kommen, *domine.*«

* Ein ehemaliger Sklave

Quintus glaubte nicht recht gehört zu haben: *Domine!* – Herr! hatte Antias zu Großvater gesagt, was dieser mit der größten Selbstverständlichkeit zur Kenntnis nahm. Er konnte tatsächlich wie ein stolzer römischer Senator auftreten und seine Stimme machte vergessen, dass er äußerlich in seiner verschossenen Tunika durchaus nicht dem Bilde eines Adligen entsprach.

»Du könntest Quintus jedenfalls bis zum Eintreffen deines Herrn schon mal den Betrieb zeigen und ihm eine Beschäftigung geben.«

Auch das akzeptierte Antias.

›Ähnlich‹, so dachte Quintus, ›hat Großvater wohl auch mit Pollius Valerianus, dem Inhaber der Officina, gesprochen und auch ihn sehr beeindruckt.‹ Wie gut, dass er den Großvater hatte!

Im Innern der Taberna duftete es nach Safran und Zedernöl; und als Antias bemerkte, wie Quintus die aromatische Luft schnupperte, erklärte er: »Das ist gegen die Motten!«

Die gebündelten Schriftrollen lagen in den Fächern der Wandregale gestapelt, die besseren in Augenhöhe der Käufer, die geringeren zuunterst. Es standen und saßen schon eifrige Leser vor den Regalen, ganz in die Lektüre vertieft. Noch war es ruhig. Den Hauptansturm des Publikums erwartete man um die zweite und dritte Stunde.* Dann kamen nicht nur Käufer, sondern mehr noch Leute, die einfach hier und da schmökern wollten, ohne dafür bezahlen zu müssen.

Hinter dem vorderen Laden, in dem verkauft und auch gekauft wurde, befand sich die Officina, in der die Abschreiber und auch die Buchbinder arbeiteten.

* Gegen 8.00 und 9.00 Uhr morgens

Dorthin ging Antias mit Quintus und seinem Großvater. Quintus stellte sogleich fest, dass alle Schreiber, die hier bei der Arbeit saßen, älter waren als er; der Jüngste von ihnen war mindestens schon achtzehn oder neunzehn. Sie blickten neugierig auf und leiteten aus den Erklärungen von Antias bald ab, dass hier eine neue Kraft eingestellt werden sollte.

An dieser Stelle verabschiedete sich der Großvater und verließ schnell die Taberna.

Der Großvater war noch nicht lange gegangen und Antias überlegte immer noch, welche Aufgabe er dem Jungen stellen sollte, als Pollius Valerianus, der Besitzer und Patron, mit einigem Schwung in den hinteren Teil der Taberna trat.

»Wer ist das denn? – Ah, der Neue! Quintus Cossinius Afer, nicht wahr!? – Ja, da wollen wir gleich einmal sehen, was wir mit dir machen, nicht wahr?« Er hielt den Zeigefinger an die Lippen und überlegte.

Quintus hatte sich ihn ganz anders vorgestellt: Er hatte große runde Augen, runde Bäckchen, einen runden Schädel; er war nicht groß, neigte dafür zur Fülle, denn sein Bauch überragte die Fußspitzen, so dass seine Tunika weit vor ihnen einen schattigen Kreis bildete. Seine lebhaft umherblickenden Augen zwinkerten oft, manchmal riss er sie ohne einen ersichtlichen Grund weit auf, so dass sein Gegenüber erschrak, und lächelte danach freundlich. Erstaunlich zart dagegen seine Finger. Sie waren keineswegs dick und fett, wie man es bei einem solchen Bauch erwarten konnte, sondern liefen spitz zu. Die Fingernägel waren gepflegt und sauber. Auch die Finger waren in dauernder Bewegung, spielten mit kleinen Gegenständen, hielten Papierrollen und drehten sie, doch wirkte das nicht nervös, sondern verriet den agilen Geist des

Mannes, der zu den wohlhabendsten Buchhändlern der Stadt zählte.

Schon an diesem ersten Morgen lernte Quintus, dass Antias sozusagen der verlängerte Arm seines Herrn war, denn er hatte sich stets in dessen unmittelbarer Nähe aufzuhalten, wobei Pollius Valerianus eine Fülle von Anweisungen, Bitten, Befehlen und Wünschen äußerte, die Antias schweigend, nickend und, wenn nötig, schriftlich notierend zur Kenntnis nahm.

So sagte Pollius auch jetzt: »Man muss diesen Jungen einmal prüfen, nicht wahr, man muss sehen, was er denn kann, was er ... was er noch lernen kann und muss, nicht wahr ... ja, und ob er eine schöne Handschrift hat ... eine schöne! Sie ist das Wichtigste! Schöne Schriften sind Goldes wert! Ich spreche da, wie soll ich sagen, ich spreche durchaus aus Erfahrung, nicht wahr, Antias!«

»Sehr wahr, ja.« Antias nickte bedächtig.

Quintus war überzeugt davon, dass Pollius Valerianus völlig ohne Arg war, dass er ein zerstreuter Mensch sei, der mit solchen Reden seine Autorität zu wahren suchte. Und natürlich nickte jeder seiner Angestellten, Freigelassenen und Sklaven zu seinen Erklärungen, in der Hoffnung, dass man ihn so am ehesten zum Schweigen brächte.

»Soll ich ... eh ...?«, meinte Antias.

Und Pollius: »Wie? Selbstverständlich! Auf der Stelle!«

»Wo?«

»Wo? – Ja, wo denn?« Er blickte um sich, wies dann in die hinterste Ecke, wo große Regale standen. »Dort! Hinter den Regalen! Dort ist er ... ungestört.«

»Sehr wohl, Herr!«, nickte Antias. »Und was? Ich meine, was soll ich ... er ...?«

»Wie? Was er… Ach, du meinst, was du ihm zum Diktat…! – Hm… Also, etwas nicht Alltägliches! Etwas Altes … da kann man am ehesten sehen, wie er sich… Ja, nimm doch Cato! Den alten, den du gerade den anderen Schreibern diktierst!« Er kicherte plötzlich und Antias ergänzte: »Sehr wohl, Herr! Also den alten Cato!«

Quintus frohlockte innerlich, denn gerade die Schriften des älteren Cato kannte er aus den Buchrollen des Großvaters, und ihm waren dessen altertümliche Schreib- und Redewendungen gut in Erinnerung geblieben.

Antias ging also mit Quintus in die Ecke hinter den Regalen, reichte ihm ein Stück von einem Papyrusbogen, wies auf die Rohrfeder und das Tintenfass und erklärte: »Prüfe zuerst die Feder! Vielleicht ist sie nicht die rechte für deine Hand!«

Quintus tat es, stellte fest, dass die Spitze zu stumpf war, und bat um einen Bimsstein, den er sogleich erhielt. Damit schmirgelte er die Spitze des Rohrs, bis sie ihm passend schien. Dann probierte er das Schreibgerät aus, nickte und sagte: »Ich bin bereit.«

Antias begann mit dem Diktat: »*Quo modo agrum emi pararique oporteat.* – Wie man ein Gut kaufen und erwerben soll.«

Quintus schrieb zügig und bemühte sich um eine ausgeglichene Schrift. Den Text kannte er. Es war das erste Kapitel aus Catos Schrift ›*De agri cultura*‹ – ›Über die Landwirtschaft‹, aus dem der Großvater oft laut vorgelesen und es immer als Vorbild für seine eigene Hofhaltung genommen hatte.

Auch Quintus kannte den Text auswendig und schrieb schon, ehe Antias fortfuhr: »Wenn du ein Landgut zu kaufen gedenkst, musst du dies im Sinn halten: dass du nicht gierig kaufst und dir keine Mühe sparst, es genau zu besichtigen, es auch nicht für genug hältst, nur einmal herumzugehen; wie oft du herumgehst, so oft wird dir besser gefallen, was gut ist. Gib Acht, wie die Nachbarn gedeihen! In einer guten Gegend müssen sie in gutem Wohlstand sein. Und geh so hinein und … und … und…«

Antias stockte, fand den Anschluss nicht, so dass Quintus ergänzte: »…und schau dich so um, dass du ohne zu kaufen wieder herausgehen kannst. Und dass es dort gutes Wetter hat und kein Misswuchs ist!«

Voller Staunen starrte Antias ihn an, dann schluckte er und erklärte: »Ja, so heißt es… Kannst du noch mehr davon?«

Darauf zitierte ihm Quintus fast das ganze erste Kapitel, wobei er sich um eine ähnliche Betonung bemühte, wie er sie vom Großvater gehört hatte.

Als er geendet hatte, fragte ihn von der Seite unvermittelt Pollius Valerianus, der dazugetreten war: »Wer hat dich das gelehrt? Ich meine, von wem hast du … nicht wahr!?«

»Mein Großvater Quintus Cossinius Afer hat es mich gelehrt.«

»Aha. So … Cossinius… Aha, aha! Dann zeig mal, was du zu Papier…«

Quintus, der längst aufgestanden war, reichte ihm das Blatt und Pollius prüfte es Zeile für Zeile.

»Du hast einen recht guten, sauberen *ductus,* eine gute Führung. Da sind noch ein paar Kleinigkeiten, aber … das Ganze ist fehlerfrei!«, sagte er dann und reichte das Blatt dem Antias. »Gut denn, ja, ich kann dich gebrauchen… Setz dich gleich zu den andern in die Officina! Antias wird dir Arbeit geben! Nun geh, ja, nicht wahr!«

Huldvoll hob er die Hand und Quintus machte eine kleine Verbeugung vor seinem neuen Meister und Dienstherrn. Von seinem Verdienst wurde nicht gesprochen und Quintus nahm an, dass dies Sache des Großvaters sei.

Antias stellte Quintus den anderen Schreibern vor. Sie arbeiteten an Stehpulten und auch ihm wurde eins zugewiesen. Da er noch nicht ausgewachsen war, zog man eine Kiste davor, damit er höher stand und bequem das Schreibgerät auf der schrägen Platte bewegen und die Rohrfeder in die Tintenfässer eintauchen konnte. Mehrere kleine Glasbehälter mit verschiedenen Farben waren am hinteren Rand im Holz eingelassen. Die gebräuchlichste Farbe war ein tiefes Schwarz, aus Ruß, Wasser und einem bindenden Klebstoff hergestellt. In einem anderen Behälter befand sich rote Tinte, mit der meistens die Überschriften der Abschnitte und Kapitel geschrieben wurden. Dann gab es noch *sepia,* eine mehr bräunliche Flüssigkeit, die aber nur selten benutzt wurde.

Zur rechten Handhabung des Schreibrohrs, des *kalamos,* gehörte ein kleines, sehr scharfes Messer, das die Spitze des Rohrs spaltete; ferner der Bimsstein, an dem eine stumpf gewordene Spitze wieder spitz gewetzt wurde. Für die gerade Richtung der Schriftkolumne wie der einzelnen Teile sorgte das Lineal. Zum Schreibgerät gehörte auch der Schwamm, mit dem man noch frische Schreibfehler beseitigte. Mit dem Messer zu radieren, verbot sich bei dem dünnen Papyrus von selbst. Mit dem nassen Schwamm konnte man, wenn es nötig war, den Text einer ganzen Seite wieder löschen, durfte aber hinterher nichts von der Benutzung des Schwamms merken.

Es war eine große Auszeichnung für Quintus, dass er schon gleich an das Beschriften von Papyrus herangelassen wurde. Und er hatte Glück gehabt, dass sein erstes Diktat einen ihm bekannten und geläufigen Text betraf. An ihm konnte er sich einarbeiten. Nachträglich erschien es ihm sehr leichtsinnig, dass er sich auf eine Stellung in einer Officina Hoffnung gemacht hatte. Er war sich bewusst, dass die nächsten Tage eine einzige große Prüfung sein würden. Wenn er versagte, würde man ihn kurzerhand mit niedrigen Aufgaben beschäftigen. Es war ihm auch sofort klar, dass der Verdienst, den Pollius Valerianus ihm zugestehen würde, von der Qualität und Quantität seiner weiteren Arbeit abhinge.

Also schrieb er mit höchster Konzentration. Wiederum bemerkte Antias, dass Quintus stets als Erster eine Satzfolge notiert hatte, während die übrigen Schreiber langsamer waren. Es handelte sich an diesem Morgen tatsächlich um ein Gruppendiktat des alten Cato: Antias diktierte allen gemeinsam den Text, so dass man zur gleichen Zeit mehrere Abschriften des kostbaren Originals herstellen konnte.

Nach einer Stunde wurde eine Pause eingelegt. Pollius kam aus dem vorderen Teil der Taberna und begutachtete das, was Quintus geschrieben hatte. Seltsamerweise schwieg er diesmal, schaute stattdessen Quintus lange an und nickte ihm zu. Dann winkte er Antias zu sich heran und sprach leise mit ihm.

Gegen Mittag trat Antias zu Quintus und sagte: »Der Herr wünscht dich zu sprechen. Beeil dich!«

Quintus legte das Schreibzeug an seinen Platz, trocknete die Feder, verschloss die Tintenbehälter und ging nach vorne.

Wohlwollend begann Pollius Valerianus: »So, nicht

wahr, und du sagst, dein ehrenwerter Großvater Quintus Cossinius Afer … also … er hätte dir das Schreiben beigebracht … Ist es so?«

»*Ita est, Magister.*« Er hatte gehört, dass die übrigen Schreiber ihn mit Magister anredeten, was so viel wie Meister, Vorgesetzter, Vorsteher hieß.

»Und wie lange ist das, ich meine, seit wann kannst du …?«

Quintus hatte sich schon daran gewöhnt, dass Pollius Valerianus es liebte in unvollständigen Sätzen zu reden. Er erzählte ihm alles, was er wissen wollte, woher sie kamen, welche Buchrollen Großvater besessen und dass er daraus öfters vorgetragen hatte.

»Lobenswert, nicht wahr, ja! Du kannst von Glück sagen, dass du, wie soll ich sagen, also … diesen klugen Mann zum Großvater, nicht wahr, du verstehst?«

»Ich verstehe«, erklärte Quintus, der immer noch gespannt darauf war, warum ihn Pollius denn sprechen wollte.

»Was du kannst, nicht wahr, ist für einen vierzehnjährigen Knaben durchaus ungewöhnlich, ja unge … Ich werde dich noch einige Tage im Diktat prüfen, nicht wahr. Und wenn du diese Aufgabe … wenn du sie bewältigst, dann … dann sehen wir weiter. Und nun geh wieder an die Arbeit. Kehre die Officina sauber aus!«

Damit hatte Quintus ohnehin gerechnet. Er würde es von nun an täglich tun müssen, denn er war der Jüngste. Er war zwar kein Freigelassener wie seine Kollegen, aber das spielte nun keine Rolle. Wenn er von ganz unten nach oben steigen wollte, musste er alle anfallenden Arbeiten erledigen.

Als er gegen die zehnte Stunde* nach Hause ging, war er beides: müde und stolz! Er hatte sich bewährt. Er hatte auf Pollius Valerianus und seinen Sekretär Antias Eindruck gemacht. Sein Arbeitsplatz in der gut gehenden Officina des stadtbekannten Pollius Valerianus war ihm fast schon sicher.

Natürlich wollten sie zu Hause wissen, wie es gewesen war, und so erzählte Quintus haarklein und genau, machte schließlich zur Freude von Kirkos nach, wie sonderbar Pollius redete. Der Großvater nickte und schmunzelte, denn genau so, wie Quintus den Pollius karikierte, sprach dieser wirklich.

»Hier...« Mutter nahm ein Stück Papyrus von einem Regal. »Das wurde für dich abgegeben. Von einem Jungen.«

Quintus nahm das kleine Röllchen auseinander und las:

»KOMM BITTE ZUR PORTA ESQUILINA, WENN DU KANNST!«

Bedrohung

Aulus Plautius wartete schon auf ihn in der Nähe der Porta Esquilina.

»Komm, wir müssen uns beeilen! Es dämmert bereits!«

»Wohin willst du denn?«

* Gegen 16.00 nachmittags

»Ich will wissen, wer Titus zusammengeschlagen hat, und ich habe eine Spur. Aber frag jetzt nicht so viel, du wirst schon merken, wohin es geht.«

Darauf schwieg Quintus und war neugierig, wohin der Freund ihn führen würde. Diesmal ging es nach der anderen Seite, nach Süden, auf dem inneren Maueranger entlang. Doch nach etwa zweihundert Schritt bog Aulus rechts in eine Gasse ein. Es war bereits so dunkel, dass Quintus gerade noch die Umrisse sehr alter Häuser ausmachen konnte. Außerdem war ein starker Duft von Blumen oder Sträuchern in der Luft, den Quintus nicht kannte. Also mussten Gärten in der Nähe sein.

»Präge dir den Weg ein!«, sagte Aulus leise und Quintus versuchte es. Er verfügte über ein gutes Ortsgedächtnis, das sich schon öfters bewährt hatte, wenn er mit Schwester Herennia und Bruder Publius in der Gegend bei Caere umhergeschweift war und sie von der im Sommer schnell hereinbrechenden Dunkelheit überrascht wurden. Aber warum sagte Aulus Plautius das jetzt gerade? Wollte er damit andeuten, dass es gefährlich werden, dass sie vielleicht getrennt werden könnten? Dabei war ringsum alles sehr still, viel stiller als im Zentrum der Stadt und in der Subura um diese Zeit.

»Bleib jetzt ganz in meiner Nähe!«, flüsterte Aulus. Sie verließen die Straße und traten auf ein dunkles Gebüsch am Straßenrand zu, beugten sich tief hinunter und huschten durch das Geäst. Sie befanden sich wohl in einem verwilderten Garten, denn hohe trockene Gräser und Disteln kratzten an den Beinen, als sie weitergingen. Mittlerweile war der Mond aufgegangen, verschwand zwar immer wieder hinter kleineren Wolken, doch reichte das Licht um sich einen

Überblick zu verschaffen. Schließlich standen sie vor der Rückseite eines ländlichen Gebäudes, das einmal ein Stall oder ein Schuppen für bäuerliches Gerät gewesen sein musste. In der Längswand befanden sich drei Fenster. Sie waren mit hölzernen Läden geschlossen. Aus einem dieser Fenster drang Licht aus den Ritzen.

»Wir müssen feststellen, ob sie Posten aufgestellt haben!«

Vorsichtig schlichen sie zum Fenster hin, aus dem der Lichtschimmer kam.

Es war zu hoch um hineinblicken zu können. So suchten sie den Fuß der Mauer ab und fanden nach wenigen Schritten einen alten Bottich, der stabil genug erschien um einen von ihnen oder sogar beide zu tragen. Langsam, ohne Lärm zu machen, brachten sie ihn bis unter das Fenster und drehten ihn um, damit sie einigermaßen sicher auf dem Rande des Bodens stehen konnten.

Quintus – stand rechts – sah durch den Spalt nach links, Aulus – stand links – schaute nach rechts. Beide sahen also nur einen Teil der linken und der rechten Hälfte des Raumes. Wie erwartet, diente er als Abstellraum, als eine Art Rumpelkammer. Zu beiden Seiten saßen, kauerten und standen abenteuerliche Gestalten, in Lumpen vermummte, gebrechliche alte Männer – oder waren sie nur als Greise verkleidet? Quintus glaubte sich an das eine oder andere Gesicht erinnern zu können. Er hatte sie … ja, damals am ersten Abend am Pons Aemilius gesehen, bis jener fremde Reiter sie von der Straße peitschte um dem eleganten Wagen freie Bahn zu schaffen. Schon damals hatte er den Eindruck gewonnen, dass einige das Alter nur mimten.

Aber es waren auch junge Leute darunter. Waren sie alle Anhänger der »Weißen«? Er näherte sein Ohr dem Spalt, ohne dass er die Personen aus den Augen verlor. Aulus Plautius tat auf seiner Seite dasselbe.

»Es sind in letzter Zeit viele Fremde hier. Sie machen sich breit wie die Maden im Speck! Wie im Speck, sage ich! Und sie halten sich nicht an die geltenden Regeln und Abmachungen!«, sagte ein alter Mann.

Und ein jüngerer antwortete: »Ja, ja, Alter, aber was hilft's? Lasst uns die Gebiete neu aufteilen, neue Grenzen ziehen!«

»Nein, niemals! Sie sind heilig!«, rief ein anderer. »Schon unsere Väter haben sich daran gehalten!«

Quintus konnte den Sprecher nicht sehen, aber seine Stimme klang fest. Und schon fuhr dieser fort: »Es gibt nur einen Weg...«

»Nämlich?«, fragte der Alte.

»...den alten Regeln wieder Geltung zu verschaffen! Wenn nötig, mit Gewalt!«

»Und wie willst du das machen?«, hörte Quintus eine andere selbstbewusste Stimme. »Ihr habt schon ein Kind, das in unser Gebiet eingedrungen ist, zusammengeschlagen. Ich verabscheue Maßnahmen, die sich gegen Kinder richten. Wir müssen uns an die Bettlercomitien, die allgemeine Versammlung wenden, nur sie können Ordnung schaffen.«

»Das führt doch zu nichts! Du bringst doch die Bettler Roms nicht zu einem gemeinsamen Beschluss, an den sich auch alle halten!«

»Es gibt keinen anderen Weg. Wir müssen die Grenzen der Bezirke neu abstecken lassen!«

»Nein! Den alten Grenzen muss wieder Respekt verschafft werden!«

»Jetzt streiten wir uns schon, wir, die Bettler vom Esquilinus und Anhänger der ›Weißen‹. Ich lach mich gleich tot!«

»Tu's, dann haben wir einen Quertreiber weniger!«

»Sag das noch mal!«

Es war nicht zu übersehen, da drinnen bahnte sich eine Schlägerei an, als die Horcher wieder die gewandte durchdringende Stimme hörten: »Schluss jetzt! Wir machen es so: Wir stellen den Antrag die große Versammlung der Bettlervertreter in Transtiberim einzuberufen! Inzwischen lasst euch nichts gefallen von denen aus den Bezirken des Cispius und Viminalis. Bis dahin gelten noch die alten Regeln! Vielleicht können wir die Mehrheit zu einer Entscheidung zwingen. Sobald wie möglich nehme ich Kontakt auf zum großen Rat.«

›Seltsam‹, dachte Quintus. Der Mann sprach nicht wie ein Bettler, sondern wie einer, der Macht hat.

»Wir müssen weg! Sie gehen jetzt auseinander«, flüsterte Aulus. Sie huschten durch den verwilderten Garten zurück, zu den Büschen und auf die Straße.

»Jetzt wissen wir es genau: Diese Leute haben Titus Fundanus zusammengeschlagen. Aber nicht alle sind damit einverstanden«, rief Quintus. »Überfallen sie auch andere Leute, ich meine, Passanten?«

»Eigentlich nicht«, erklärte Aulus, als sie nun in der Dunkelheit den Weg zurückgingen. »Sie haben ihren eigenen Ehrenkodex. Sie lassen schon mal was am hellen Tage mitgehen, sie sind zum Teil ganz großartige Taschendiebe – aber Mörder?«

»Und sie gehören zu der Partei der ›Weißen‹?«

»Sie haben es ja eben selbst gesagt. Sie werden von der Renngesellschaft der ›Weißen‹ unterstützt, denn jede braucht so viele Anhänger wie möglich.«

»Wie viele Bürger hat Rom eigentlich?«, fragte Quintus nachdenklich.

»Bürger?« Aulus schien im Dunkeln zu lächeln. »Du meinst Bewohner?«

»Nun ja, dann Bewohner! Wie viel?«

»Demetrios sprach neulich von einer Million.«

»Wer ist Demetrios?«

»Mein Lehrer und Erzieher.«

»Ist er Grieche?«

»Ja. Aus Theben in Thessalien*.«

»Er hat gesagt, dass ... etwa ein Drittel davon Sklaven sind.«

»Ein Drittel!«, staunte Quintus.

»Ja. Aber die andern zwei Drittel sind keineswegs alle römische Bürger. Da wohnen auch Zugereiste, Fremde aus italischen Landstädten...«

»So wie ich?«, fragte Quintus und es klang scharf.

»Nein«, erklärte Aulus. »Du bist ja römischer Bürger. Deine Vorfahren haben das Bürgerrecht irgendwann einmal erhalten. Oder vielleicht lebten sie schon vor Jahrhunderten in Rom, sind aber später aufs Land gezogen. Da gibt es viele Möglichkeiten. – Nein, ich meine wirkliche Fremde, Menschen aus anderen Ländern des Erdkreises, Händler aus Ägypten, Syrien, Asien, ja Indien!«

Sie gingen eine Weile schweigend an der Mauer entlang. »Leben sie eigentlich nur vom Betteln?«, fragte Quintus.

»Du meinst die Leute, die wir eben gesehen haben?«

»Ja.«

»Sie leben nur vom Betteln! Außerdem beziehen sie

* Landschaft in Griechenland

vom Staat kostenloses oder sehr billiges Getreide, falls sie das römische Bürgerrecht haben. Die Staatskasse übernimmt die Unkosten.«

Die Familie von Quintus wartete ja auch auf die Getreidemarken, die auf ihren Namen ausgestellt werden mussten, aber davon sagte er nichts.

»Unsere ... deine Freunde ... Fundanus, Marcius und Corvinus ... gehören die alle zu ... zu ...«

Er wollte das Wort nicht aussprechen und Aulus ergänzte: »Sprich's nur aus: zu den Bettlern, Tagedieben, Strolchen, Herumlungerern! So nennt man sie ja ...«

»Du nennst sie nicht so?«

»Nein. Demetrios sagt, es habe Zeiten gegeben, da alle Menschen ihr gutes Auskommen hatten. Es sei nicht die Schuld, nicht immer die Schuld der Bettler, dass sie Bettler geworden sind.«

»Und dein Vater! Sagt der auch solche ...?«

»Ich habe es noch nicht gehört. Er ist nicht oft zu Hause. Aber er hat Demetrios gekauft und ...«

»Gekauft?«

»Ja. Schon vor meiner Geburt. Er gehört seit vielen Jahren zur Familie. Also wird mein Vater wissen, was Demetrios mir sagt.«

Quintus fasste sich ein Herz und stellte die Frage, die ihn schon so lange beschäftigte, wie er Aulus Plautius Hypsaeus kannte: »Wie hast du die anderen Jungen eigentlich kennen gelernt? Dein Vater und deine Mutter, sehen sie es denn gerne, wenn du ...«

Aulus zögerte nicht mit der Antwort: »Mein Vater ist sehr streng. Er hat auch Demetrios befohlen streng mit mir zu sein. Und Demetrios lässt mir nichts durchgehen. Aber es ist mir nicht verboten mit Kindern der näheren und weiteren Umgebung umzugehen.

»So weiß deine Mutter, dass du…«

»…im Einzelnen weiß sie nichts. Aber Demetrios weiß es.«

»Und? Was sagt er dazu?«

»Er sagt, ich könne viel lernen über das Leben der Menschen, wenn ich mit allen Schichten bekannt würde. Ich sollte nur aufpassen, dass ich nicht in unehrenhafte Händel geriete. Auch der große Feldherr Gaius Iulius Caesar sei hier in diesem Viertel geboren und aufgewachsen.«

Sie hatten die Porta Esquilina wieder erreicht und Aulus wechselte abrupt das Thema: »Ich werde morgen die Jungen warnen. Wenn du einen von ihnen siehst, tu's auch!«

»Ich muss morgen den ganzen Tag arbeiten.«

»So? Stimmt! – Schade. Wenn du mir eine Nachricht geben willst, lege sie hinter den lockeren Stein!«, sagte Aulus. »Ich kann übrigens morgen auch nicht.«

Sie trennten sich. Und gedankenvoll machte Quintus sich auf den Heimweg. Zu Hause erzählte er nichts von dem, was er gesehen und gehört hatte. Und das Schimpfen der Mutter ließ er ohne Widerrede über sich ergehen. Nach kurzer Zeit hörte sie auch auf, verblüfft und ratlos über sein Schweigen. Heimlich aber dachte sie: ›Er wird älter! Größer! Vernünftiger! Eigentlich ist er ein lieber Junge!‹

Vorsicht!

Am nächsten Vormittag wurde Quintus wieder von Antias zum Schreiben eingesetzt. Da es in letzter Zeit immer neue Interessenten gab, die eine Abschrift des ganzen Buches ›*De agri cultura*‹ von Cato dem Älteren erwerben wollten, hatte sich Pollius Valerianus dazu entschlossen, stets einige Abschriften bereit zu halten. Das meiste von dem, was diktiert wurde, kannte Quintus vom Großvater, manches war ihm neu. Großvater besaß ja nur einen Querschnitt aus dem Werk, hier wurde die Gesamtausgabe kopiert.

Wunderschöne Dinge standen darin: Zum Beispiel, wie man Iupiter opfern sollte. Oder auch Maßnahmen, wie der Herr seine Sklaven behandeln müsse: »Dem Gesinde soll es nicht schlecht gehen, es soll nicht frieren, nicht hungern. Der Verwalter soll es tüchtig mit Arbeit beschäftigen, dann wird er es leichter von böser Tat und fremdem Gut fern halten. Wenn der Verwalter nicht will, dass es Unrecht tut, wird es das auch nicht tun; wenn er es zulässt, soll der Herr es nicht ungestraft lassen. Gute Aufführung soll er belohnen, damit auch andere Lust bekommen sich gut zu führen...«

Catos Buch behandelte in der Tat alles, was nur mit der Landwirtschaft in Beziehung stand: »Dass du gut gebaute Kuhställe hast! – Ein Gut nahe der Stadt – Wo du Feigen pflanzen sollst – Wie man eine Kelterei und einen Ölkeller einrichten muss – Wie man eine Ölmühle zusammenbaut – Dass du den Mist verteilst! – Wenn du Holz und Reisig verkaufen kannst – Wie man Schilf anpflanzt...« Alle Haustiere des Bauern, ihre Ernährung, Haltung, Pflege und Gesunderhaltung wurden in kurzen, stets auf die Praxis bezogenen

Anweisungen abgehandelt. Er gab sogar Ratschläge, wo man Gerät am besten kaufen könne.

Und je mehr er davon schrieb, um so mehr bewunderte er den Autor, der vor hundert Jahren der unbeugsame Gegner Karthagos im Dritten Punischen Krieg gewesen war. Großvater hatte ihm öfters berichtet, dass Cato bei jeder passenden oder unpassenden Gelegenheit, sei es auf dem Forum, im Senat, nach einer Gerichtsverhandlung, seine Rede stets mit den Worten schloss: »*Ceterum censeo Carthaginem esse delendam.* – Im Übrigen bin ich der Meinung, dass Karthago zerstört werden muss!« Er hatte es dann ja auch erreicht, nicht er selbst, sondern der große Feldherr Scipio.

Vieles ging Quintus während des Diktats durch den Kopf. Nicht dass er nicht bei der Sache gewesen wäre, nein, er schrieb zügig, korrekt und ausgeglichen. Bald aber merkte er, dass er den anderen häufig um einiges voraus war, und in diesen Augenblicken ließ er sich von den Worten, die er geschrieben, anregen. Hätte er doch jemanden wie Demetrios! Gewiss, er hatte den Großvater; Quintus Cossinius war ein Mann, der wunderschöne und spannende Abenteuergeschichten erzählen konnte, zum Beispiel von den Irrfahrten des Odysseus, so dass man meinte, er sei selbst dabei gewesen. Keine Frage, darin kam ihm keiner gleich! Aber Quintus wollte hinter die Mythen und Sagen schauen, wollte wissen, wie und wann sie entstanden waren, etwas von der Geschichte Roms erfahren, aus der Zeit der Könige; vom letzten König Tarquinius*, den man Superbus, den Stolzen, nannte; aus den frühen Kämpfen Roms gegen seine Nachbarn in Lati-

* Der Sage nach der letzte der sieben Könige von Rom

um und etwas über die geheimnisvollen Etrusker, deren Nachfahre er war und die bereits vor den Römern ein mächtiges Reich in Italien begründet hatten. Ja, und die Kelten!* Die Griechen! Die Perser! Und Alexander der Große! Beim Apollo! Aulus hatte es gut einen so klugen Lehrer zu haben. Wusste er das überhaupt zu schätzen?

Um die achte Stunde** endete die Schreibarbeit. Beim Hercules! Er hätte kaum noch eine Zeile fehlerfrei schreiben können.

Während er sein Schreibgerät säuberte, die Rohrfeder spitzte, die nicht mehr beschriebenen Papyrusblätter ordnete und in den Kasten unter der Schreibplatte ablegte, merkte er, wie sich die andern fünf Schreiber näherten und sich um ihn herum aufstellten. Er spürte, wie ihre Blicke feindselig auf ihm ruhten. Was wollten sie?

»Hör mal, Kleiner...«, begann schließlich einer von ihnen, den er schon von Anfang an nicht gemocht hatte: Sein Blick war unruhig, ja er sah aus, als ob er stets etwas zu verbergen hätte. Seine Stimme klang unangenehm, ohne Wärme: »Also, hör mal gut zu, was ich dir jetzt zu sagen habe!« Er kam näher und Quintus roch seinen unangenehmen Atem. »Du kannst ja ganz schön und schnell schreiben, wie wir alle gemerkt haben...« Er grinste die andern an und sie erwiderten es. »Also selbstverständlich darfst du auch weiter so schön schreiben ... aber auf gar keinen Fall mehr so schnell! Verstehst du: nicht so schnell!«

* Ein nichtgermanisches großes Volk, das in Mitteleuropa, England, Spanien und Norditalien lebte

** Gegen 14.00 Uhr nachmittags

Quintus wich vor ihm zurück, doch er ließ ihn nicht aus den Augen: »Ich gebe dir daher einen guten Rat: Schreib ab morgen langsamer! Verstehst du: lang-sa-mer!« Er betonte jede Silbe mit erhobener Stimme. »Solltest du das allerdings nicht können, dann werden wir dir etwas nachhelfen müssen, nicht wahr, Freunde!?«

Wieder wandte er sich an die andern und sie gaben mit breitem Grinsen ihr volles Einverständnis zu erkennen. »Ich will dir auch sagen, warum! Du machst das erst seit gestern, aber einige von uns machen das schon seit Jahren, was sage ich: seit Jahrzehnten! Keiner will so ein Tempo durchhalten. Verstehst du: Wir wollen nicht! Bis jetzt lief es zu unserer Zufriedenheit! Du wirst in diesem Gewerbe keine Schreiber finden, die schneller nach Diktat schreiben als wir! Dies ist eine Warnung! Verstanden!? Es könnte unangenehme Folgen für dich haben, wenn du dich nicht an die Spielregeln hältst. Und das wäre doch schade, nicht wahr?« Er äffte seinen Herrn nach.

Quintus schwieg und machte sich daran, die Officina aufzuräumen und auszukehren.

Und da sonst nichts mehr anfiel, ging er bedrückt nach Hause. Mit allem hätte er gerechnet, aber nicht mit solchem ... solchem ... ja, was war's denn? Neid? Oder Existenzangst? Oder war es eine ähnliche Abmachung, wie er sie gestern bei den Bettlern kennen gelernt hatte? Was war, wenn er sich nicht daran hielte? Was würden sie gegen ihn unternehmen? Führte der Weg nach oben nicht stets über Leistung, die aus dem Mittelmaß herausragte? Fragen über Fragen, die seit wenigen Tagen auf ihn einstürmten. Eines war jedoch klar, es würde schwer sein seinen Weg so zu gehen, wie er es vorhatte. Eine nicht einzuschätzende Gefahr lauerte auf ihn. Das war deutlich.

Mit dieser Einsicht kam er zu Hause an. Dort war die Stimmung gedrückt. Quintus ging hinüber ins Krankenzimmer. Der Arzt war da gewesen und hatte Herennia zur Ader gelassen; jetzt lag sie völlig apathisch auf der Seite und döste mit offenen Augen. Ob dies nun Hilfe bringen würde?

»Sie muss aufs Land!«, hatte der Arzt noch gesagt, bevor er das Zimmer verließ. »Die schlechte, feuchte, heiße Luft hier in der Enge der Stadt wird ihren Zustand nur verschlimmern.«

Quintus betrachtete die Schwester eine Weile, ging zu ihr hin und strich ihr über den Kopf.

Da kam Cossinia nach Hause und brachte feines Brot mit, das heute nicht verkauft worden war. Die Bäckersfrau hatte es ihr geschenkt. Sie war guter Dinge. Es gefiel ihr in ihrer neuen Stellung. Dann ging sie mit Mutter in den Vorraum und die beiden sprachen leise miteinander. Quintus verstand nur Mutters mahnend gesprochene Worte: »Sei auf der Hut, Kind!«

Aha! Jemand hatte wohl ein Auge auf Cossinia geworfen und ihr schien dieser Jemand wohl zu gefallen, denn sonst pflegte sie sich lauthals und lachend über solche Anbeter lustig zu machen.

Von seinen Erlebnissen wollte er Mutter nichts berichten. Sie hatte genug Sorgen. Vater ebenso. Großvater? Vielleicht. Mal sehen.

Beim Essen steckte Cossinias Lebensfreude alle an, auch Großvaters Gelassenheit und Weisheit tat gut, nur Vater schien kaum etwas herunterzubringen, er saß da, mit fahlem, trübsinnigem Gesicht, und niemand vermochte ihn mit einer noch so freundlichen und mitfühlenden Bemerkung aufzuheitern.

Gleich nach dem Essen eilte Quintus zur Lichtung und zum Gewölbe, holte den Stein heraus und fand die Mitteilung:

WENN DU KANNST, MORGEN ZUR ZWEITEN STUNDE AN DER PORTA ESQUILINA.

Zur zweiten Stunde?* Da musste er doch in die Officina. Schnell verließ er das Gewölbe und ging nach Hause, als ihm Tiberius unterhalb des Tempels der Iuno Lucina begegnete. »Mensch, ich such dich schon die ganze Zeit. Wo steckst du denn nur?«

Quintus erklärte ihm, dass er tagsüber beschäftigt sei.

»Kannst einem ja wenigstens Bescheid geben, klar?!« Er schien wirklich beleidigt, fuhr aber fort: »Gehst du morgen mit?«

»Wohin?«

»Zum Circus. Morgen früh. Zweite Stunde!«

»Geht nicht. Ich muss doch ...«

»Quatsch! Morgen ist in ganz Rom Feiertag. Hast du wohl nicht gewusst?«

»Nein.«

»Na, jetzt weißt du's, klar!?«

»Warum ist denn morgen ein Feiertag?«

»Weiß ich auch nicht genau! Solltest deinen Alten mal fragen. Hat was mit dem Ianus und der Venus zu tun und mit 'nem dicken Balken.«

»Einem Balken?«

»Klar, dem *tigillum sororium,* dem ›Schwesterlichen Balken‹! Also, kommst du mit?«

»*Certo!* Zweite Stunde an der Porta Esquilina!«

»Sei pünktlich!«

* Gegen 8.00 Uhr morgens

Quintus zögerte einen Augenblick, dann fragte er: »Sag mal … hast du das mitbekommen, das mit dem Kleinen?«

»Hab ich. Und ich sage dir, das ist die größte Lumperei, von der ich je gehört habe. Machen den Kleinen fertig! Ausgerechnet den Kleinen! Kann keiner Fliege was zu Leide tun! Aber das werden die büßen!«

Nun wagte Quintus die Frage: »Gehst du auch schon mal … betteln?«

»Nein. Seh ich so aus? Haben wir nicht nötig. Mein Alter bringt genug Kies nach Hause, klar?! Aber der Kleine muss das machen. Der Marcius Corvinus auch. Die haben zum Sterben zu viel und zu wenig zum Leben. Ist doch 'ne furchtbare Sauerei, das mit dem Kleinen! Was kann der denn dafür!? – Also, morgen an der Porta, klar!?«

Sie hoben beide die Hand, Quintus konnte es nun auch schon so lässig wie Tiberius, und gingen auseinander.

Der Schwesterliche Balken

Als Quintus nach Hause kam, saßen Vater und Mutter am Tisch, Cossinia räumte auf, spülte und trocknete das Geschirr. Mutter sah traurig und müde aus. Wahrscheinlich ging sie nachts mehrmals zu Herennia um ihr etwas zu trinken zu geben oder sie zu beruhigen. In diesem Augenblick kamen Kirkos und Großvater in strahlender Laune herein. Großvater legte ein

Päckchen auf den Tisch, das mit einem Tuch umwickelt war.

»Kommen gerade von einem Schlachtfest. Hier!«, sagte er schmunzelnd, holte aus dem Tuch ein paar Würste hervor und legte sie auf den Tisch. »Und das! Für Herennia!«

Es war ein Stück Leber auf einem irdenen Teller.

»Seit wann gibt's beim Tischler Fleisch und Wurst?«, fragte Cossinia.

»Da natürlich nicht. Aber Kirkos hatte bei einem Schlachter einiges einzubauen. Dieser fragte ihn, ob er jemanden kenne, der lesen und schreiben kann. Und so wurde ich gebeten die Rechnungen des Zimmermanns zu überprüfen: Tatsächlich, da wimmelte es von falschen Zahlen. Das hier ist der Dank!«

Als alle noch die Gaben betrachteten, stand Vater plötzlich auf und wandte sich zur Tür.

»Willst du noch weg?«, fragte Mutter erstaunt.

»Ja, ein Bad nehmen. In der Nachbarschaft gibt es mehrere Gelegenheiten.«

Er ließ sich von Cossinia eine frische Tunika aus der Truhe holen, nickte zum Abschied und ging, nicht ohne Cossinia an der Tür zärtlich über die Wange zu streichen. Dabei erheiterte sich sein Gesicht zum ersten Male an diesem Spätnachmittag.

Als sich die Tür hinter ihm geschlossen hatte, sagte Cossinia: »Seht ihr denn nicht, dass Vater schon nach drei Tagen völlig am Ende ist?« Da Mutter schwieg und auf den Tisch starrte, fuhr sie fort: »Ich glaube, es ist weniger die körperliche Anstrengung, die ihn fertig macht, sondern der Umgang mit diesem stinkenden Zeug! Merkt denn keiner, wie er aussieht!? Riecht ihr nicht, wie er…?!« Sie vollendete den Satz nicht, aber jeder ergänzte im Stillen: ›…wie er stinkt!‹

»Natürlich merken wir es«, sagte Mutter und schaute Cossinia an. »Ich weiß, wie ihm zu Mute ist, und er will ja auch versuchen etwas anderes zu finden. Es war ja von Anfang an nur als Übergang gedacht. Das Leben ist hier zu teuer und das Schlimmste ist die Miete! Wenn wir in einem Monat, nein, in drei Wochen nicht besser dastehen, müssen wir ausziehen.«

»Aber wohin denn?«, fragte Cossinia.

»Ich weiß es nicht. Wir müssen uns alle einschränken. Und jeder hört sich schon einmal um, ob irgendwo eine Wohnung frei wird, die sauber und nicht zu teuer ist.«

Beinahe schüchtern meldete sich jetzt Kirkos zu Wort, legte einige Münzen auf den Tisch und sagte: »Das ist von der Mieterin unter uns!«

»Wofür?«, fragte Cossinia.

»Habe neulich an ihrer Truhe die Scharniere befestigt und das Schloss geölt. Und gleich auch die Türangeln und Fensterscharniere geschmiert. Sie war überglücklich. Sogar ihr kleiner Hund hat mit dem Schwanz gewedelt. Und das hat sie mir gegeben.«

Alle betrachteten die Münzen und Quintus staunte: Das waren zehn Sesterzen!

Großvater forderte Kirkos auf sich etwas von der Wurst abzuschneiden, doch wie Vater wollte auch er erst mal ein Bad nehmen. Mit einer frischen Tunika verließ er die Wohnung.

Mutter blickte auf die Leber und sagte: »Ich werde Herennia gleich eine Pastete machen. Wann bekommt man hier in der Stadt schon einmal so frische Leber! Das wird ihr gut tun und Kraft geben.«

Sie machte sich sogleich daran, aus den vorhandenen Kräutern, Gewürzen und der Leber ein köstliches

Mahl zu bereiten, ohne dass sie dazu ein großes Feuer brauchte, denn die Leber wurde klein gehackt und roh verarbeitet.

Wieder einmal saßen nur noch Quintus und der Großvater am Tisch, denn Bruder Publius war bei einem Gleichaltrigen in einer Nachbarwohnung spielen, und gleich begann Quintus: »Großvater…«

»Ja, mein Junge…«

»Was ist das, der ›Schwesterliche Balken‹?«

»Der schwesterliche… – Ah! Du meinst das *tigillum sororium*!?«

»*Ita est.* Morgen ist deswegen ein allgemeiner Feiertag in der Stadt. Es muss etwas mit einem großen Balken zu tun haben.«

Großvater schmunzelte: »Sie haben hier die seltsamsten Namen für heilige Bräuche. Morgen früh werde ich dir den ›Schwesterlichen Balken‹, das *tigillum sororium* zeigen. Aber dann solltest du schon etwas von der Geschichte wissen. Ja, das ist wieder einmal eine alte, eine sehr alte Geschichte…«

Quintus wagte von nun an keine Zwischenfrage mehr und ließ auch sein Auge nicht mehr vom Gesicht des alten Mannes, weil sich darin die geschilderten Ereignisse lebhaft spiegelten. »Also, es ist die berühmte Sage vom Zweikampf der doppelten Drillinge. Er ereignete sich zur Zeit des Königs Tullus Hostilius*. Damals führten die Römer mit den Albanern Krieg, der sich lange hinzog. Und wie es dann früher öfters geschehen ist, schlossen die Feinde einen gegenseitigen Vertrag, dass Sieg und Herrschaft über den anderen ein Zweikampf zwischen drei erlesenen Kämpferpaaren entscheiden solle. Zufällig gab es nun auf beiden

* Der dritte König der sagenhaften Frühgeschichte Roms

Seiten Drillingsbrüder unter den Kriegern. Bei den Römern waren es die Horatier, bei den Albanern die Curiatier. Horatier und Curiatier erklärten sich auch sofort zum Kampf bereit und gürteten und wappneten sich. Auf beiden Seiten wuchs die Spannung unter den Kriegern ins Unerträgliche und sie verfolgten atemlos, wie sich die feindlichen Drillinge gegenübertraten. Entschied doch der Ausgang des Kampfes über Glück und Zukunft beider Völker. Nun kam das Zeichen!« Großvater hob wie ein Kampfrichter die Hand und senkte sie. »Wie in einer Schlachtenreihe, die Waffen gegeneinander gerichtet, stürmten die jungen Kämpfer aufeinander los, als ob sich der Kampfgeist eines ganzen Heeres in ihnen versammele.

Keiner schonte sich und der Gedanke, dass von ihrem Einsatz das Schicksal ihres Vaterlandes abhinge, erhöhte ihren Mut. Als beim ersten Waffengang die Schwerter hell und scharf aufeinander prallten, da ergriff die Zuschauer Grauen. Jeder Atemzug, jeder Laut schien erstorben. Der Kampf wogte hin und her, lange unentschieden. Doch dann sah man bei zwei Albanern das Blut aus tiefen Wunden fließen. Trotzdem gelang es ihnen noch zwei der Römer zu töten. Sterbend stürzten diese übereinander zu Boden.

Das albanische Heer erhob ein Freudengeschrei und die römischen Legionen verloren alle Hoffnung. Entsetzen packte sie, denn nun stand nur noch einer der Ihren und wurde von drei Albanern auf einmal angegriffen. Zum Glück war er noch unverwundet, während zwei seiner Gegner schwer verletzt waren. Dreien konnte er auf keinen Fall gewachsen sein, vielleicht aber jedem Einzelnen. Und in der Absicht, sie voneinander zu trennen, floh er über das Schlachtfeld. Er hoffte, dass sie ihn verfolgen würden, und zwar, wie es ihre schmerzenden Wunden zuließen, in verschiedenen Abständen.

Schon hatte er sich ein beträchtliches Stück vom Kampfplatz entfernt! Jetzt blickte er sich um und sah, dass sie ihm tatsächlich folgten. Der noch unverletzte Albaner war nicht mehr weit. Gegen diesen stürmte er nun los. Das albanische Heer schrie auf, aber bevor die beiden anderen Curiatier ihrem Bruder zu Hilfe eilen konnten, hatte der Horatier den Feind schon getötet. Sogleich stürzte er sich auf den zweiten sich nahenden Curiatier und erschlug ihn mit einem gewaltigen Hieb. Das römische Heer jubelte, das albanische schwieg entsetzt. Jetzt standen sie Mann gegen Mann. Der eine noch immer unverwundet, der andere sich nur mühsam aufrecht haltend und von seinen Wunden geschwächt und vom Tod der beiden Brüder entmutigt. Nur kurz währte der ungleiche Kampf, und bevor der Römer seinem Feind den Todesstoß gab, rief er aus: ›Zwei Curiatier habe ich den Geistern meiner Brüder geweiht, der Kampf mit dem dritten entscheidet diesen Krieg, damit die Römer über Alba herrschen.‹

Dann stieß er dem Albaner, der kaum noch seine Waffe halten konnte, das Schwert in den Hals. Als Trophäe zog er ihm die Rüstung aus und nahm sie an sich.

Die Römer umringten jubelnd den siegreichen Horatius und beglückwünschten ihn, weil er, nachdem ihre Sache lange so schlecht gestanden hatte, den Sieg noch herbeigeführt hatte.«

Großvater legte eine Pause ein und Quintus fragte atemlos: »Und der Balken, Großvater? Der Balken!«

Großvater nickte. »Das kommt noch. Hör zu! Nun gingen beide Völker daran, ihre Toten zu bestatten. Und die Gräber liegen heute noch da, wo die Kämpfer gefallen sind. Die beiden Römer ruhen nebeneinander, näher bei Alba, die drei Albaner mehr zu Rom hin, aber jeder vom anderen entfernt, wo sie eben gekämpft und gefallen waren. Dann aber…« – Großvater räusperte sich – »als sich der siegreiche Horatier der Stadt näherte, trat ihm bei der *Porta Capena* seine Schwester entgegen, die mit dem dritten der Curiatier verlobt war. Als sie den Waffenrock ihres Bräutigams, den sie selbst genäht hatte, auf der Schulter ihres Bruders entdeckte, raufte sie ihr Haar und rief weinend den Namen ihres Geliebten. Die Klagen der Schwester machten den Jüngling, der doch so tapfer gekämpft und Rom gerettet hatte, rasend. Er zückte sein Schwert, stieß es ihr ins Herz und sagte strafend: ›Fahr dahin mit deiner unrechten Liebe! Du hast deine Brüder, die toten und die lebenden, und dein Vaterland vergessen. So soll es in Zukunft jeder ergehen, die als Römerin einen Feind betrauert!‹

Der eigene Vater billigte die blutige Tat des Sohnes, aber dennoch wurde der Mörder vor Gericht gestellt und zum Tode verurteilt. Der König gewährte ihm indes die Anrufung des Volkes kurz vor der Vollstreckung des Todesurteils. Der Henker hatte dem Jüngling schon den Strick um den Hals gelegt, als der Vater vortrat und mit bewegter Stimme ausrief: ›Bürger! Soll dieser Mann, der jetzt unter dem Galgen steht, gebunden werden und Schläge, Folter und Tod erdulden, der Mann, den ihr eben noch im Siegestaumel bejubelt habt? Von diesem entehrenden Schauspiel würden sich sogar die Albaner abwenden!‹ Und er trat zu seinem Sohn hin, deutete auf ihn und rief über die Volksmenge hinweg: ›Also, Scharfrichter, binde doch diese Hände, die eben noch dem Römischen Volk die Herrschaft über den Feind erfochten haben: Binde ihn an den Schandpfahl und peitsche ihn! Wenn du es innerhalb der Ringmauer tun willst, dann unter der von ihm erbeuteten Waffenrüstung der Feinde! Oder außerhalb der Ringmauer? Dann schon an den curiatischen Gräbern! Ihr könnt den Jüngling an keine Stelle führen, an der ihn nicht eine ruhmreiche Tat gegen die schmähliche Todesstrafe in Schutz nehmen würde!‹

Das Volk, tief gerührt von den Tränen des Vaters und von der gelassenen Haltung des Verurteilten, sprach den jungen Mann frei, wohl fühlend, dass dabei das Recht gebeugt wurde.«

Da der Großvater die Geschichte mit einer leidenschaftlichen Mimik und erhobener Stimme vorgetragen hatte, war nun Quintus selbst fast den Tränen nahe. Und er fragte aufgeregt: »Und der Balken?«

»Der Balken, ja... Hör zu: Damit der so in aller Öffentlichkeit geschehene Mord an der Schwester eine symbolische Sühne erfuhr, wurde dem Vater auferlegt die Buße auf öffentliche Kosten an seinem Sohn zu vollstrecken. Er hatte also bestimmte Reinigungsopfer zu verrichten, die auch den Nachkommen der horatischen Familie auferlegt wurden. So zog der Vater eine Art Gerüst über die Straße und ließ den Sohn mit verhülltem Haupt unter dem Querbalken hindurchgehen. Diesen Sühneakt nannte man Tigillum Sororium, den ›Schwesterlichen Balken‹, und seitdem wird alljährlich am ersten Oktober ein Sühneopfer unter diesem Gerüst dargebracht. Du kannst es dir morgen ansehen. Gleich unter dem Balken befindet sich der Altar des Gottes Ianus, dem Gott des Eingangs und Ausgangs, der Vergangenheit und der Zukunft, dem besonders der Monat Januar heilig ist. Daneben ist der Altar der Iuno Sororia, der Schwesterlichen Iuno, aufgestellt.«

»Warum?«, fragte Quintus.

»Nun, der Iuno sind alle *calendae,* das sind die ersten Tage eines jeden Monats, heilig. So wird am ersten Oktober diesen beiden Göttern geopfert. Die Römer nehmen gerade diesen Feiertag sehr ernst. So, und nun solltest du ins Bett gehen, Quintus. Du hast in den letzten Tagen nicht viel geschlafen.«

Als Quintus auf seinem Lager ruhte, ließ er die Geschichte der drei Brüder noch einmal an sich vorbeiziehen. Jeder Feiertag dieser Stadt hatte wohl seine eigene Geschichte, die sich vor langer Zeit ereignet hatte. Und darüber nachdenkend, schlief er bald ein.

Am Circus Maximus

Als Quintus am nächsten Morgen zum Frühstückstisch kam, war er der Letzte; man hatte ihn schlafen lassen. Sogleich spürte er Mutters aufgelockerte Stimmung.

»Geht es Herennia besser?«, fragte er.

»Ja, der Aderlass hat wohl geholfen, aber auch die Gebete zur Göttin Iuno. Ich werde gleich mit Cossinia zu ihrem Tempel gehen... Nun setz dich und iss!«

Er saß allein am Tisch. Publius war schon draußen und spielte mit Nachbarskindern. Herennia schlief zum ersten Mal tief und fest. Vater, Großvater und Kirkos machten einen Spaziergang durch das Viertel, würden wohl auch hier oder da einen Trunk zu sich nehmen.

Quintus aß bedächtig und ließ das köstliche Brot im Munde zergehen. Dann schnitt er vom römischen Räucherkäse einen Würfel ab, zerkleinerte ihn und wechselte nun mit Brot, Käse und Wasser ab. Mutter würde mit Cossinia also zum Heiligtum der Iuno Lucina gehen. Warum mit Cossinia? Weil sie im heiratsfähigen Alter war? Es konnte nicht schaden zur Beschützerin aller Frauen zu beten und um ihren Segen zu bitten. Sie hatte ja wohl auch Herennia geholfen.

Er stand auf, wischte sich mit dem Handrücken über den Mund und sagte zu Mutter: »Ich treffe mich mit den Jungen.« Er ging zu ihr hin und sagte geradezu feierlich: »Mach dir mal einen schönen Tag!«

Er wollte gehen, als sie ihn am Arm zurückhielt; dann griff sie von einem Wandregal einen Lederbeutel, öffnete ihn und entnahm ihm ein paar Münzen.

»Hier! Kauf dir ein Stück Honigkuchen oder sonst etwas.« Sie reichte ihm die Münzen – es waren drei Sesterzen – und er steckte sie in seinen Brustbeutel.

»Danke, Mama.«

Er musste sich beeilen. Die Sonnenuhr draußen an der Hauswand zeigte bereits die zweite Stunde an. Er hoffte, dass sie nicht genau ging. Sonnenuhren gingen selten genau, besonders die, welche sich an senkrechten Wänden befanden. Am genauesten gingen die in der waagerechten Ebene.

Wie erwartet traf er Aulus und Tiberius an der Porta Esquilina.

»Kommt sonst niemand mehr?«, fragte Quintus.

»Sieht nicht so aus«, antwortete Aulus. »Der Kleine kann ja noch nicht. Marcius soll krank sein. Und Corvinus hat wohl Dienst heute.«

Das konnte nur bedeuten, dass er heute zusammen

mit den übrigen Familienmitgliedern, wenn in den Straßen Roms viel Volk unterwegs war, betteln gehen musste.

Sie machten sich auf den Weg. Es ging über eine Straße, die von der Porta ins Zentrum der Stadt abzweigte, über den Rücken des Esquilinushügels und dann zu Tal. Hier oben standen schöne und große herrschaftliche Häuser. Quintus hatte es schon an anderen Orten gesehen: Je höher man stieg, um so vornehmer die Behausungen; die Bedürftigen lebten in den Niederungen, die in den heißen Sommermonaten ungesund waren.

In der Gegend der Carinae, wo eine Schenke neben der anderen stand, erreichten sie die *Via Sacra,* die Heilige Straße. Hier herrschte reger Betrieb und Quintus fragte Aulus, ob hier in der Nähe der »Schwesterliche Balken« verehrt werde.

»Da!« Aulus wies in eine abzweigende Gasse. Als sie näher kamen, erkannte Quintus den über die Breite der Straße angebrachten Balken, der heute mit Girlanden geschmückt war. Mehr konnte er nicht erkennen, weil die Straße von frommen Betern und neugierigen Zuschauern bis an die Stadtmauern angefüllt war. Nur die Gesänge der Priester klangen undeutlich herüber.

»Solltest morgen mal hingehen. Dann ist da kein Mensch.«

Sie verließen den Ort und gingen über verschiedene Gassen und Straßen zunächst nach Osten und dann nach Süden. Quintus fand sich nach anfänglicher Unsicherheit wieder zurecht. Sie waren im Velabrum, wo er mit Mutter eingekauft hatte. Geradeaus und dann rechts ging es zum Forum Boarium und zum Tiber. Die beiden Jungen bogen aber links ab. Die

Häuser traten zurück und sie standen auf einem größeren freien Platz, der nach etwa fünfzig Schritt von einer seltsam gerundeten hohen Mauer begrenzt wurde. Links und rechts wurde sie flankiert von Türmen, die die Höhe des Mittelstücks um einiges überragten. Quintus schaute gebannt in die Höhe. Das Ganze sah aus wie ein riesiges Stadttor, das man in der Mitte zusammengedrückt hatte. Sogar das einzige mittlere Eingangstor machte diesen Eindruck, denn seine Höhe stand in keinem Verhältnis zur Breite, so schmal wirkte es.

Als Quintus verwundert und staunend stehen blieb, erklärte Aulus: »Das sind die *carceres.*«

»Die Carceres?« Carcer hieß Gefängnis, Schranke, Gewahrsam.

»Nun ja... So nennt man hier seit Menschengedenken das Gebäude am Nordende des Circus Maximus, in dem die Quadrigen, die Vierergespanne, zum Start antreten. Sie stehen dort hinter den ›Schranken‹, verstehst du?«

Quintus nickte. Dann fragte er: »Und warum hat das Gebäude ... warum ist es so rund?«

»Damit jedes Gespann die gleichen Chancen beim Start hat. Du wirst das gleich sehen, wenn wir innen auf den Rängen sind. Komm!«

Sie ließen die Carceres rechts liegen und wandten sich der nördlichen Längsseite zu. Unendlich lang schien sie sich zu dehnen.

»Der Circus ist dreieinhalb Stadien* lang«, erklärte ihm Aulus.

Obwohl heute kein Rennen stattfand, war viel Volk unterwegs. Außen zogen sich um die gesamte Anlage

* 621 Meter

Arkaden mit Eingängen und Treppen entlang. So konnte das Publikum ohne Gedränge hinein- oder herausgelangen. Außerdem enthielt diese schier unendlich lange, schattige und kühle Halle in ihren Gewölben eine Unmenge von Läden, über denen sich gleich die Wohnungen der Inhaber befanden. Und zwar wechselten sich die Geschäfte mit den Durchgängen ab, das eine Gewölbe diente als Verkaufslokal wie eine Taberna beim Argiletum, das andere als Eingang und Aufgang zu den Treppen.

Das war der Grund dafür, dass hier, auch wenn keine Circensischen Spiele stattfanden, ein ständiges Kommen und Gehen herrschte, besonders gegen Abend, aber an Feiertagen wie heute am ersten Tag des Oktobers, auch schon am frühen Morgen.

Quintus stellte sogleich mit kritischem Auge fest, dass sich hier allerlei zwielichtiges Gesindel herumtrieb, und zwar sowohl auf Seiten der Käufer wie der Verkäufer. Sobald man sich der Halle näherte, stürzten sie sich auf einen, die Wahrsager, Artisten und Gaukler; abenteuerliche Kerls, die Feuer spien, sich Schwerter in den Rachen, Nägel in den Kopf stießen, alte Schuhe zerkauten und verschlangen. Da balancierte ein Athlet eine Stange mit schwerem Gewicht auf seiner Stirn … nahm jetzt zwei Kinder auf die Spitze der Stange, ließ sie dort gar miteinander ringen, ohne dass die Stange mit den Händen gehalten wurde.

»Pass auf!«, ermahnte Aulus den Quintus. »Diebe!«

Mit geradezu genialischer Sicherheit leerten sie den Zuschauern die Taschen und Beutel, stahlen Halsketten und anderen Schmuck, während das Opfer mit Auge und Ohr ganz bei der artistischen Darbietung war.

Luftspringer machten von einem Gerüst aus die

verwegensten Sprünge, schnellten durch brennende Reifen; ein anderer Artist warf viele Bälle, Ringe, auch Dolche zugleich in die Luft und fing sie behände wieder auf, mit den Händen, mit der Schulter, mit dem Schenkel. Etwas weiter stand das Publikum um einen Seiltänzer herum. Er machte verwegene Sprünge auf seinem Seil, und je gefährlicher sie wurden, desto mehr gefielen sie der Menge. Die Wahrsager schritten gravitätisch in orientalischer Kleidung einher und suchten gläubige Opfer ihres trügerischen Gewerbes. Da weissagte einer gerade aus den Linien der Hand und der Stirne. Eine Freigelassene fragte ihn kokett, ob sie den Schankwirt aufgeben und den Trödler ehelichen sollte. Ein anderer las das Schicksal aus Losen, ließ aus einer Urne Täfelchen ziehen, die mit Schriftzeichen oder ganzen Sprüchen bedeckt waren. Dreimal musste man ziehen, denn das dritte Los galt als das kräftigste.

Quintus nahm aber auch das andere wahr; eine Gruppe syrischer Tänzerinnen ergötzte, Kastagnetten schwingend und Tamburin schlagend, die Umstehenden mit ihren leichtfertigen und wilden Tänzen und lockte die Vorbeigehenden mit ihren eindeutig zur Schau gestellten Reizen doch das Lokal im Gewölbe zu betreten. Und es waren nicht nur Männer der unteren Schichten, die den Dirnen ins Innere des Etablissements folgten. Eine innere Stimme sagte Quintus sich in Acht zu nehmen. Im Übrigen wimmelte es überall von solchen käuflichen Frauen. Für Aulus und Tiberius schien es ein alltäglicher Anblick zu sein, sie nahmen keinerlei Notiz davon, strebten vielmehr zu einer Treppe.

Sie erreichten den obersten Rang, nicht weit von der Loge des Spielgebers und der Beamten des Staates.

Von hier hatten sie einen Blick über die ganze riesige Anlage. Die Länge des Circus und der Rennbahn schien unermesslich. Aulus erläuterte Quintus den Bau und nannte Zahlen: Einhundertachtzigtausend Zuschauer konnten die Ränge fassen. Die untersten, der Bahn zunächst gelegenen Sitzreihen waren für die Senatoren, die nächsthöheren für die Ritter, die übrigen für das Volk bestimmt. Die Frauen hatten hier nicht, wie in den Theatern, gesonderte Plätze, sondern saßen unter den Männern.

Den westlichen Abschluss bildeten die Carceres, die Boxen für die Gespanne; nach Osten zu endete der Circus in einer Rundung, in deren Scheitelpunkt ein Tor, die Porta Triumphalis, eingebaut war. Durch dieses Tor zog bei Eröffnung der Spiele die feierliche *Pompa Circensis* mit dem in Purpur gekleideten Spielgeber an der Spitze. Durch die Mitte der Anlage verlief eine bankartige Aufschüttung, welche die Arena der Länge nach in zwei Bahnen teilte. *Spina,* Rückgrat, wurde sie genannt. Um die Enden der Spina herum mussten die Lenker ihre Renner und Wagen führen.

»... aber das wirst du ja bald selbst erleben!«, rief Aulus und Quintus meinte schon jetzt Begeisterung in seinem Gesicht erkennen zu können.

»Wann sind denn die nächsten Rennen?«, fragte Quintus.

»Im November. Bei den *Ludi Plebei.* Aber nicht hier, sondern im Circus Flaminius.«

Quintus hatte früher einmal vom Großvater davon gehört und in dessen Gesicht die gleiche Begeisterung wahrgenommen, die nun auf dem von Aulus lag, obwohl sich beide nur in der Erinnerung damit befassten.

»Die Römischen Spiele im September finden hier

statt und stehen in Konkurrenz zu den Plebejischen Spielen, deren Rennen im Circus Flaminius, hinter dem Capitol, auf dem Marsfeld ausgetragen werden. Aber ich dachte, es würde dich interessieren einmal den Circus Maximus zu sehen.«

Quintus nickte eifrig dazu.

»Im Übrigen«, fuhr Aulus fort, »üben sie auch hier, denn sie fahren ja in beiden Bahnen ihre Rennen. Ah, schau nur, da kommt Diokles!«

Ein etwa dreißigjähriger Mann trat aus den Carceres heraus und unterhielt sich dabei mit drei vornehm gekleideten Römern, wahrscheinlich den Spielgebern.

»Ist Diokles ein ›Roter‹?«, fragte Quintus.

»*Scilicet!* – Natürlich! *Optimus!* – Der Beste! Vielleicht will er heute hier üben...«

Diokles ging mit den Männern zurück in die Carceres. Die drei Jungen warteten eine Weile, doch unten geschah nichts von Bedeutung. So schaute sich Quintus in Ruhe die Anlage, besonders die Spina an. Sonderbare Objekte standen da, Statuen und Altäre, zwei seltsame Gestelle. Auf dem einen lagen riesige Eier, auf dem anderen Delphine.

»Was bedeuten die Eier?! Und die Delphine?!«, fragte Quintus seine Begleiter.

»Ganz einfach«, antwortete Aulus lässig. »Nach jeder durchfahrenen Runde wird ein Ei und ein Delphin heruntergenommen. So weiß jeder, wie viel Runden noch zu fahren beziehungsweise schon gefahren sind.«

Eben verließ ein Gespann der »Roten« die Carceres um mit einer Trainingsrunde zu beginnen. Der Wagenlenker stand auf seinem Wagen, aber nicht wie bei den Griechen unbekleidet, sondern er trug eine kurze Tunika ohne Ärmel, die durch einen breiten

Ledergurt um den Oberkörper festgeschnürt war um das Flattern des Gewandes zu verhüten. Die Zügel der Pferde hatte er um seinen Rücken geführt, damit sie ihm nicht aus der Hand glitten, im Gürtel trug er ein gekrümmtes Messer, um im Notfall, wenn er stürzte und die Pferde durchgingen, rasch die Zügel durchtrennen zu können. Auf dem Kopf hatte er eine helmartige Lederkappe, die auch Stirn und Wangen deckte und so bei einem Sturz einigen Schutz gewährte. Zu demselben Zweck waren auch seine Beine umwickelt und die Arme mit einem netzartigen Trikot bekleidet. In der Hand hielt er die Peitsche. Seine Tunika, das Geschirr und der Wagen hatten die Farbe seiner Factio: Rot.

Während Quintus noch über die riesige Anlage blickte, hörte er Tiberius neben sich zischen: »Vorsicht!«

Quintus fuhr herum, suchte schnell mit den Augen die Umgebung ab und sah sie: die »Weißen«! Einige Gesichter kannte er. Er hatte sie beim Treffen der »Weißen« in dem alten Schuppen gesehen. Jetzt trugen sie zu ihrer Bettlerkleidung weiße Binden im Haar. Es waren zehn bis zwölf junge Leute, die sich nun rechts und links vom Aufgang, aus dem sie selbst vorhin gekommen waren, postierten. Wahrscheinlich hatten sie Aulus, Tiberius und Quintus in den Circus hineingehen sehen und waren ihnen in größerem Abstand gefolgt.

»Wir müssen hier weg!«, sagte Aulus, und während Quintus noch überlegte, hatte er sich schon entschlossen. Er lief auf dem obersten Rang in Richtung Westen. Die beiden anderen folgten ihm auf den Fersen. Sie hatten schon über die Hälfte der Strecke bis zum übernächsten Aufgang zurückgelegt, als die

»Weißen« vor ihnen auftauchten und ihnen den Weg abschnitten. So blieb ihnen nichts anderes übrig, als mitten aus dem schnellen Lauf heraus hart nach links abzubiegen und die Schräge der Tribüne hinabzustürzen, halb laufend, halb springend. Quintus sah sich, während er hinabeilte, um. Die Verfolger waren noch nicht an der Stelle, an der sie nach unten abgebogen waren. Aulus hatte das hölzerne Geländer erreicht. Ohne zu zögern kletterte er darüber, hangelte an der Arenaseite abwärts – es waren von dort bis zum Boden der Rennbahn immer noch an die sechs oder sieben Fuß. Aulus ließ sich hängen – und fallen. Tiberius und Quintus folgten ihm ohne Bedenken nach. Längst hatte sich oben jemand, der wohl zum Personal einer Renngesellschaft gehörte, lauthals entrüstet und nach Ordnungshütern gerufen. Das konnte eine Chance für sie sein: Würden die »Weißen« es jetzt noch wagen ihnen über die Barriere zu folgen? Einige Augenblicke lang waren sie vor ihnen in Sicherheit.

Alle drei starrten sie in diesen entscheidenden Sekunden nach oben. Die »Weißen« schickten sich an ihnen zu folgen. Tatsächlich waren bereits mit Stöcken und Schwertern ausgerüstete Wächter der Anlage zur Stelle, die hier Polizeigewalt hatten. Die in Lumpen gekleideten Bettler mussten die Verfolgung aufgeben, wenn sie nicht festgenommen werden wollten. Doch auch sie hatten sich schnell entschieden: Nach kurzer Absprache teilten sie sich und rannten getrennt zu den nächsten Ausgängen. Also mussten die Freunde ihnen zuvorkommen. Sie rannten los, auf die Carceres zu, suchten und fanden zwischen all den Leuten hier einen Durchschlupf und stürmten ins Innere der großen Halle.

Sie liefen, sprangen über im Wege liegende Gegenstände – Teile von Rennwagen, Räder, Achsen, Lederzeug, allerlei Werkzeug – und erreichten ohne aufgehalten zu werden das Tor. Und die kleine Einlasspforte darin war nur angelehnt. Völlig außer Atem hielten sie an. Aulus öffnete die Tür einen Spaltbreit. Vorsichtig steckte er den Kopf hinaus.

»Niemand da! Los, weiter!«

Ohne nachzudenken schlüpften sie durch den Spalt und stürmten davon. Jetzt erst bemerkte Quintus, dass Aulus langsamer war als gewohnt.

»Was hast du?«, rief er ihm während des Laufens zu.

»Ich hab ... mir ... den Fuß etwas verknackst!«, keuchte er.

»Kannst du noch?«

»Certo.«

Und plötzlich waren sie wieder da! Die »Weißen« kamen von rechts, wie erwartet. Sie kamen näher und näher.

»Wir müssen uns trennen! Haut ab!«, rief Aulus und wandte sich nach links. Da waren sie schon heran. Auch sie hatten sich geteilt. Eine Gruppe stürzte Quintus und Tiberius nach, die andere Aulus. Quintus und Tiberius konnten sich in der Menge von Passanten und Müßiggängern verstecken, und dass diese lauthals über sie schimpften, verhinderte, dass das Bettlervolk ihnen folgen konnte. Nach hundert Schritt machten sie Halt. Sie waren in Sicherheit. Aber wo war Aulus? – Sie warteten einige Augenblicke, dann wagten sie sich zurück zum Platz vor dem Circus. Es war alles so schnell gegangen, dass sie dabei nicht auf ihn geachtet hatten.

Der Fremde

»Verdammtes Pack!«, schimpfte Tiberius. »Das haben sie bisher noch nicht gewagt.«

»Wir müssen Aulus suchen«, rief Quintus erregt und Tiberius überlegte: »Sie sind ... sie sind nach Norden gelaufen...«

»Zum Velabrum?«, fragte Quintus. »Was sollen sie dort?«

»Sie haben in der Stadt verschiedene Treffpunkte, klar! Nicht im Velabrum selbst, aber ganz in der Nähe, bei den alten Speichern und Lagerhallen. Ich mach jede Wette, dass sie dorthin sind. Komm!«

Quintus traute der Sache zwar nicht ganz, war aber im Augenblick ganz auf Tiberius und seine Kenntnisse der Stadt angewiesen. Für alle Fälle gingen sie zunächst in die Richtung, in der die »Weißen« untergetaucht waren, also zum Velabrum. Gerade an dem heutigen öffentlichen Feiertag herrschte hier in den Kneipen und Gaststätten mehr Betrieb als an gewöhnlichen Tagen. Ganz Rom schien unterwegs zu sein.

Die beiden hielten die Augen offen, doch war nirgends etwas von Aulus und den »Weißen« zu sehen. Dabei wimmelte es hier von ähnlich gekleideten Elendsgestalten. Und immer wieder meinte Quintus unter ihnen einen von der Bande erkennen zu können, doch war es jedes Mal, wenn er näher heran war, eine Täuschung. Sie gingen durch alle Straßen dieses Viertels, näherten sich jedem Bettler, nahmen ihn genau in Augenschein, so dass manche von ihnen aggressiv reagierten und mit ihren Stöcken nach ihnen schlugen – was wiederum ein Zeichen für ihre durchaus sehr jugendliche Reaktionsfähigkeit und Kraft war.

Endlich gingen sie langsam und immer wachsam die Straßen beobachtend auf das Forum Boarium und die in der Nähe liegenden verfallenen Speicher und Lagerhallen zu. Sie befanden sich jetzt nicht weit entfernt vom Pons Aemilius und der Tiberinsel. Hier war es ruhig, denn die alten Speicher erfüllten seit langem nicht mehr die Aufgabe, das immer größer werdende Heer der Empfänger von staatlichem Getreide versorgen zu können; diesem Zweck dienten schon seit Jahren und Jahrzehnten die *horrea,* die Speicher beim Emporium, dem großen Binnenhafen der Stadt, am Tiber weiter flussabwärts.

Die beiden Jungen bogen in eine schmale Gasse ein. Sie schien überhaupt nicht mehr befahren zu sein, denn zwischen den großen Steinplatten wuchsen Gras, Moos und allerlei Kräuter. Die Gebäude selbst hatten auch weitaus bessere Zeiten gesehen, denn der Putz blätterte ab, die hölzernen Tore waren von Regen und Sonne gebleicht, faserig und unansehnlich. Alle paar Schritte blieben sie stehen, lauschten, blickten sich suchend um, erschraken, als eine Katze von einem Steinhaufen sprang. So erreichten sie fast das Ende der Gasse, die nach sechs, sieben Toreinfahrten als Sackgasse endete; es war genau das Tor hinter dem Knick der Straße, auf das Tiberius zusteuerte. Es machte einen heruntergekommenen Eindruck, aber es war verschlossen, sogar mit einer starken Kette besonders gesichert.

Tiberius ging darauf zu und drückte kräftig dagegen. Sogleich gab es nach. Dann winkte er Quintus heran und zwängte sich selbst durch den Spalt. Quintus folgte ihm. Sie befanden sich auf einem rechteckigen, ummauerten Hof. Er war voll gestellt mit allerlei Gerümpel und alten Fässern, in deren Schatten sie sich duckten. Lange verhielten sie sich absolut still.

»Wir müssen an das Haus ran. Nicht quer über den Hof, damit uns keiner vom Fenster aus sehen kann. Hier am Rand entlang, pass auf, dass du nicht über so'n dämlichen Plunder stolperst, klar!«

In gebückter Haltung zwängte er sich zwischen all den Fässern und sonstigen Hindernissen wie eine Katze hindurch und Quintus folgte ihm, darauf bedacht, kein Geräusch zu verursachen. So erreichten sie schließlich das Gebäude, einen nicht allzu großen Speicher. Sie schlichen sich bis in die Nähe der Treppe, die in das Haus führte. Sie erreichten die Tür, doch sie war fest verschlossen, der Griff ließ sich nicht bewegen.

»Zurück!«, befahl Tiberius und sie kehrten wieder in ihr Versteck zurück. Tiberius dachte angestrengt nach: »Sie müssen hier sein!«

»Wieso?«, fragte Quintus.

»Weil dieses Gebäude das einzige ist, das keinen Besitzer mehr hat, der Schwierigkeiten machen könnte, klar!«

Quintus verstand diese Begründung zwar nicht, ließ es aber dabei bewenden. Da wurde plötzlich von innen die Haustür entriegelt. Sie sahen, wie sich der Türknauf drehte und jemand ins Freie trat. Sie kannten den Mann nicht, doch fiel ihnen auf, dass er gut gekleidet war, ja dass er eigentlich nicht in das Milieu von Bettlern passte. Hinter ihm traten drei weitere Männer in Bettlerkleidung aus dem Haus, mit denen er sprach. Leider konnten sie nicht verstehen, was er sagte, denn es war zu weit weg. Doch dann lachte der gut gekleidete Mann laut auf, klopfte seinem Gegenüber auf die Schulter und sagte laut: »Passt gut auf ihn auf, er ist uns als Einziger wirklich gefährlich. Es wird nicht euer Schaden sein.«

Quintus erkannte die Stimme wieder. Das war der Mann, der bei dem Treffen der Bettler das entscheidende Wort gesprochen hatte – der Fremde.

Die andern verbeugten sich tief vor ihm und wiederholten die Bücklinge nach jedem Satz. Dann machte der fein Gekleidete kehrt und schritt über den Hof zum Tor. Die drei folgten ihm. Zum Erstaunen der Freunde öffneten sie im großen, mit Ketten gesicherten Haupttor eine kleine Tür, die sie nicht wahrgenommen hatten, so genau war sie der Anordnung der Hölzer angepasst. Der Fremde bückte sich leicht und schlüpfte durch die Öffnung nach draußen, die drei Bettler folgten ihm in ehrfürchtigem Abstand. Sie verschlossen die Tür von außen mit einem Schlüssel. Quintus und Tiberius verhielten sich eine Weile ruhig. Doch es kam niemand mehr aus dem Haus.

Das Lager

Drinnen in dem Gebäude blieb es still, doch warteten sie noch eine Weile, ehe sie wieder zu reden wagten.

»Kennst du den Mann?«, fragte Quintus leise.

»Nein.«

»Wen kann er gemeint haben, als er sagte, sie sollten auf ihn aufpassen, er sei ihnen gefährlich?«

Tiberius überlegte. Dann schüttelte er ratlos den Kopf. Quintus machte sich seine eigenen Gedanken. War es denn überhaupt sicher, dass sie Aulus in ihrer Gewalt hatten? ›Passt auf ihn auf!‹ – damit konnte erstens ein anderer gemeint sein; es konnte aber ebenso gut bedeuten, dass sie Aulus auf seinen Wegen durch die Stadt beobachten sollten. Quintus konnte sich kaum vorstellen, dass diese Leute es wagen würden den Sohn eines römischen Adeligen zu entführen. Das würde doch wohl auf die Todesstrafe hinauslaufen.

Eine andere Frage war, welches Interesse der Fremde am aggressiven Verhalten der Bettler gegenüber den »Roten« haben könnte. Ganz bestimmt war er keiner der ihren. Und sie hatten Respekt vor ihm.

Und noch etwas fiel Quintus ein: Sollten die »Weißen« Aulus tatsächlich in ihrer Gewalt haben, müssten seine Eltern benachrichtigt werden. Und dann fuhr Quintus noch ein weiterer Gedanke durch den Kopf: Wusste Aulus womöglich mehr, als er vorgab zu wissen? Verheimlichte er etwas? Quintus erinnerte sich, wie wortkarg Aulus seine Fragen beantwortet hatte. Da riss ihn ein Geräusch gleich über ihnen aus seinen Gedanken. Erschrocken fuhren die beiden mit den Köpfen in die Höhe. Sie sahen nichts außer den Bretterboden des Schuppens. Doch da war es wieder! Jetzt sahen sie deutlich, wie sich die Bretter durchbogen. Da oben war ein Mensch! Und schon hörten sie eine bekannte Stimme: »Achtung, bleibt, wo ihr seid. Ich komme herunter!«

Und dann beobachteten die beiden staunend, wie jemand in der Ecke des Schuppens seelenruhig an der dort angelehnten Leiter abwärts stieg, sich den Staub von der Tunika klopfte und näherkam: Aulus Plautius Hypsaeus!

»Nun macht schon den Mund zu, es zieht!«

Quintus musste erst einmal schlucken, dann fragte er: »Beim Hercules! Willst du uns vielleicht erklären, wie du erstens hierher, zweitens dort hinauf, und drittens ungeschoren heruntergekommen bist?«

Quintus hatte das zwar scharf, aber doch leise gesprochen, und Aulus erklärte: »Ihr könnt durchaus normal reden. Wir sind völlig allein hier.«

Und er hatte einiges zu berichten. Auch ihn hatten die »Weißen« verfolgt und auch er war in der Menge untergetaucht. Da hörte er in seiner unmittelbaren Nähe den Befehl des Anführers an seine Leute: »Treffpunkt am Lager Forum, lauft los.« Damit konnte nur das Forum Boarium gemeint sein.

»Und dann?«, rief Quintus ungeduldig, als Aulus eine Pause machte.

»Nun, ich beobachtete, wie sie sich auf verschiedenen Wegen entfernten. Drei von ihnen verschwanden jedoch in Richtung Forum Boarium...«

»Aber ... wieso wusstest du, dass sie gerade hierher kommen würden?«, fragte Quintus.

»Das wusste ich nicht, ich bin ihnen einfach gefolgt. Ich sah, dass sie hier drinnen verschwanden und bin dann genau wie ihr hier eingedrungen. Allerdings stand da die Tür der Lagerhalle noch offen. Die Leute trafen sich im Haus, kamen aber einmal kurz heraus um etwas im Hof zu suchen. So musste ich mich verstecken, sah die Leiter und zog mich schnell auf den Dachboden zurück. Dort oben fand ich eine Luke, die ins Haus führte. Ich schlich mich heran und konnte durch die Ritzen hören, dass sie miteinander redeten.«

»Was denn?«, fragte Quintus.

»Das konnte ich leider nicht verstehen. Jedenfalls klang es so, als ob der Fremde den anderen Anweisungen gäbe.»

»Wie und wann ist denn der Fremde gekommen?«

»Keine Ahnung.«

»Und du bist sicher, dass jetzt keiner mehr im Haus ist?«, fragte Quintus schließlich.

»Ganz sicher.«

»Dann bin ich dafür, dass wir uns drinnen einmal umsehen.«

»*Bene.* – Also los!«

Sie kletterten über die Leiter nach oben und bewegten sich vorsichtig auf den Bohlen um unnötige Geräusche zu vermeiden. Der hölzerne Laden, der eigentlich die Öffnung abschließen sollte, stand offen. Daraus schloss Quintus, dass das Haus wohl keine wertvollen Dinge enthalten würde.

Der Bodenraum über dem Erdgeschoss war leer. Sie gingen weiter zur offenen Treppe und stiegen vorsichtig abwärts. Auf halber Höhe hielten sie an und lauschten angestrengt. Alles blieb still. Die Treppe endete in einem Flur, der von der Haustür bis zur Rückwand des Hauses reichte. Rechts und links waren je zwei Türen, eine weitere am Ende des Ganges. Sie begannen vorne, beim Eingang. Die erste Tür rechts war offen. In dem Raum dahinter stand ein großer Tisch, darauf lagen mehrere zusammengebundene hölzerne Schreibtafeln, *codices* genannt. Daneben lagen zwei Münztäfelchen, ähnlich den Stimmtäfelchen, wie sie bei Wahlen an die Bürger ausgeteilt wurden. Aulus warf einen Blick darauf und nickte: »*Tesserae!* Damit können sie sich ihr verbilligtes Getreide an den Ausgabetagen holen.«

Quintus, der noch nie so ein Täfelchen gesehen hatte, nahm eins in die Hand und betrachtete es interessiert. Es war aus Blei, einer Bronze- oder Silbermünze nicht unähnlich, und trug auf der Rückseite die Bezeichnung des kostenlos oder stark verbilligt zu empfangenden Gutes, auf der Vorderseite einen eingeritzten, abgekürzten Namen und weitere Zeichen, die er nicht verstand. Er legte das Stück Metall zurück auf den Tisch.

Es lagen noch weitere Tesserae in einem kleinen Körbchen. Sonst war in dem Raum nichts, kein Regal, keine Truhe, kein Schrank. Sie gingen in den Nebenraum. Dort standen mehrere Truhen. Alle waren mit schweren Schlössern gesichert. In den übrigen Räumen, die sämtlich unverschlossen waren, befand sich nichts als ein paar alte Regale mit allerlei verstaubtem Plunder. Sie gingen noch einmal in den Raum mit den verschlossenen Truhen zurück. Quintus versuchte eine anzuheben. Sie war sehr schwer. Als er sie etwas bewegte, klang es, als ob sich im Innern Metallteile bewegten und aneinander rieben. Er stellte sie wieder auf den Boden und keuchte.

Dann gingen sie zur letzten Tür des Ganges. Sie war verschlossen, doch war das Schloss nicht kompliziert.

»Lasst mich mal sehen!«

Tiberius hatte auf einmal verschieden gebogene Eisenstücke in Händen und stocherte damit abwechselnd im Schloss herum, horchte angestrengt auf die Geräusche und das Klacken der Mechanik, drehte dann vorsichtig am Ende des Metalls – und öffnete mit einem zufriedenen Grinsen die Tür.

Quintus war klar, dass sie in diesem Augenblick einen Einbruch in fremdes Eigentum begingen. Aber er zögerte nicht, denn er sah wieder den geschundenen Leib des kleinen Titus vor sich. Sie befanden sich nun in einer größeren Lagerhalle. Rechts und links stapelten sich große Säcke. Sie prüften einige mit der Hand. Es war Getreide darin. In einer Nische lag ein ganzer Haufen Getreide. Es wurde hier wohl in Säcke geschaufelt, denn es lagen mehrere leere am Boden. Langsam gingen sie durch die Halle. In den Regalen gab es die verschiedensten Dinge und längst nicht alle hatten etwas mit der Ernährung zu tun.

»Seltsam, sehr seltsam!«, meinte Aulus. »Was haben feine weiße Tücher und Bürsten in einer Lagerhalle von Getreide zu suchen? Und schau dir das mal an: Geschirr bester Qualität! Hier! Silberne Becher! Und da – Schuhe, Sandalen! Leder in verschiedenen Farben! ...« Sie waren bis ans Ende der Halle gekommen: »Und nun Wein! In Fässern und Amphoren!«

»Ich weiß nicht, worüber du denn so staunst«, erklärte Quintus. »Das sind doch alles Dinge, die man in einer Lagerhalle erwarten kann!«

»Eben nicht!« Aulus sah das ratlose Gesicht von Quintus und erklärte es ihm: »Entweder handele ich mit Getreide und lege mir größere Vorräte davon an – oder ich handele mit Hausgerät, Geschirr jeder Art – oder auch mit Leder, Stoffen, Tüchern und Ähnlichem, aber nicht mit all dem zusammen. Außerdem habe ich noch nie davon gehört, dass in diesen alten Schuppen Geschäfte mit solchen Dingen getrieben werden. Das Geschirr und besonders die Becher sind sehr wertvoll! Sie gehören nicht hierher!«

Quintus glaubte ihm das ohne weiteres, denn Aulus hatte gewiss bessere Kenntnisse über den Wert von Geschirr als er.

»Jetzt wüsste ich gern, was sich in den verschlossenen Kisten und Truhen vorne befindet«, sagte er fast ungeduldig.

Die hintere Front der Lagerhalle, die sie jetzt gerade erreicht hatten, musste zur Straße hin liegen. Sie stellten eine leere Kiste unter ein Außenfenster, kletterten darauf und schauten nach draußen. Eine enge Gasse lief auf das Gebäude zu. Sie prägten sich Einzelheiten ein, besonders das an einer Wand stehende geborstene Wagenrad und die stark abgenutzten Trittsteine in der Mitte der Straße. Auch hier sprossen

Gras, Moos und Kräuter zwischen den Steinen. Als sie von der Kiste stiegen, schauten sie sich die schwere, eichene Tür an, die auf die Gasse führte. Sie ließ sich, wie sie erwartet hatten, nicht öffnen. Das Schloss war zu kompliziert und die Fenster waren, wie auch die vorderen, durch Eisenstäbe gesichert.

Nachdem sie die Tür der Halle wieder sorgfältig verschlossen hatten, verließen sie vorsichtig über den Speicher das Haus. Als sie dann wieder auf der Straße standen, meinte Aulus: »Es wird besser sein, wenn wir uns nun trennen und auf verschiedenen Wegen nach Hause gehen.«

»Musst du denn schon weg?«, fragte Quintus enttäuscht.

»Ja, wir haben Besuch. Ich muss gegen Mittag zu Hause sein und am Nachmittag habe ich noch zu tun.«

Wieder meinte Quintus diese Barriere zu spüren: Zwischen seinem Zuhause und dem Zusammensein mit den Freunden schienen Welten zu liegen. Aber natürlich sagte er nichts und auch Tiberius schwieg, der – wie Quintus schon längst bemerkt hatte – in Gegenwart von Aulus ohnehin sehr schweigsam war.

»Ich schicke eine Nachricht, wenn wir uns treffen müssen.«

Das war an Quintus gerichtet. Und ohne viele Umstände ging Aulus davon.

Tiberius und Quintus hatten den gleichen Weg.

Ganz unvermittelt erklärte Tiberius unterwegs: »Ich krieg dann von dir drei Sesterzen, klar!«

»He?«, fragte Quintus überrascht.

Und Tiberius antwortete trocken: »Für Onkel Lucius, klar?! Bringe dir die Schuhe gleich rüber.«

»Ach sooo…« Quintus bedankte sich bei Tiberius

und fragte ihn, ob er noch eine Weile mit zu ihm käme.

»Meinetwegen, wenn meiner Mutter nichts anderes einfällt.«

Er brachte dann auch unverzüglich die reparierten Schuhe und Sandalen, nannte den Preis, und Mutter Herennia konnte es gar nicht fassen, dass die Schuster hier in Rom anscheinend so billig arbeiteten. Selbstverständlich durfte Tiberius bleiben. Beiden Jungen schmeckte der Honigkuchen, den Cossinia selbst in der Bäckerei gebacken hatte; es waren sogar dicke Rosinen und Apfelstücke darin. Sie sprachen nicht mehr von dem Haus beim Forum Boarium, sondern von anderen Dingen.

Aber noch während er mit Tiberius zusammen war, wurde Quintus klar, dass die Freundschaft mit ihm nur eine rein praktische war, dass sie keine gemeinsamen Interessen hatten. Immerhin war Tiberius ein Junge, mit dem man Pferde stehlen konnte; nur eines konnte man nicht: sich länger mit ihm unterhalten. Sein Denken war bestimmt von den praktischen Dingen des Alltags, vom täglichen Kampf ums Überleben. Alles, was darüber hinausging, lag außerhalb seiner Sinne, seiner Empfindungen, seiner Interessen – kurz, seines Lebens. Und es wurde Quintus an diesem Nachmittag bewusst, dass er sich nach einem Freund sehnte, nach einem Freund, wie er glaubte, dass es Aulus sein könnte. Oder war dessen Trachten auch nur auf äußere Dinge, nur auf vornehmere, ausgerichtet? Bisher hatte er Quintus noch nicht in sein Innerstes blicken lassen. Und noch hatte nichts darauf hingewiesen, dass er sich für Gedankengänge interessierte, die über das Alltägliche hinausgingen.

So war er nicht traurig, als sich Tiberius nach einiger Zeit verabschiedete. Mutter hatte ihm wegen der schnellen Erledigung der Schuhreparatur etwas Kleingeld gegeben; und wenn er sich auch nicht überschwänglich bedankte – er wollte sich wahrscheinlich dabei nichts vergeben –, so registrierte Quintus doch das kurze Aufleuchten seiner Augen.

»Hast du morgen Zeit?«, fragte Quintus ihn an der Tür.

»Ich glaube nicht. Muss meiner Mutter wahrscheinlich helfen, klar!«

Quintus nickte und sah ihm nach, bis er auf der Treppe verschwunden war. Er seufzte und ging zurück in die Wohnung.

»Wo ist denn Cossinia?«

»Sie trifft sich ... mit einer Freundin.«

Quintus wunderte sich, dass Mutter ihr das Fernbleiben in der doch fremden Umgebung und allein gestattete, aber er sagte nichts.

Ein Ochsenkarren

Es war noch viel Zeit bis zum Abendessen. Da er im Augenblick der Mutter nichts helfen konnte, verließ er noch einmal das Haus und bummelte ziellos durch das Viertel, bog in abzweigende Straßen und Gassen ein, hatte dabei ein Auge auf alle Bettler, die ihm begegneten. Sie ließen ihn in Ruhe, weil er nicht reich aussah – das vermochten sie wohl mit einem Blick abzuschätzen, aus der Erfahrung von Jahren und Jahrzehnten.

Er schüttelte den Kopf: Es war kaum zu glauben, was er in den wenigen Tagen seines Hierseins schon alles erlebt hatte. Wenn ihm das jemand auf dem Hof bei Caere erzählt hätte, er hätte ihn ausgelacht und ihn für verrückt erklärt. Und das Tollste daran war, dass er einem Geheimnis auf der Spur war. Irgendetwas schien mit den »Weißen« nicht zu stimmen, ihr brutales Vorgehen gegen die Jungen dieses Viertels musste einen Grund haben. Warum machten sie Jagd auf sie? Warum hatten sie Titus Fundanus, den Kleinen, zusammengeschlagen? Warum hatte der Fremde an der Tür des alten Kontors beim Forum Boarium nachdrücklich ermahnend erklärt, dass man besonders »auf ihn aufpassen müsse«, auf Aulus – auf Tiberius? Auf ihn, Quintus, selbst? – Das wäre absurd. Wenn einer in Frage kam, dann konnte es nur Aulus Plautius Hypsaeus sein, der den »Weißen« in irgendeiner Weise gefährlich werden konnte; vielleicht, weil er als Sohn eines Adeligen Einblick in größere Zusammenhänge hatte. Aber warum? Worum konnte es gehen? – Aulus hatte eben noch in der Halle erklärt, dass die Zusammmenstellung all der verschiedenen und sehr kostbaren Gegenstände mit ordinärem Weizen außergewöhnlich sei. Er, Quintus, konnte das nicht beurteilen. Tiberius wahrscheinlich erst recht nicht, er hatte wohl noch nie kostbare Güter besessen.

Plötzlich hörte er leise seinen Namen rufen. Er drehte sich um und sah zu seiner Überraschung Aulus an der Ecke der nächsten Gasse stehen. Er winkte ihm energisch. Quintus ging mit schnellen Schritten hinüber.

»Was ist?«, fragte er. »Woher weißt du, dass ich...«

»Ich war bei dir zu Hause...«

»Bei mir?« Überrascht stellte Quintus diese Frage,

denn er hatte es bisher nicht für möglich gehalten, dass Aulus sich herablassen würde bei ihm anzuklopfen.

»Ja. Deine Mutter sagte mir, dass du unterwegs bist. Ich bin auf gut Glück losgezogen und hoffte dich irgendwo zu finden.«

»Ja...«, sagte Quintus sehr gedehnt. »Hast du ... hast du denn noch etwas vor? Jetzt?«

»*Ita est.* Komm zur Seite!«

Sie zogen sich von den hin und her strömenden Passanten zurück, hielten sich in der Nähe einer fensterlosen Hauswand und endlich rückte Aulus mit seiner Sache heraus.

»Also, ich habe über das nachgedacht, was wir gesehen haben...«

»Du meinst in der Halle, in dem großen Lagerraum?«

»Ja. Also weißt du... Ich finde es sehr eigenartig, dass Habenichtse wie diese Bettler ihre Tesserae so einfach herumliegen lassen. Du hast doch den Korb auf dem Tisch gesehen...«

»*Certo.*«

»Also, darin lagen an die zehn verschiedene Tesserae...«

Quintus sah das Bild vor sich. Das waren doch die Getreidemarken, die jeder freie römische Bürger erhielt, wenn er Wert darauf legte.

»Es ist einfach nicht vorstellbar«, fuhr Aulus in seinen Überlegungen fort, »dass Bettler diese Marken irgendwo herumliegen lassen. Und genauso unwahrscheinlich ist es, dass ausgerechnet diese Ärmsten der Armen an einem Berg Getreide vorbeigehen, ohne sich die Säcke voll zu schaufeln.«

»Ich verstehe«, nickte Quintus, »und ohne Nachweis kann man nicht in den Besitz der Tesserae kommen?«

»Ganz unmöglich! Eine große Zahl von Beamten hat ein Auge darauf, dass sie ordentlich verschlossen und bewacht und nur an die in den Listen geführten Bedürftigen ausgegeben werden.«

Das wusste Quintus ja von seinem Vater.

»Aber es ist wahrscheinlich möglich...«, Quintus starrte seinen Freund an und schloss die Augen zu einem Spalt, »... es ist möglich diese Metallstücke zu fälschen?«

Aulus lächelte zufrieden zurück: »Genau das meine ich.«

»Aber um das zu können, müsste der Fälscher mit anderen zusammenarbeiten...«

»*Ita est.*«

»Er müsste Leute um sich haben, auf die er sich immer und überall verlassen kann!«

»*Ita est.* Oder er muss genügend Druck auf sie ausüben können, dass sie Angst vor ihm haben und ihm zu Willen sind.«

Sie schauten sich gegenseitig an und schließlich sprach Quintus es aus: »Also los! Schauen wir es uns noch einmal näher an, bevor es dunkel wird!«

Sie nahmen den kürzesten Weg quer durch die Innenstadt und es dauerte keine halbe Stunde, bis sie das Gebäude erreicht hatten. Sie konnten nur von der Vorderseite aus eindringen. Hinten waren Türen und Fenster absolut sicher geschlossen und vergittert. Ein Blick in die Seitengasse zeigte, dass es hier leer und ruhig war. Kein Wagen, kein Passant war unterwegs. Sie liefen weiter, überquerten die Straße und näherten sich, an Wände, Zäune und Tore gedrückt, der Einfahrt zum Hof. Und schon hörten sie Stimmen nach außen dringen: »Beeilt euch! Es wird schon dunkel!« Und kurze Zeit darauf: »Hinten zuschließen und gut verriegeln! Und jetzt nichts wie weg. Beeilt euch!«

War das die Stimme des Fremden, die sie heute schon einmal gehört hatten?

»Nichts wie weg!«, wiederholte Aulus unwillkürlich die Worte des Unbekannten und sie liefen um den Gebäudekomplex mit den Speichern, Hallen und alten Höfen herum und erreichten wenig später die enge Gasse mit dem alten Wagenrad und den abgetretenen Trittsteinen. Wieder mussten sie sehr vorsichtig sein, damit sie keiner bemerkte.

Ja, und jetzt sahen sie, wie sich am Ende der Gasse ein Ochsenkarren in Bewegung setzte!

»Jetzt ist doch noch Fahrverbot in der Stadt; es ist doch noch viel zu früh!«, rief Quintus aus.

Doch Aulus erklärte: »Stimmt. Aber das stört sie nicht. Sie riskieren es eben. Hier sind ja auch keine Kontrollen.«

Sie schlüpften zur nur angelehnten Tür eines leer stehenden alten Hauses hinein und lugten hinaus. Und schon kam das Rumpeln näher, die Reibung der Eisenringe der Räder auf dem Pflaster wurde härter und lauter und da bog das Gespann um die Ecke. Vorweg ging ein Mann, wie er in Rom oder sonst wo nicht ungewöhnlich war, kein Bettler, sondern ein Fuhrknecht in derber Tunika, mit kräftigen Armen und Händen. Er trieb die Ochsen an, ohne dass diese ihr Schritt-Tempo beschleunigten. Quintus kannte das von Kirkos auf dem Hof, als sie noch Ochsen hatten.

Langsam zog der Wagen an ihnen vorbei, doch leider war die Ladung von einer Plane verdeckt. Sie warteten noch eine Weile, bis sich das Geräusch des schwerfälligen Wagens entfernt hatte und schließlich verstummte.

»Morgen ist ein normaler Arbeitstag«, flüsterte Aulus, »und auch der erste Arbeitstag im Monat Oktober...«

»...also wird morgen Getreide ausgeteilt!«, ergänzte Quintus.

»*Ita est.* Wenn die Truhen weg sind...«

»Dann spricht vieles dafür...«

»...dass hier ein Betrug in großem Umfang vorbereitet wird!«

»Wir müssen herausfinden, wohin der Wagen fährt!«

»*Recte.* – Richtig! Mach du das! Wir treffen uns dann beim Toreingang zu deinem Haus...«, flüsterte Aulus.

Sie trennten sich. Aulus eilte nach der anderen Seite um den Block der Speicher herum. Quintus versuchte den Ochsenkarren wieder einzuholen. Die Ochsen trotteten in Richtung Pons Aemilius. Quintus folgte in sicherem Abstand. Jetzt waren wieder viele Menschen von oder nach Transtiberim unterwegs, so dass keine Gefahr bestand aufzufallen.

Der Karren fuhr über die Tiberbrücke stadtauswärts, bog gleich bei der ersten Straße nach links ab. Quintus folgte ihm. Nach etwa zwei Stadien* fuhr er um die Ecke und hielt vor einem sehr alten Gebäude. Quintus sah aus sicherer Entfernung, wie der Knecht zu einem Tor ging und dagegen klopfte: Zweimal lang – dreimal kurz. Quintus schlug sich den Rhythmus in die Hand und prägte sich genau das Gebäude und seine Nachbarschaft ein.

* 1 Stadion = 178,6 m

Kurz darauf wurde einer der beiden Torflügel geöffnet und mehrere Männer traten heraus, gingen zum Wagen, lüfteten die Plane, und Quintus sah, wie die Männer leicht gebückt mit Säcken auf dem Rücken durch das Tor gingen. Die Säcke mussten einiges Gewicht haben, außerdem passten sie sich der Form der sie tragenden Rücken an. Das konnten nur Körner sein! Getreide! Weizen! Der Weizen aus der Lagerhalle.

So schnell er konnte, eilte Quintus über die Brücke in die Stadt zurück, hastete den Clivus Suburanus aufwärts, bog in seine Straße ein und stand wenige Augenblicke später im Torbogen seines Wohnhauses. Er war völlig außer Atem. Und Aulus wartete schon auf ihn. Er trat aus dem Dunkel des Eingangs auf ihn zu und erklärte: »Die Truhen sind noch da…«

»Aber?«

»Leer! Völlig leer! Nur das hier…« Er reichte Quintus eine Tessera. »Zwei davon haben sie verloren. Sie scheinen so viel davon zu haben, dass sie den Verlust von einer oder zweien gar nicht merken.«

»Kann ich die eine behalten? Ich meine, um sie genau zu betrachten und sie mir einzuprägen.«

Aulus überlegte kurz und sagte: »Es ist ja nicht strafbar. Ich muss jetzt nach Hause.«

»Wieso hattest du eigentlich am Nachmittag Zeit? Du sagtest doch, ihr hättet Besuch!?«

»Vater ist mit ihm auf unseren Landsitz gefahren. Nach Tusculum.«

»Tusculum?«

»Ja. Wir haben dort noch eine Villa. Also bis morgen Abend. Morgen am Tage wird mich Demetrios gewaltig rannehmen. Ich lasse von mir hören. *Vale!* – Leb wohl!«

»*Vale!*«

Die Tesserae

An diesem Abend lag Quintus lange auf seinem Lager wach. Beinahe noch wichtiger als die Beobachtungen des Tages war ihm, dass Aulus ihn hier im Hause aufgesucht hatte. Und auch dies: Als es gefährlich wurde, hatte er sich nur an ihn gewandt, nicht an Tiberius oder einen der andern. Vielleicht war Aulus selbst noch auf der Suche nach einem rechten Freund?

Dann kehrten seine Gedanken wieder und wieder zu den Ereignissen der letzten zwei Tage zurück. Jetzt, am Abend, stand auch der nächste Arbeitstag vor seinem inneren Auge. Wie sollte er sich seinen Kollegen, den Schreibern, gegenüber verhalten? Kamen nicht neue schwere Probleme auf ihn zu, die entscheidender für ihn waren als ein möglicherweise verbotenes Warenlager? Seine Gedanken begannen sich im Kreise zu drehen, und während er versuchte den Anfang des Fadens zu finden, schlief er endlich ein.

Der nächste Tag begann so, wie die Familie es nun schon gewohnt war. Die verschiedenen Mitglieder nahmen einen kleinen Imbiss, tranken Wasser und verdünnten Wein und dann machte sich jeder auf den Weg zu seiner Arbeitsstelle. Vater musste als Erster gehen, weil er den weitesten Weg hatte. Quintus saß noch mit Großvater und den anderen am Tisch. Herennia und Publius schliefen noch.

»Herennia geht es besser«, sagte Mutter glücklich zu Großvater, »vielleicht gehst du heute Nachmittag mit ihr ein wenig an die Luft?«

Großvater nickte.

In diesem Augenblick stürmte Publius ins Zimmer und rief: »Ich will auch mit! Ich will auch mit!«

»Ja, du darfst auch mit«, erklärte Großvater und setzte Publius auf seinen Schoß. »Aber du musst jetzt aufbrechen, Quintus«, und Quintus stand auf, spülte den Mund mit Wasser aus, verabschiedete sich und ging.

Unterwegs tastete er nach seinem Brustbeutel, öffnete ihn während des Gehens und holte die Tessera, die Getreide-Empfangsmarke, heraus. Sie sah völlig unscheinbar aus. Sie ließ sich auch leicht biegen. Er steckte sie wieder weg und roch an seinen Fingern. Blei roch anders als Eisen, Kupfer oder Bronze. Jedes Metall hinterließ an den Fingern einen ganz bestimmten Geruch. Ganz eigenartig war jener Duft, den Obst, besonders geschnittene Äpfel, an der Klinge eines Messers hinterließen. Dieser Bleigeruch freilich war unangenehm und er putzte seine Finger an den Seiten der Tunika ab.

Der morgendliche Gang durch die erwachende Riesenstadt war ihm jetzt schon fast selbstverständlich. Er kannte bereits viele Einzelheiten, besonders die kleinen Götterheiligtümer an den Straßenkreuzungen. Je näher er dem Zentrum kam, um so größer die Zahl der Menschen. Alle nutzten diese frühen, noch frischen Stunden des Tages. Doch jetzt lastete wieder die Drohung seiner Kollegen auf ihm, langsamer zu schreiben, wenn er nicht wollte, dass sie Maßnahmen gegen ihn ergriffen.

Er seufzte, denn er wusste, es würde auf eine Konfrontation hinauslaufen. Er war nicht gewillt sein Licht unter den Scheffel zu stellen, wie Großvater gerne sagte.

Es waren noch keine Kunden im vorderen Laden.

Er grüßte im Vorbeigehen mit *»Salve, Magister!«* den Pollius Valerianus, danach auch die Sklaven, die hier beschäftigt wurden. Valerianus sah das, winkte ihn zur Seite, trat nahe an ihn heran und erklärte: »Ich … ich muss dich allerdings auf etwas … also auf etwas aufmerksam machen, mein lieber Quintus Cossinius, nicht wahr. Merke dir: Nicht du hast die hier anwesenden Sklaven als Erster zu grüßen, sondern sie dich! Das ist hier Tradition! Es müssen bestimmte Ordnungen … also, sie müssen eingehalten werden, ja!« Er lächelte dabei freundlich und fuhr fort: »Im Übrigen, mein lieber Quintus, bin ich mit dir und deinen … also, ich bin sehr zufrieden, ja. Mach so weiter. Du wirst es zu etwas bringen! Aber grüße nie einen Sklaven zuerst! Nie! Es ist seine verdammte, nicht wahr, seine Pflicht dich zu grüßen! Und vergiss nicht: Du bist ein Cossinius!«

Dann legte er ihm kurz die Hand auf die Schulter und nickte ihm wohlwollend lächelnd zu. Doch schickte er ihn nicht gleich an die Arbeit, sondern erklärte: »Ich bin mit dir zufrieden. Du hast Talent! Aber Talent allein genügt nicht. Ich habe also vor dir in den nächsten Wochen und Monaten … dir also Gelegenheit zu geben in alle … in alle Bereiche unserer Arbeit … dass du sie kennen lernst. Wie man eine Buchrolle herstellt!« Er zählte es ihm weiter an den Fingern ab: »Wie man verschiedene Farben und Tinten herstellt! Ja, wie man damit umgeht! Ja, sogar wie man Papyrus herstellt, wie man ihn veredelt, nicht wahr. Das alles braucht seine Zeit, viel Zeit! Es ist noch kein Meister vom … Also, nun geh und schreibe in den folgenden Tagen weiter nach dem Diktat des Antias, ja. Danach werde ich sehen, ob und wie du …«

Er hob mit einer durchaus eleganten Bewegung die Hand und wies zum hinteren Teil der Taberna. Quintus verbeugte sich leicht und ging.

Kurze Zeit später war das Schreiberkollegium vollzählig und man wartete auf Antias. Seltsam. Noch nie sei er zu spät gekommen, sagten die anderen, und als er dann kam, machte er einen übernächtigten, müden, unkonzentrierten Eindruck. Er sah ganz fahl im Gesicht aus und unter seinen Augen lagen graue Schatten. Doch gelang es ihm sich beim Diktat zusammenzureißen. Allerdings diktierte er langsamer als beim letzten Mal. So bekamen die Schreiber heute keinen Anlass sich über Quintus' Schreibfertigkeit zu beklagen. Quintus hatte sogar Zeit seinen Blick in den vorderen Laden schweifen zu lassen, weil da manch interessante Gestalt auftauchte und wieder verschwand. So kam der Nachmittag heran.

Und dann wäre ihm beinah die Rohrfeder aus der Hand gefallen! Da vorne betrat jemand den Laden, den er sich gestern genauer angesehen hatte! Es war tatsächlich der Mann, der am Vortag, von den Bettlern begleitet, aus der Tür des Lagerhauses getreten war. Der wohl gekleidete Fremde! Es war der Mann, der gesagt hatte: »Passt auf ihn auf!«

Quintus konnte es kaum fassen; er beobachtete ihn während des Schreibens aus den Augenwinkeln und er musste sich gewaltig zusammenreißen, dass er keine Flüchtigkeitsfehler machte. Der Fremde ging an den Regalen mit den Buchrollen entlang, tat so, als ob er etwas Bestimmtes suche, und doch erkannte Quintus gleich, dass dies nur Theater war. Der Fremde näherte sich, langsam an den Regalen entlanggehend, dem hinteren Teil des Geschäftes. Und dann beobachtete Quintus etwas sehr Interessantes: Auch Antias, der ebenfalls hin und wieder einen Blick in den vorderen Laden warf, hatte den Mann bemerkt und Quintus sah, wie er zusammenzuckte, aber bemüht war diesen Schrecken zu verbergen und weiter zu diktieren.

Währenddessen war der Fremde näher gekommen und ging nun schnurstracks auf Antias zu, so dass dieser erschreckt zurückwich.

»Ich muss dich sprechen!«, zischte der Fremde.

Antias, als ob es helfen könnte, suchte mit den Augen im Raume Halt zu finden. Dann aber gab er zurück: »Nicht jetzt! Nicht hier!«

»Schick die Leute weg! Lass dir was einfallen!«

Obwohl er dies alles zwischen den Zähnen hervorstieß, hatte Quintus verstanden, während die anderen Schreiber so taten, als ob sie das nichts anging.

Nun nahm der Fremde Antias einfach am Arm und zog ihn in den hintersten Winkel des Raumes, wo er leise, doch intensiv auf ihn einredete. Blitzschnell arbeiteten Quintus' Gedanken: Antias hat etwas mit der Sache zu tun! Warum würde der Fremde sonst hierher kommen!? Während dieser Fremde ununterbrochen auf Antias einredete, zwinkerte Antias nervös mit den Augen. Dann nickte er, dreimal, viermal, fünfmal hintereinander. Und dieses Zwinkern und Nicken löste sich in immer schnellerer Folge ab. Dann klopfte der Fremde ihm kumpelhaft auf die Schulter, lächelte ihm zu und verließ mit schnellem, forschem Schritt die Schreibstube und den Laden ohne etwas gekauft zu haben.

Antias kam zu sich, und noch immer benommen von den Mitteilungen des Fremden, murmelte er etwas Unverständliches vor sich hin. Es konnte heißen: »... also heut Abend ...«

Dabei hatte Quintus das deutliche Empfinden, dass

Antias Angst habe, dass ihm etwas ganz und gar zuwider sei. Wurde er womöglich gezwungen an ungesetzlichen Handlungen teilzunehmen? Wurde er am Ende von dem Fremden erpresst? Wenn ja – womit? Womit konnte man einen so unscheinbaren Mann wie Antias einschüchtern und ihn zu etwas zwingen? Fürchtete er etwa seinen sogenannten guten Ruf zu verlieren?

Da kam Quintus ein tollkühner Gedanke!

Er bat Antias höflich darum austreten zu dürfen und Antias gab ihm die Erlaubnis, da er ohnehin in Gedanken nicht bei dem Diktat war. Quintus eilte durch die Hintertür hinaus, entnahm dem Brustbeutel die Tessera und ging langsam wieder zurück. Als er seinen Platz fast schon erreicht hatte, bückte er sich und tat so, als ob er gerade etwas gefunden habe. Dann hielt er die Getreidemarke zwischen Zeigefinger und Daumen so, dass Antias sie gut sehen konnte und sagte: »Hier hat jemand eine Münze verloren!«

Er sagte ›Münze‹ um sich ganz unwissend zu stellen.

»Zeig mal her!«, sagte einer der Schreiber und Quintus hielt ihm die Bleimarke entgegen.

»Das ist keine Münze. Das ist eine Tessera!« Der Schreiber schüttelte den Kopf.

Sogleich fuhr Antias herum: »Wo? Wo ist eine Tessera?«

Das schon genügte Quintus. Aber es kam noch besser. Er reichte Antias die Marke. Dieser drehte und wendete sie mit zittrigen Fingern, sein Atem ging schneller, er drehte sie immer wieder, las die Inschriften beider Seiten und schüttelte den Kopf: »Das kann doch nicht sein! Das kann doch nicht sein!«

»Wieso nicht?«, fragte Quintus keck. »Jemand hat

sie hier verloren! Vielleicht der Fremde, der eben hier war?«

Antias starrte Quintus erschrocken an und rief: »Das ist unmöglich! Er ist ein wohlhabender Mann. Wie käme er dazu, sich solche ... solche Marken zu beschaffen! Nur die Ärmsten nehmen sie in Anspruch! Nur die...«

Er hielt inne, als ob ihm in diesem Augenblick klar würde, dass dies eine schlechte Begründung für das Vorhandensein einer Tessera in einem Buchladen sei. Ein Armer würde gar nicht hierher kommen! Er schwieg, denn plötzlich stand Pollius Valerianus neben ihm und fragte: »Warum wird hier nicht gearbeitet?«

»Je-jemand...«, stotterte Antias, »...ha-hat diese Tessera hier liegen lassen.«

»Na und?«, fragte Pollius Valerianus. »Was ist daran so aufregend?! Zeig her!«

Antias reichte ihm die Marke mit noch immer zitternden Fingern. Valerianus nahm sie, betrachtete sie, hielt sie dann ganz nahe an die Augen und schüttelte mit einem Mal energisch den Kopf. »Das hier ... ist, ja, es ist eine Fälschung!«, sagte er erstaunt.

Quintus sah, wie Antias blass wurde.

»Woran erkennt man das, Magister?«, wagte Quintus zu fragen und er bekam keine Zurechtweisung für diese neugierige Frage, vielmehr fühlte sich Valerianus in seinem Wissen geschmeichelt: »Komm her, ich zeig's dir, nicht wahr!«

Er winkte Quintus zu sich, wies mit dem Zeigefinger auf die Schrift und erklärte ihm die Einzelheiten: »Die Kanten und Ränder der Buchstaben sind zu weich, zu rund, nicht wahr. Hier, nimm deinen Finger und fahre darüber her!«

Quintus tat es.
»Nun, nicht wahr, bei einer echten Tessera wäre die Kante scharf. Bei einer Kopie geht es immer auf Kosten der – also der Schärfe der Kanten. – Wo, mein Junge, hast du sie gefunden?«
Quintus wies auf den Boden.
»Hm ... hm ...« Er wiegte den Kopf, hielt die Hand eine Weile am Kinn. »Seltsam, sehr seltsam. Wie kommt eine Fälschung in diesen Raum? ... Beim Iupiter, es gibt seltsame Zufälle, ja.« Und laut zu den Angestellten: »Nun geht wieder an eure Arbeit!«
Die Schreiber gingen wieder zu ihren Pulten und Antias war sichtlich erleichtert, dass man ihm keine weiteren Fragen stellte. Quintus aber grübelte und dachte die ganze restliche Arbeitszeit darüber nach, was nun zu tun sei. Sollte er zu Pollius Valerianus gehen und ihm alles berichten? Pollius Valerianus hatte, das war deutlich geworden, nichts mit den betrügerischen Machenschaften zu tun. Oder sollte er erst mit Großvater darüber reden?
Einige Zeit war er sich unschlüssig. Mit Aulus konnte er sich nicht abstimmen, das würde zu viel Zeit kosten. Es musste aber etwas geschehen! Antias hatte so etwas wie »... also heut Abend ...« gemurmelt. Für diesen Abend war etwas geplant! Wahrscheinlich würde die Aktion mit Beginn der Dämmerung anlaufen. Bis dahin war es nicht mehr lange.
Da kam ihm Antias unbeabsichtigt entgegen. Er hielt plötzlich inne, fasste sich an den Leib, stöhnte und erklärte: »Ich ... eh ... Schluss für heute. Ich fühle mich nicht wohl. Es ist ohnehin gleich Feierabend. Ihr wisst, was ihr zu tun habt.«
Er ging grußlos davon, sprach vorne kurz mit Valerianus, verbeugte sich und verließ den Laden. Quintus

räumte seinen und die Plätze der anderen auf, kehrte den Boden, stellte alles Gerät ordentlich auf, wo es hingehörte, und wartete, bis die Schreiber gegangen waren. Mehr noch, er machte sich hier und da zu schaffen, zögerte sein Fortgehen hinaus, bis alle die Taberna verlassen hatten außer Pollius Valerianus. Als der es bemerkte, rief er von vorne: »Willst du denn nicht auch aufhören? Nun komm, ich will den Laden, nicht wahr, dichtmachen!«

Daraufhin ging Quintus nach vorne, trat direkt auf Valerianus zu und erklärte: »Ich muss dich sprechen, Magister: Darum habe ich so lange gewartet.«

»Wie? Du musst mich ... sicher, ja, aber warum denn, nicht wahr?«

»Ich habe gewartet, bis außer dir und mir niemand mehr im Laden ist ... Es ... es handelt sich um ein ... Verbrechen!«

Valerianus riss scheinbar erschrocken die Augen auf, lächelte dann gut gelaunt und meinte: »Aha, ja, also ein Verbrechen! Soso ... Nun, wer ist denn ermordet worden?«

»Bis jetzt noch niemand, aber es besteht die Gefahr, dass es geschieht!«

»So, in Kürze, sagst du, hm ... Wie ... Wie kommst du darauf?«

Quintus begann die Ereignisse der letzten Tage zu schildern und dabei beobachtete er das Gesicht von Pollius Valerianus und sah, wie sich darin größere Aufmerksamkeit, ja schließlich sogar Spannung abzuzeichnen begann. Dann setzte er sich an seinen Arbeitstisch, nahm auf der Kante seines bequemen Sessels Platz und sagte: »Weiter, mein Junge, weiter, nicht wahr! Das ist ja unglaublich!«

Quintus ließ nichts aus, und als er vom Lager und

von dem Transport der Säcke berichtete, unterbrach ihn Valerianus: »Sagtest du, die erste Straße nach dem Pons Aemilius, links?«

»*Dixi.* – Ja.«*

»Aha! – Ja, weißt du denn nicht, wer dort … was dort, nicht wahr, ist?«

»Nein, Magister.«

»Die Mühlen! Die Wassermühlen am Tiber!«

»Dann lassen sie dort wohl gleich das Getreide zu Mehl mahlen…«

»*Ita est, mi puer!* – So ist es, mein Junge! *Ita est!* – Wann ist dieser Fremde hier gewesen?«

Quintus nannte ihm die Zeit.

»Schade, nicht wahr. Schade. Ich war nicht hier, nein. Beschreibe mir den Mann einmal!«

Quintus tat es. Doch konnte Valerianus mit der Beschreibung wenig anfangen.

»Schade, ja. Aber das macht nichts. Weiter!«

Es folgte die Szene mit der Tessera und Quintus beschrieb genau die Reaktion von Antias.

»Es ist nicht zu fassen!«, grollte nun Valerianus. »Ausgerechnet Antias! Ausgerechnet… Die Tessera ist eine Fälschung, ja.«

»Warum bist du so sicher, Magister?«

»Warum ich… Also, pass auf, mein Junge: Weil der staatliche Prägemeister mir den Auftrag gab die Entwürfe für die Schriftzüge zu liefern…«

»…und da hast du…« Plötzlich hatte Quintus eine Erleuchtung: »…da hast du deinen besten Schreiber an die Arbeit gesetzt, nämlich Antias!«

»Wie? – Ja, natürlich! Beim Apollo! Du bist ein…« Den lobenden Rest behielt er für sich, denn er wollte

* Für »Ja« gibt es auch die Wiederholung des Verbs als Bestätigung.

nicht, dass Quintus übermütig würde. Aber dazu bestand ohnehin kein Anlass. Quintus überlegte weiter: »Könnte es sein, dass Antias bei der Fälschung geholfen hat?«

»Wie? Ganz sicher, ja. Wer sonst, nicht wahr, wer sonst!? Und was du mir da eben über sein Verhalten berichtet hast, das ... das macht ihn höchst verdächtig, höchst ver... Ich kann es einfach nicht glauben. Antias ein Betrüger! Wenn ich nur wüsste, womit man ihn erpresst! Denn ich gehe davon aus, dass er...«

Pollius Valerianus stand auf und ging einige Schritte auf und ab. Plötzlich hielt er an und fragte: »Weißt du, wie der Fremde genannt wird?«

»Nein.«

»Hm...« Valerianus sah Quintus an und sah doch durch ihn hindurch. Dann erklärte er: »Wenn alles sich so verhält, wie du sagst – und ich glaube, dass es sich, nicht wahr, so verhält, dann muss der zuständige Aedil benachrichtigt werden. Unverzüglich, ja!«

Quintus wusste zwar nicht, wer der Träger dieses sonderbaren Namens war und welche Aufgaben er hatte, aber er schien etwas mit der Regierung der Stadt zu tun zu haben. Aber etwas anderes war ihm in diesem Augenblick wichtig: Musste er nicht Aulus benachrichtigen? – Es war, als könne Valerianus Gedanken lesen, denn er sagte: »Es könnte günstig sein, wenn wir deine Freunde, nicht wahr, wenn sie dabei wären... Du verstehst!«

Natürlich verstand er. Aber wie sollte er jetzt Aulus erreichen?

Quintus jagten die Gedanken durch den Kopf.

»Wir müssen uns an Antias halten! Er kann uns an den Ort führen, der mit ›heute Abend‹ gemeint ist«, rief er plötzlich aus.

»Wie?« Pollius Valerianus starrte ihn an. »Ja, natürlich! Du bist ein kluger Junge, ja!«

»Wo wohnt er denn?«

»Ganz in der Nähe, ganz in ... ja. Aber ich glaube nicht, dass er jetzt dort ist. Sein früher Aufbruch... Seine Leibschmerzen... Das war doch nur eine Finte um zeitig woanders hingehen zu können!«

Es war nicht viel Zeit zu verlieren. In Kürze setzte die Dämmerung ein. Und außerdem musste Aulus benachrichtigt werden. Aber wie? Noch während Quintus darüber nachgrübelte, betrat vorne jemand den Laden und rief: »Hallo! Ist noch jemand hier?«

Quintus fuhr herum: »Aulus!« Und zu Valerianus: »Das ist er! Mein Freund Aulus Plautius!«

Und da geschah etwas Erstaunliches: Pollius Valerianus ging nach vorne zur Eingangstür und verbeugte sich tief vor Aulus: »Willkommen, Plautius Hypsaeus! Willkommen, nicht wahr! Und wie geht es dem lieben Demetrios? Immer zu seinen Diensten, ja, und natürlich zu deinen, edler Plautius!«

Es folgte eine weitere Verbeugung. Die beiden kannten sich. Wahrscheinlich war Demetrios des Öfteren zusammen mit Plautius hier gewesen um sich Lektüre zum Lesen, Übersetzen, Lernen oder auch nur zur Unterhaltung auszusuchen.

»Wieso kommst du hierher?«, fragte Quintus, dem

es nicht sehr recht war, dass der Freund ihn an diesem Ort aufsuchte.

Aulus zögerte und sah Pollius Valerianus zweifelnd an.

Doch Quintus erklärte: »Du kannst ganz offen sein. Der Magister Pollius kennt die Zusammenhänge.«

»Um so besser«, nickte Aulus. Dann wandte er sich direkt an Pollius: »Es sieht ganz danach aus, als ob dein ehrenwerter Sekretär Antias etwas mit der Sache zu tun hat.«

»Ich weiß, ich weiß, nicht wahr«, sagte der Buchhändler. »Quintus Cossinius hat mir reinen Wein, also ... ihn eingeschenkt. Aber weißt du Neues?«

Aulus berichtete, dass ihn das gestern Erlebte nicht habe ruhen lassen und dass er zur Buchhandlung gegangen sei um Quintus abzufangen, wenn er nach Hause ginge. Er fuhr fort: »... ich schlenderte also durch die Straße. Es war nur noch mäßiger Verkehr. Und da sah ich, nicht weit von mir entfernt, deinen Antias eilig, ja geradezu gehetzt daherkommen. Ich hängte mich sogleich an seine Fersen und folgte ihm. Ich wusste von Demetrios, dass er hier in der Nähe, in einer Seitengasse, wohnt. Er war so in Eile und mit sich beschäftigt, dass er kein Auge für seine Umgebung hatte.«

Wieder bewunderte Quintus die Selbstverständlichkeit, mit der Aulus Plautius sich ausdrückte, und dies, obwohl er das alles in ziemlicher Eile berichtete, denn die Zeit drängte.

»Er schien sogar ununterbrochen etwas vor sich hinzumurmeln, was ich leider nicht verstehen konnte. – Aber dann kam die Überraschung! Er wollte gerade sein Haus betreten, als ihm jemand aus dem Türrahmen entgegentrat. Und ihr werdet es nicht glauben, wenn ich euch sage …«

»… dass es der ›Fremde‹ von gestern war!« Quintus erklärte dem Freund, was sich am späten Nachmittag hier in der Taberna zugetragen hatte, und Aulus Plautius hörte mit gespannter Aufmerksamkeit zu. »Vielleicht treffen wir ihn noch zu Hause!«, rief er aus.

»Wen?«, fragte Pollius Valerianus.

»Antias! Er verschwand in seinem Haus, während der Fremde sich schnell nach der anderen Seite entfernte.«

»Ja, nicht wahr … los!«, rief Pollius.

Sie verließen den Laden und es dauerte viel zu lange, bis die drei Schlösser der Haupttür zugesperrt waren. Dann eilten sie davon, halb gehend, halb laufend, und diese seltene Gangart machte besonders bei Pollius Valerianus, bedingt durch seinen Leibesumfang, einen nicht gerade erhabenen Eindruck.

»Wohnt er allein?«, fragte Quintus unterwegs.

»Ja«, stieß Pollius während des Laufens mühsam hervor; selbst diese eine Silbe machte ihm Mühe.

Das letzte Stück des Weges gingen sie langsam und erreichten endlich den Eingang. Es handelte sich um ein Wohnhaus von drei Stockwerken Höhe. Von der Straße trat man sogleich in einen kurzen Flur, von wo aus die Treppe nach oben führte. Hier war alles schmutzig, verkommen, heruntergewirtschaftet. Sogar das hölzerne Treppengeländer war defekt und einige der hölzernen Treppenstufen waren locker, gespalten oder nur noch zur Hälfte vorhanden, so dass man während des Steigens aufpassen musste nicht daneben zu treten und einen Sturz in die Tiefe zu riskieren. Die Wände waren beschmiert. Und unten, in einer Nische, meinte Quintus einen Haufen menschlicher Exkremente erkennen zu können. Der Gestank bestätigte jedenfalls diese Vermutung und selbst die im Treppenhaus offen stehenden Fenster brachten keine Abhilfe, da von draußen, vom Hinterhof her, andere unangenehme Gerüche ins Haus wehten.

Antias wohnte im obersten Stockwerk. Er war Junggeselle und kam mit den beiden Räumen gut zurecht. Die drei waren gerade vor der Wohnungstür angekommen, als diese aufgerissen wurde und Antias herauskam. Mitten in der Bewegung erstarrte er. Dann stieß er hervor: »Magister! Du?« Er behielt den Mund staunend offen.

Quintus schloss aus dieser Reaktion, dass Pollius Valerianus sich noch nie dazu herabgelassen hatte, seinen Sekretär und ersten Schreiber in dessen Privatwohnung aufzusuchen.

»Willst du uns nicht hereinlassen?«, fragte Pollius und Antias blieb unter den gegebenen Umständen nichts übrig als zu schlucken und ein heiseres »*Immo!* – Natürlich!« zu murmeln. Dann verbeugte er sich und bat seinen Dienstherrn und dessen Begleitung in die Wohnung.

Die Jungen und wohl auch Pollius waren überrascht, denn die Einrichtung war sehr geschmackvoll. Feine Ornamente mit Rankenwerk, Vögeln und Kandelabern waren da an der Decke und in Wandfelder gemalt und in mehreren Wandregalen lagerten Buchrollen, säuberlich geordnet, die Titelblätter hingen in einer Reihe senkrecht nach unten. Antias war ein Pedant, keine Frage. Doch jetzt ging es um anderes.

»Setz dich dahin!«, begann Pollius Valerianus mit einer überraschend kernigen, scharfen Stimme, die die Jungen ihm nicht zugetraut hätten. Erschrocken nahm

Antias auf dem bezeichneten Hocker an der Wand Platz. Schon fuhr Pollius fort: »Es gibt nur eine einzige Möglichkeit dich vor dem Henker des Carcer Mamertinus zu bewahren: indem du nun auspackst, nicht wahr. Wir wollen wissen, was heute Abend in den Getreidelagern bei den Horrea stattfinden soll, ja!«

Die Freunde warfen sich einen kurzen Blick zu, denn dieses »Ja!« klang wie eine fürchterliche Drohung, die über dem Haupte des Antias schwebte. Würde er darauf antworten? Es war ja nur eine Vermutung, dass bei den Getreidelagern heute Abend irgendetwas passierte.

»Ich weiß nichts … ich … ich …«

»Na gut, nicht wahr«, nickte Pollius bedächtig. »Dann schicke ich sogleich jemanden zu dem zuständigen Aedilen Gaius Volcatius Tullus und lasse ihm berichten, was sich hier in den letzten Tagen zugetragen hat unter der besonderen Mitarbeit eines gewissen Antias, seines Zeichens gewesener *scriba** und Sekretär in der Officina des angesehenen Pollius Valerianus! Und dann gnade dir ein gütiger Gott!«

»Nein!« Antias schrie es geradezu. »Das nicht!« Er knetete erregt seine Hände.

»Gut. Dann rede! Verheimliche nichts! Nenne alle Namen! Vielleicht kannst du so deinen Kopf retten.«

Quintus wusste in diesem Augenblick nicht, ob das Vergehen so schlimm war, dass Antias mit der Todesstrafe zu rechnen hatte, doch schienen ihn die Aussichten, die ihm Pollius Valerianus vor Augen führte, gewaltig einzuschüchtern. Er rang nur kurz mit sich. Man sah, wie seine Augen beinahe irre von einem zum andern blickten. Wieder musste er mehrmals schlu-

* Schreiber

cken, seine Hände zitterten, dann sagte er leise: »Gut. Ich werde alles sagen.«

»Dann beeile dich. Die Zeit drängt, nicht wahr!«

Was Antias dann berichtete, hatte man sich so oder ähnlich denken können. Der Mann, den sie den »Fremden« nannten, war vor Jahren mit Antias zusammen Schreiber bei der Magistratur der damaligen Aedilen gewesen. Er bearbeitete Fälle von Gewichtsfälschungen.

»Name! Wie heißt er?«

»Laértios.«

»Grieche?«

»*Ita est.*«

»War er Sklave?«

»Damals ja.«

»Warum?«

»Sein Vater stammt aus Theben in Thessalien. Er hatte sich damals an den Kriegen des pontischen Königs Mithridates gegen Rom beteiligt. Mithridates hatte den Griechen bei einem Sieg die Unabhängigkeit von Rom versprochen...«

»Nun ja, daraus wurde ja nichts. So kam er also mit seinem Vater als Sklave hierher?«

»*Ita est,* Magister.«

Pollius fixierte ihn und erklärte kurz und bündig: »Er erpresst dich!«

»*Ita est.*«

»Womit?«

Antias zögerte einen Augenblick, dann begann er: »Ich habe es ja schon gesagt, wir waren beide Schreiber bei der Magistratur...«

»Ja, von ihr kaufte ich dich leider ab und schenkte dir später die Freiheit! War ein Fehler, nicht wahr, ein großer, ja. Weiter!«

»Es ging damals um den Fall eines Händlers aus dem Velabrum, der bei Gewichtsfälschungen ertappt worden war. Eine kleine Sache. Der Mann bot mir tausend Sesterzen, wenn ich ... wenn ich die Akten nicht wiederfinden würde...«

»Das nennt man gemeinhin Bestechung im Amt, nicht wahr?«

»Ja, Herr.« Unvermittelt redete Antias den Buchhändler wieder mit »Herr« an, als ob er noch sein Sklave wäre.

»Gut. Sparen wir uns die Einzelheiten. Du wirst sie später zu Papier bringen. Jetzt zu heute Abend! Was hat dieser Laértios vor? Und wehe dir, du verheimlichst etwas! Der Aedil Volcatius Tullus hat sein Haus am Fuße des Palatin, nicht weit von hier.«

Antias nickte. »Sie bringen heute Abend das Getreide zum Speicher.«

»Wer?«

»Die ›Weißen‹.«

»Warum dorthin und nicht gleich zur Mühle am Tiber?«

»Es würde Verdacht erregen. Die alten Speicher aber liegen völlig ruhig. Kein Mensch hat hier abends etwas zu tun.»

»Du meinst: kein rechtschaffener Mensch! – Na gut, was noch?«

»Sie bekommen ihren Anteil.«

»An Getreide?«

»Nein, an Geld.«

»Ha! Gefälschtes, nicht wahr!«, spottete Pollius.

Pollius überlegte eine Weile und schaute dabei in das Gesicht von Antias, in dem Angst und Schrecken geschrieben standen.

»Dir ist wohl klar«, fuhr Pollius fort, »dass du dich nur mit totaler Offenheit retten kannst...«

»*Certo, Domine!* – Gewiss, Herr!«

»Ich höre!«

»Das Getreide, das mit Hilfe der gefälschten Marken in Empfang genommen wurde ... es wird eingesammelt und im alten Speicher gelagert.«

»Und die Tesserae!?«, rief Pollius.

»Sie bleiben im Besitz der Bettler. Sie werden ja nicht mit abgegeben. So können sie bei der nächsten Zuteilung wieder benutzt werden.«

»Ungeheuerlich! Unge...! Und dann?«

»Dann geht es in die Mühlen und das Mehl wird danach regulär verkauft.«

Pollius schluckte zweimal, ließ aber seinen strengen Blick nicht von Antias. Dann hieß es: »Gut. Dann wirst du uns jetzt zum Aedilen begleiten und ihm dasselbe noch einmal erzählen.«

In sein Schicksal ergeben erhob sich Antias und hatte keine Einwände dagegen.

Quintus aber war gespannt, wie dieser Abend ablaufen würde. Zusammen mit Aulus, Pollius Valerianus und dem geständigen Antias verließen sie die Wohnung und eilten, so schnell es die baufällige Treppe erlaubte, nach unten.

Der Aedil

Es bestand gewiss nicht die Gefahr, dass es sich Antias unterwegs anders überlegen und weglaufen würde. Er nahm vielmehr um seine Bereitschaft zur Mitarbeit zu zeigen das Tempo ihrer Schritte auf, und wieder bewegten sich alle halb laufend, halb gehend, so dass der eine oder andere Müßiggänger erstaunt stehen blieb und kopfschüttelnd hinter ihnen herschaute.

So kamen sie zügig voran. Allerdings mussten sie, dem Pollius Valerianus zuliebe, manchmal die Geschwindigkeit verringern, da er auf Grund seiner Leibesfülle auf die Dauer nicht Schritt halten konnte. Als sie gerade etwas langsamer gingen, fragte Quintus den Freund hastig: »Der Aedil* … Wer ist das eigentlich genau?«

Und Aulus gab ihm gutmütig Antwort: »Das ist ein sehr hoher Beamter. Es gibt zwei Curulische Aedilen, die dem Adel entstammen, und zwei im Rang niedrigere. Sie werden alle vom Volk gewählt. Die Aedilen haben das dritthöchste Staatsamt inne. Sie kümmern sich um die öffentlichen Gebäude, die Straßen, die Plätze, die Bäder, auch die Wasserleitungen. Ein Aedil hat die Aufsicht über die Schenken der Stadt. Ihm unterstehen alle Märkte, er kontrolliert die Gewichte, schreitet gegen Wucher und Betrug ein. Und ihm unterstehen die öffentlichen Spiele während der Festtage.«

Quintus staunte: »Woher … weißt du das alles so genau?«

* Man kann seine Aufgaben in Rom etwa mit denen eines heutigen Polizeipräsidenten vergleichen.

»Ganz einfach«, meinte Aulus. »Demetrios ist kürzlich mit mir alle Staatsämter durchgegangen. Ich musste das alles auswendig lernen. Aber das meiste davon wusste ich ohnehin.«

Darauf schwieg Quintus. Sie hatten mittlerweile das Forum Romanum erreicht und Quintus fragte: »Hat der Aedil hier seine Magistratur?«

»Nein«, erklärte diesmal Pollius Valerianus, der die Frage gehört hatte. Er war stehen geblieben um sich den Schweiß von Stirn, Hals und Nacken zu wischen. »Er hat keine eigenen Diensträume. Er regelt die Streitfälle in seinem Privathaus. Aber weiter! Wir sind gleich da!«

Sie bogen nach links ab, gingen die Via Sacra, die Heilige Straße, entlang, passierten das Haus der Vestalinnen und stießen nun auf eine Reihe älterer und neuerer Häuser am Fuße des Hügels, den man den Palatinus nannte. Zielsicher steuerte Pollius eins der mittleren Häuser an. Nach vorne, zur Straße hin, gab es im Untergeschoss kein Fenster, im oberen Stockwerk lediglich einige kleine, mit Läden verschlossene Öffnungen. Die Tür lag etwas zurückversetzt im Innern des Gebäudes, drei Stufen hoch. Sie war aus einem sehr kostbaren Holz hergestellt und schien noch neu zu sein. Quintus ahnte, dass es ein teures außeritalisches war.

Die beiden Jungen und Antias, der schweigend gefolgt war, ließen Pollius Valerianus vorausgehen und er trat gleich zur Haustür und betätigte ohne zu zögern den bronzenen Klopfer. Es dauerte nicht lange, dann näherten sich Schritte; die obere Klappe wurde geöffnet und ein missmutiges, doch neugieriges Gesicht schaute prüfend nach draußen. Dann hörten sie: »Hier ist keine Kindergeburtstagsfeier. Was wollt ihr?«

Pollius Valerianus ließ sich vom seltsamen Gehabe dieses Menschen nicht einschüchtern. Er schien ihn zu kennen und zu respektieren, denn er rief: »Ah, der edle Alexandros! Würdest du bitte deinem Herrn, dem Curulischen Aedilen Gaius Volcatius Tullus, melden, der Buchhändler Pollius Valerianus sei da und habe ihm ein Verbrechen zu melden, das freilich dank der Wachsamkeit der beiden Knaben vereitelt werden könne.«

»Jetzt hängt Roms Schicksal bereits von der Wachsamkeit von Knaben ab. Herhören! Der Curulische Aedil steht kurz vor dem Aufbruch in das schöne Tusculum, allwo er eine bescheidene Hütte sein Eigen nennt. Darum mach's kurz, verstanden!«

»Certo.«

»Das heißt: *Ita est!* Schon mal gedient?«

»Wie? Nein, ich hatte dazu noch keine Gelegenheit.«

»Aha! Auch so ein Drückeberger. Na ja, kann noch kommen! Herhören! Werde sehen, was sich machen lässt!«

Die Tür wurde geöffnet, und während sie hineingingen, flüsterte Quintus seinem Freund zu: »Sag mal, hat der 'ne Meise?«

»Keineswegs«, gab Aulus ernst zurück. »Das ist einer der fähigsten Leute des Aedilen Volcatius Tullus. In der Stadt werden die tollsten Geschichten von ihm erzählt.«

Alexander führte sie ins *atrium,* den Innenhof des vornehmen römischen Stadthauses. Sie hatten hier zu warten. Er würde seinen Herrn benachrichtigen. Quintus schaute sich währenddessen um. Er war zum ersten Mal in einer *domus,* wie man ein solches Stadthaus nannte. Überall erkannte er nur edle, teure Materialien, wie Marmor in der Wandverkleidung oder Granit als Material der Säulen, die das Dach im Geviert trugen. Die seitlichen Türen waren wiederum aus exotischen Hölzern. Der Fußboden bestand aus einem riesigen Mosaik, das Szenen aus verschiedenen römischen Sagen der Königszeit zeigte.

Er wurde in seinen staunenden Betrachtungen gestört, denn zwei riesige Hunde, löwenfarbig, mit wachsamen Augen, trotteten durch den Gang auf sie zu und schnupperten an der Kleidung und den Beinen der vier Besucher. Ihnen folgte Alexander, der sie mit »Hector!« und »Aiax!« scharf zurückrief und kommentierte: »Diese niedlichen Hündchen tun niemand etwas, es sei denn, er niest laut. Können das durchaus nicht vertragen. Nicht wahr, ihr lieben Kleinen …« Er kraulte die riesigen Molosserhunde* hinter den Ohren und die »lieben Kleinen« wogen jeder gewiss mehr als ein Erwachsener. Dann sagte Alexander: »Folgen!« Er sagte nicht höflich: »Bitte folgen!«, sondern sprach mit ihnen wie mit militärischen Rekruten, denen er noch das Laufen und Reden beibringen müsste. Aber da Pollius zu allem, was der hünenhafte Mann sagte, freundlich nickte und besänftigend lächelte, schien er Erfahrung im Umgang mit ihm zu haben.

Alexander führte die Besucher durch einen Gang in den mittleren Teil des großen Hauses. Und Quintus konnte einen Blick in den nach hinten gelegenen Garten erhaschen, auf die Säulen aus weißem Marmor, auf denen ein leichtes Dach ruhte, und die so eine elegante Kolonnade, eine Säulenhalle, bildeten. Doch schon war seitlich eine hohe Doppeltür geöffnet worden und Alexander führte die Ankömmlinge in einen großen

* Sie sind mit den heutigen Doggen verwandt.

Raum, nahm wie ein Soldat Haltung an und meldete die Ankunft der unverhofften Besucher. Auch dabei radebrechte er in einer Weise, wie Quintus es noch nie gehört hatte, etwa: »Zwei durchaus gesunde Knaben samt einem gewissen Pollius Valerianus sowie einem schweigenden Vierten haben die Kühnheit sich beim Curulischen Aedilen melden zu lassen.«

Jetzt erst bemerkte Quintus den großen Mann in einer kostbaren grünen Tunika, der an einer Seitenwand des Raums vor einem Regal stand und eine bestimmte Buchrolle suchte. Er drehte sich nun um und erklärte: »Danke, ich kenne Pollius Valerianus. Du kannst wegtreten!«

Darauf entfernte sich Alexander nach einem erneuten militärischen Gruß und bewegte sich in einer senkrechten Haltung aus dem Raume.

»Wir haben uns lange nicht gesehen, Pollius.« Volcatius Tullus kam näher, lächelte und reichte Pollius die Hand. »Wie gehen die Geschäfte?«

Es entspann sich ein kurzes Gespräch, das in der Hauptsache aus gegenseitig vorgebrachten Höflichkeiten bestand, und Quintus hatte Gelegenheit das Gesicht des Aedilen zu studieren: Er mochte Mitte dreißig sein, hatte eine sportlich straffe Haltung und Figur und er traute ihm zu, dass er bei einem Wettrennen Jüngeren davonlaufen könnte. Seine Stimme klang sonor. Quintus fühlte sich von diesem Mann angezogen.

»Was kann ich für dich tun?«, fragte der Aedil endlich.

Und nun berichtete Pollius ihm alles, was er seit diesem Nachmittag wusste. Dann zeigte er auf die beiden Jungen und erklärte: »Das ist Aulus Plautius Hypsaeus, das da Quintus Cossinius Afer. Den beiden und ihrer

Aufmerksamkeit haben wir die Kenntnis von dem zu verdanken, was ich dir eben berichtet habe.«

Und nun geschah etwas sehr Erstaunliches. Der mächtige Curulische Aedil Gaius Volcatius Tullus näherte sich den beiden, lächelte Aulus Plautius zu und sagte nur: »Ah, Aulus. Du bist gewachsen! Wie lange haben wir uns nicht mehr gesehen?«

»Anderthalb Jahre, Aedil!«, erklärte Aulus Plautius mit der größten Selbstverständlichkeit und Quintus schloss daraus, dass beide Familien, die der Plautier und die der Volcatier, untereinander freundschaftlichen Kontakt hatten. Dann aber wandte sich Volcatius Tullus an Quintus, betrachtete ihn eine Weile – Quintus hielt seinem wachen und neugierigen Blick stand – und meinte dann: »Cossinius ... Cossinius Afer... Stammt deine Familie nicht aus der Gegend von Caere, Quintus?«

»Ita est, aedilis.«

»Und stammt sie nicht aus einem alten etruskischen Geschlecht?«

»Ja, gewiss, Aedil.«

»Und seit wann seid ihr in Rom?«

»Seit kurzem, Aedil.«

»Ah...« Dieses »Ah« konnte großes Erstaunen ausdrücken. Woher kannte er seinen Namen und seine Herkunft? Schließlich wandte er sich an beide Jungen: »Seid ihr befreundet?«

Sie nickten beide und lächelten sich zu. Da musste Volcatius Tullus auch lächeln. Und dann stellte er eine noch seltsamere Frage: »Lebt dein Großvater noch, Quintus Cossinius?«

»Ja, Aedil.«

»Aha. Dann grüße ihn bitte von mir, ja!«

Quintus versprach es.

»Ad rem! – Zur Sache!«, beendete Volcatius Tullus das Geplauder und stellte genaue Fragen zum Hergang, und nun mussten beide Jungen abwechselnd diese und jene Einzelheit genau berichten.

»Bene«, beendete er das Fragen, denn er wusste nun alles, was für ihn von Bedeutung war. »Ihr habt mir da eine Menge Arbeit abgenommen, ihr beiden. Ich bin schon seit langem hinter diesen Machenschaften und Fälschungen her, die die Staatskasse jeden Monat um erhebliche Summen schädigen. Ich werde nach erfolgreicher Beendigung sehen, wie man euch danken kann. – Alexander!«

Das klang tatsächlich sehr soldatisch und Quintus ahnte – er bekam es später bestätigt –, dass hier zwischen dem hochadligen Herrn und diesem Alexander ein ganz besonderes Verhältnis bestand, das so nur aus Kriegszeiten stammen konnte. Später erfuhr er auch, dass Volcatius Tullus unter Caesar ein kluger und tapferer Truppenführer gewesen war im Range eines Legaten*, der das Kommando über mindestens eine Legion von sechstausend Mann hatte.

Alexander erschien und erhielt folgenden Befehl: »Herhören! Leute an alle Stadttore schicken! Posten instruieren! Jeden Mann, der Getreide dabei hat, festnehmen und auf Tesserae hin untersuchen! Wiederhole den Auftrag!«

Alexander reckte sich: »Jawohl! Stadttore schicken! Instruieren! Jeden Mann! Getreide! Tesserae! Festnehmen!«

Der Aedil nickte: »Wegtreten!«

Alexander entfernte sich wiederum sehr senkrecht. Dann ließ der Aedil die vorhandenen Wachmann-

* Unterfeldherr

schaften, die er stets in Bereitschaft hatte, antreten und erklärte, worum es ging. Der Führung wurden die beiden Jungen mitgegeben, da nur sie genau wussten, wo der Treffpunkt der »Weißen« war. Beide Zugänge sollten abgeriegelt werden.

Der Bogen

Der Zug, der sich wenige Augenblicke später vor dem Stadthause des Aedilen Gaius Volcatius Tullus in Bewegung setzte, war schon beeindruckend. Da der Curulische Aedil im Rang höher stand als die anderen beiden vom Volk gewählten Aedilen – im Ganzen gab es vier –, wurde er bei Auftritten in der Stadt immer von zwei Lictoren* begleitet und diese trugen die martialischen Symbole der staatlichen Macht und der Amtsautorität: das Rutenbündel und die darin steckenden Beile. Damit war allen sichtbar vor Augen geführt, dass der Amtsträger Macht über Leib und Leben der Bürger hatte, wenn sie sich nicht an die gesetzmäßige Ordnung hielten. Mit Ruten konnte er peitschen, mit Beilen enthaupten lassen. Nun entschied darüber freilich nicht der Amtsinhaber allein, denn die Gerichtshöfe hatten ein Wort mitzureden, doch das Ansehen, die Würde und die Macht des Amtes blieben unberührt.

Vorneweg marschierten in militärischer Ordnung bewaffnete und in Lederkoller gepanzerte Männer, die

* Niedere Beamte

wahrscheinlich der Stadtwache angehörten. Dann folgte der Aedil in Begleitung seiner beiden Lictoren, die vor ihm her schritten. Dann weitere Männer aus der Begleitung des Aedilen und darunter mischten sich die beiden Jungen und Pollius Valerianus. Auch den Antias hatte man mitgenommen. Volcatius Tullus hatte darauf bestanden. Quintus war sich der Bedeutung dieser Augenblicke sehr wohl bewusst, besonders als er bemerkte, wie römische Bürger am Straßenrand stehen blieben und sich tief verbeugten, nicht vor der Person, sondern vor dem Amt des Aedilen. Und Volcatius grüßte höflich zurück. Das müssten Vater, Mutter und Großvater sehen! Sie würden es kaum glauben, wenn er es ihnen erzählte!

Von hier, vom Nordhang des Palatinus, bis zu den alten Speichern beim Forum Boarium in der Nähe des Tibers war es nicht weit. Die Truppe war instruiert, jeder wusste, was er zu tun hatte. Gesprochen wurde nichts mehr.

Die Dämmerung hatte eingesetzt, man musste sich beeilen, wenn man heute Abend noch Erfolg haben wollte. Nicht allzu weit vom Schauplatz entfernt teilte sich die Begleitung. Eine Gruppe wurde in die hintere Gasse geschickt, in der das Wagenrad an der Wand lehnte; die zweite wollte die Sackgasse besetzen. Aber es wurden noch weitere Leute eingeteilt mit dem Auftrag die angrenzenden Grundstücke und Flachdächer zu bewachen, damit niemand dorthin entkommen könne. An der Schnelligkeit, mit der die verschiedenen Aktionen eingeleitet wurden, erkannte Quintus, dass die Männer dies nicht zum ersten Mal taten. Auch der riesige Alexander war dabei. Er war es auch, der im Namen des Aedilen die Kommandos verteilte und schließlich auch die Parole ausgab, und das ging so:

»Herhören! Werden diesen lausigen Brüdern ihre zwielichtigen Geschäfte vermasseln, dass es eine Freude ist. Die Parole ist den Brüdern und ihren lausigen Geschäften angemessen. – Herhören! Parole: *Nihil habenti nihil deest!* – Wer nichts hat, dem fehlt nichts! Verstanden?«

Die Truppe grinste über den Scherz und wurde entlassen. Wenige Augenblicke später herrschte wieder die gleiche Ruhe wie sonst am Abend in dieser Gegend, denn hier wohnte niemand, hier war keine Schenke und kein Laden. Rechtschaffene Bürger mieden am Abend die Gegend.

Der Aedil befahl seinen beiden Lictoren zu warten. Dann winkte er die beiden Jungen und auch Pollius und den Antias zu sich und näherte sich mit ihnen dem Tor zu dem bezeichneten Grundstück. Daraus schloss Quintus, dass Volcatius Tullus sich voll und ganz auf seine Männer verlassen konnte. So war es auch. Das Tor stand bereits offen und Alexander kam mit der Meldung: »Haben die Knaben allesamt festgenommen und so verhindert, dass sie weiterhin ihre Körnchen zählen und verkaufen. Nur der Oberknabe ist entkommen!«

»Dieser Laértios?«

»*Ita est.* Frechheit, mit diesem göttlichen Namen herumzulaufen!«

Das war eine Anspielung auf den Vater des großen Helden Odysseus, der Laertes hieß.

»War er denn hier?«

»Ja, Herr. Er wurde gesehen. Muss wohl noch in der Bruchbude sein und pinkelt sich nun vor Angst in die Sandalen.«

Wieder staunte Quintus über die Art und Weise, wie sich Alexander mit dem vornehmen Gaius Volcatius unterhielt. Es musste ein sehr vertrautes Verhältnis zwischen beiden bestehen. Später erfuhr er, dass Alexander seinem Herrn in Gallien zweimal das Leben gerettet hatte.

»Da ist er!«, rief plötzlich Aulus und wies in die Höhe.

Laértios bewegte sich mit nachtwandlerischer Sicherheit auf dem schrägen Dach des Schuppens und wollte so wohl über die Nachbardächer entkommen. Doch da bemerkte er die überall aufgestellten Posten und kehrte auf der Stelle um, war nach wenigen Augenblicken verschwunden.

»Komm!«, sagte Volcatius und sie betraten den Hof und das Haus. Dort hatte man an die zwanzig Männer verschiedenen Alters festgenommen und mit den Händen auf dem Rücken gefesselt. Es handelte sich durchwegs um »Weiße«, deren Gesichter Quintus und Aulus bekannt waren.

»Sie geben auf Fragen keine Antwort, Herr!«, meldete einer aus der Begleitung des Aedilen.

Volcatius Tullus nickte dazu nur stumm. Dann sagte er: »Schade. Wenn ihr jetzt reden würdet, könnte sich das durchaus zu euren Gunsten auswirken. Er hätte euch doch sowieso nur übervorteilt und betrogen! Also überlegt euch gut, ob ihr nicht doch reden wollt. Ihr habt nicht mehr viel Zeit.«

»Er ist da drinnen«, sagte endlich einer von ihnen und wies auf die verschlossene Tür zum eigentlichen Lager.

»Aufbrechen!«, befahl der Aedil und es dauerte nur wenige Augenblicke, bis seine Leute mit den vorhandenen Eisenstangen und Balken die Tür zertrümmert hatten. Sofort huschten sie hinein und verteilten sich in dem Raum, der nur noch wenig Licht von den hoch gelegenen Fenstern erhielt. Auch Volcatius Tullus, Pollius und die beiden Jungen traten ein. Laértios saß in der Falle. Man brauchte nur systematisch jeden Winkel des riesigen Raumes zu untersuchen, dann musste man ihn finden. Auch Quintus und Aulus schauten sich aufmerksam um und entfernten sich, vorsichtig nach allen Seiten sichernd, vom Eingang. Quintus schaute in den Gang zwischen zwei hohen Regalen, Aulus betrat den nächsten. Und dann ging alles so schnell, dass Quintus noch lange danach meinte es nur geträumt zu haben.

Plötzlich hallte eine kalte Stimme durch die Stille: »So, jetzt hört mir mal alle zu!« … Das war Laértios! »Keinen Schritt näher – oder der ehrenwerte Vater dieses Knaben kann die Klageweiber für die Bestattung seines Sohnes bestellen. Der Junge ist in meiner Gewalt. Und ich werde ihn auf der Stelle töten, wenn sich mir einer von euch nähert.«

Quintus suchte mit den Augen in der Richtung, aus der die Stimme gekommen war, und dann sah er die schreckliche Szene durch einen Spalt zwischen zwei hohen Kisten hindurch: Laértios stand hinter Aulus, hatte dessen Hände auf den Rücken gedreht und – Quintus schoss das Blut in die Schläfen und sein Herz drohte auszusetzen – und hielt einen Dolch bereit, mit dem er zustechen würde, falls sich jemand näherte.

»Was willst du?«, hörte er den Aedilen in der Nähe fragen, sehen konnte er ihn nicht.

»Freien Abzug! Ein gesatteltes Pferd! Den Jungen lasse ich frei, wenn ich in Sicherheit bin.«

Nun entspann sich zwischen Laértios und dem Aedilen ein Gespräch, wobei Volcatius gewiss darauf aus war, Zeit zu gewinnen.

Nach einer Weile rief Laértios wieder: »Keine

Bewegung! Ich habe gute Ohren! Wenn euch das Leben dieses Jungen lieb ist, tut, was ich sage!«

Unwillkürlich schaute Quintus um sich, während er sich verzweifelt auf die Lippen biss. Und dabei fiel sein Blick auf all die verschiedenen Dinge, die hier gestapelt waren. Er traute seinen Augen nicht: Gleich vor ihm, nur in drei Schritt Entfernung, lagen eine ganze Anzahl Bogen, wie sie auf der Jagd benutzt wurden. Gleich daneben mehrere Bündel von Pfeilen. Wieder schoss ihm das Blut in den Kopf. Diesmal aber nicht aus Angst, sondern vor Aufregung und Freude. Wenn es ihm gelänge ... wenn es gelänge einen Bogen, den zuoberst liegenden, vorsichtig zu greifen und herunterzunehmen ... ihn dann zu spannen ohne dabei ein verräterisches Geräusch zu machen und dann einen Pfeil... Quintus holte tief Luft und zwang sich zur Ruhe. Er war ein guter Schütze. Er hatte es auf dem Hof im Wettkampf mit Kirkos oft bewiesen. Er hatte schon manchen Vogel mit dem Pfeil im Fluge aus der Luft heruntergeholt. So lange war das nicht her. Er musste nur ruhig bleiben. Die Hand durfte nicht zittern. Nur ein Schuss war möglich! Ging er fehl, wäre es um Aulus geschehen.

Sein Entschluss stand fest. Er horchte wieder auf das, was der Aedil sagte. Wenn er nur noch ein wenig redete! Egal, was! Nur reden, denn das würde andere Geräusche überdecken. Behutsam setzte er einen Fuß nach vorne, balancierte das Gewicht aus, zog den Körper nach, setzte den anderen Fuß vor, wiederholte es erneut – und stand in Reichweite der Bogen. Wieder musste er sich zwingen tief und lautlos durchzuatmen. Dann hob er langsam die Hand... »Rede doch!«, rief es in ihm – und Volcatius redete tatsächlich wieder. Quintus näherte seine Hand unendlich langsam den Bogen. Er hielt sie wie eine offene Zange, senkte sie, sah, wie die Finger zitterten, berührte das Holz und befahl den Fingern sich nun langsam, ganz langsam um das glatte, leuchtend braune Holz zu legen. Sie gehorchten. Er kontrollierte die Lage des obersten Bogens. Er lag frei. Wenn sich nur nicht die Öse der Sehne beim Wegnehmen irgendwo festhakte! Es ging gut. Er hob das Holz an, sah, wie die Sehne der Bewegung folgte, sah, wie die Öse einen Fingerbreit an der Spitze eines anderen schräg liegenden Bogens vorbeiglitt. Nun nahm er die zweite Hand zu Hilfe, griff mit ihr das Ende des Bogens und hielt endlich die Waffe ganz in Händen.

Er überlegte. Beugte sich nach links, schaute durch den Spalt: Ja, die Szene war unverändert, Aulus wurde vom Dolch bedroht. Quintus sah weder das Gesicht von Aulus noch den Kopf des Laértios, sondern nur dessen Faust und einen Teil des Unterarmes. Weiter!

Zuerst den Bogen spannen! Er stellte die Spitze, an der die Sehne befestigt war, auf den Boden, beugte sich darüber, fasste mit der Rechten die andere Seite, krallte zwei Finger in die Biegung des Holzes und zog daran. Wie ein Blitz war plötzlich das Bild in ihm, wie die Freier am Hofe des heimgekehrten Odysseus verzweifelt, aber erfolglos versuchten den Bogen des Königs zu spannen. Er zog mit ganzer Kraft, bog das obere Ende langsam, unendlich langsam nach unten, legte vorsichtig und sehr genau die Schlinge der Sehne in die dafür vorgesehene Nische und nahm ganz langsam seine Kraft zurück, damit die Sehne den Bogen nun biege. Es gelang. Er prüfte die Spannkraft der Sehne. Sie war gut, wie sie sein musste. Dann zog er sich einen Pfeil aus dem Bündel, begutachtete ihn genau, indem er ihn vors Auge hielt. Er hatte einen kleinen Knick, darum legte er ihn zur Seite und suchte, bis er den besten gefunden hatte.

»Ich gebe euch nicht mehr viel Zeit!«, hörte er den Entführer wieder. Der Aedil versuchte ihm klarzumachen, dass es unmöglich sei zu entkommen, ob mit oder ohne den Jungen. So redeten sie wieder eine Weile und Quintus suchte sich die beste Schussposition. Die Entfernung betrug etwa fünfundzwanzig bis dreißig Fuß.* Laértios hielt den Dolch mit der rechten Hand. Quintus sah, wie sich die Knöchel und Sehnen abzeichneten. Dazu kam noch ein Stück vom rechten Unterarm. Mehr sah er nicht. Und das war gut so. Aulus war dadurch nicht gefährdet.

Quintus hob den Bogen und brachte den Pfeil in Position, spannte aber noch nicht. Er stellte fest, dass die Hand von Laértios sich unruhig bewegte, wenn er sprach, dass sie aber ruhig war, wenn er dem Aedilen zuhörte. Also musste er schießen, wenn Volcatius Tullus sprach.

Einen Augenblick lang schwiegen beide. Dann begann Volcatius von neuem mit einem Versuch den Täter zur Aufgabe zu bringen.

Jetzt! sagte sich Quintus. Er streckte den linken Arm, spürte, wie sich das Holz gegen den Handballen presste, zog mit der Rechten Pfeil und Sehne zurück. Nicht zu viel! Nicht überdehnen! Bei der geringen Entfernung genügten zwei Drittel Dehnung. Noch immer redete Volcatius.

»Athene**, hilf!«, hörte Quintus es in sich rufen. Und im gleichen Augenblick entließ er das Geschoss. Auch Volcatius war gerade zu Ende mit seinem Satz.

* Etwa 10 Meter

** Griechische Göttin, Tochter des Zeus

Doch statt einer höhnischen Antwort hörte man einen Aufschrei. Dann ein Geräusch, als ob Eisen auf den Boden fällt. Im gleichen Augenblick kam der Befehl des Aedilen: »Los! Packt ihn!«

Volcatius' Leute stürmten vor. Und alle blieben überrascht stehen.

Vor ihnen krümmte sich ein Mann vor Schmerzen und hielt mit der Linken seine Rechte, in der ein langer Pfeil mit eiserner Spitze steckte, der sie glatt durchschlagen hatte. Sie konnten sich nicht erklären, woher der Pfeil gekommen war. Da trat Quintus aus dem Gang, immer noch den Bogen in der Hand, und sein Blick wechselte von Laértios zu Aulus, dann zu Volcatius Tullus, und er brachte kein Wort hervor. Zu groß war die Spannung, in der er sich befand.

»Beim Hercules!«, rief einer der Männer. »Das war ein Meisterschuss!«

Im Nu war Laértios umringt. Man hielt ihn, während einer den Schaft des Pfeils zerbrach und den vorderen Teil mit einem Ruck herauszog.

»Kann von Glück sagen, dass er nicht vergiftet ist!«, meinte einer der Männer. Dann erst kamen sie zu Quintus, klopften ihm auf die Schulter, konnten kein Ende finden ihn zu loben und wollten wissen, wo er das Schießen gelernt habe, aber er konnte nicht antworten.

Jetzt erst trat Aulus auf Quintus zu, umarmte ihn und erklärte: »Ich habe gebetet... Ich wusste, dass ich nicht sterben würde... Aber dass es so...« Er musste schlucken und die Tränen standen ihm in den Augen. »Das werde ich dir nie vergessen!«

Und er umarmte ihn noch einmal.

Alles andere war nun Sache des Aedilen. Die Gefangenen wurden abgeführt, die Untersuchung für den nächsten Morgen angesetzt. Bei einer ersten Durchsicht der hier liegenden Waren und Objekte stellte sich heraus, dass vieles, was in den letzten Wochen und Monaten bei Großhändlern verschwunden war, hier versteckt lag.

»Ich lasse euch rufen«, sagte Volcatius Tullus zu Quintus und Aulus. »Aber ihr sollt jetzt auf dem schnellsten Wege nach Hause gehen.«

Ja, und dann war auf einmal auch Pollius Valerianus wieder da. »Ja, was soll ich, nicht wahr... Das ist ja kaum zu, ja, zu fassen! Das glaubt einem, nicht wahr, niemand! Mein lieber Quintus Cossinius! In Anbetracht dessen, was du für mein Haus getan hast, brauchst du morgen nicht zum Dienst zu erscheinen. Im Übrigen werden wir, nicht wahr, sehen, was für eine Beschäftigung wir für dich in Zukunft, ja, haben. Dieser hinterhältige Spitzbube Antias ... also, zunächst wirst du übermorgen einmal das Diktat übernehmen, nicht wahr.«

Auch er hielt es für angebracht Quintus zu umarmen, was freilich wegen seiner Leibesfülle gar nicht so einfach war. Alexander, der es sah, konnte sich nicht die Bemerkung verkneifen: »Herhören! Sollten in Zukunft für solche Zwecke immer ein göttliches kleines Bänkchen dabei haben, damit Buchhändler ihre Umarmungen besser, nicht wahr, an den Mann bringen!«

Alles lachte, nur Pollius fand das überhaupt nicht komisch und er zog einen Schmollmund.

Überraschende Folgen

Pollius begleitete die Jungen bis in die Subura. Auch er hatte in der Nähe, freilich auf der Höhe des Esquilinus, sein Haus. Er konnte sich immer noch nicht beruhigen.

»*Per deos immortales!* – Bei den unsterblichen Göttern! Wenn das nun, nicht wahr, wenn es schief gegangen... Beim Apollo! Gar nicht auszudenken, gar nicht aus...!«

»Es ist aber gut gegangen«, stellte Aulus fest.

Und der rührige Buchhändler dachte schon weiter: »Die ganze Stadt, nicht wahr, wird morgen davon reden, ja! Die ganze... Was wird das für ein An... was für ein Andrang, nicht wahr!«

Das galt seinem Geschäft. Die Freunde verabschiedeten sich vor Quintus' Haus. Für sie stand ein ganz anderes Erlebnis im Vordergrund: das Erlebnis der Freundschaft. Stumm gaben sie sich die Hand und von den ausgestandenen Gefahren überwältigt wandte sich Quintus ab und rannte ins Haus. In der Wohnung empfing ihn die Mutter mit besorgter Miene.

»Du kommst spät«, sagte sie, »wir ängstigten uns sehr um dich. Vater, Großvater und Kirkos suchen dich auf der Straße und Cossinia ist in die Bäckerei gelaufen um etwas von dir zu erfahren.«

Quintus antwortete nicht, vielmehr setzte er sich an den noch nicht abgedeckten Tisch. Er hatte mit einem Mal großen Hunger und er aß alles, was Mutter ihm jetzt auf den Holzteller legte, das Brot, den geräucherten Käse, den Apfel.

Mutter sah ihn kopfschüttelnd an, fragte aber nichts und setzte sich schweigend neben ihn, während er weiter aß. Doch da wurde die Tür aufgerissen und zu dritt stürzten sie herein, starrten ihn entgeistert an, hielten ihm ihre Hände entgegen: Vater, Großvater und Kirkos. Dann sagte Kirkos: »Nicht zu fassen, da sitzt er und tut so, als ob nichts passiert wäre!«

Vater betastete Quintus' Schultern, seine Arme, sein Gesicht: »Und dir ist wirklich nichts passiert?«

Und Großvater fragte ungläubig: »Du warst bei Gaius Volcatius Tullus? In seinem Hause am Palatin?«

Da öffnete sich zum ersten Mal die Tür des Krankenzimmers von innen und blass und fast schüchtern stand die kleine Herennia im Türrahmen.

»Was ist denn los?«, fragte sie von einem zum andern blickend.

»Setz dich zu uns, mein Kind!«, rief Mutter und zog ihr einen Hocker heran.

Herennia trat zu ihnen, setzte sich und allen wurde bewusst, dass sie seit ihrem ersten Tag in Rom zum ersten Mal wieder mit am Tisch saß. Und nun wollte Mutter endlich auch wissen, was denn in die Männer gefahren sei.

Sie konnten aber immer noch nicht antworten, denn jetzt stürmte Cossinia herein: »Wo ... wo ist er? Ist dir auch nichts passiert? Ist dir...?« Sie umarmte ihren Bruder und drückte ihn an sich.

Da kam Publius noch dazu und sah sprachlos auf die aufgeregte Familie.

Schließlich sagte Vater: »Zum Donnerwetter, nun erzähl mal der Reihe nach!«

Und Großvater übernahm die Vorgeschichte: »Also, du warst heute bei Pollius Valerianus...«

Quintus begann mit seinem Bericht, aber er hatte noch nicht die Hälfte hinter sich gebracht, als draußen an die Flurtür geklopft wurde.

»Wer kann das sein?«, fragte Mutter.

Sie ging öffnen. Zwei mit kostbaren Tuniken gekleidete Männer betraten den Raum.

»Ist dies die Wohnung von Quintus Cossinius Afer?«

»Ja«, sagte Großvater und näherte sich den Besuchern. »Was gibt es?«

»Oh«, antwortete der eine. »Wir suchen einen Jungen dieses Namens.«

»Das bin ich!«, rief Quintus und trat ihnen entgegen.

Da verbeugten sie sich vor ihm und einer ergriff das Wort: »Wir kommen im Auftrag des Curulischen Aedilen Gaius Volcatius Tullus um Folgendes zu sagen: Quintus Cossinius Afer hatte großen Anteil an der Entdeckung und Sicherstellung großer Mengen von gefälschten Getreidemarken, sein Mut hat einem jungen Menschen das Leben gerettet. Der Curulische Aedil dankt Quintus Cossinius Afer und möchte ihn zusammen mit seinem Großvater morgen zu einem zweiten Frühstück um die vierte Stunde* zu sich in sein Haus laden. Er wird eine Sänfte schicken. Dies hier haben wir dem Quintus Cossinius Afer schon heute als Dank der Stadt zu überreichen.«

Er zog einen ledernen Beutel aus seiner Tunika und überreichte ihn Quintus. Und bevor dieser etwas sagen konnte, verbeugte er sich vor ihm, sein Begleiter tat das Gleiche und sie verließen die Wohnung.

Die Familie war sprachlos vor Staunen, Quintus hielt benommen den Beutel in der Hand.

»Nun lass doch mal sehen, was drin ist!«, sagte Großvater endlich.

* Gegen 10.00 Uhr morgens

Quintus ging zum Tisch, öffnete ihn langsam und schüttete einen Haufen Silber- und einige Goldmünzen auf die Platte.

»*Per omnes deos!* – Bei allen Göttern!«, stieß Cossinia hervor. »Das ... ist ... viel ... Geld.«

»... etwa dreitausend Sesterzen!«, stellte Großvater sachlich fest.

Cossinia fasste sich als Erste: »Dann ... dann können wir hier ... noch eine Weile wohnen bleiben, Mutter! – Hörst du mir überhaupt zu?!«

Herennia stand noch immer unbeweglich da.

»Gewiss, Kind, gewiss«, sagte sie dann und fuhr sich über die Augen. Dann ging sie zu Quintus, nahm ihn in die Arme und ihr fiel der Augenblick ein, als sie vor nur kurzer Zeit vom Hof in Caere abgefahren waren und als Quintus zu ihr auf den Wagen geklettert war und leise zu ihr gesagt hatte: »Du bekommst ihn wieder! Ich schwöre es!« Und sie drückte Quintus noch einmal fest an sich.

Nun sollte Quintus endlich in seinem unterbrochenen Bericht fortfahren. Doch wiederum kam er nicht weiter, denn erneut wurde draußen an die Wohnungstür geklopft. Mutter ging zum zweiten Mal öffnen. Diesmal stand eine in Weiß gekleidete Frau vor der Tür und Mutter war so überrascht, dass sie einen Schritt zurückwich und sich verbeugte. Doch auf der Stelle war die Fremde bei ihr, nahm ihre Hand und sagte: »Ich bitte dich, lass das! Ich habe Grund mich vor dir zu verbeugen, denn dein Sohn hat meinem Sohn heute das Leben gerettet!«

Da wussten alle, dass es des Aulus Plautius' Mutter war, die selbst kam um ihren Dank auszusprechen. Noch nie hatte Mutter es mit einer so vornehmen *domina** zu tun gehabt und trotzdem war zwischen ihr und der Fremden ein schnelles Einvernehmen, denn beider Söhne waren heute in größter Gefahr gewesen. Auch die anderen Familienmitglieder waren dazugetreten und standen nun herum, wussten nicht, wohin mit den Händen. Nur der Großvater beherrschte die Lage, denn er erklärte ernst: »Nun ja, es hätte durchaus schlecht ausgehen können. Aber die Götter haben ihre Hand über die beiden gehalten.«

»Ja, so ist es«, sagte die Mutter von Aulus. Dann fuhr sie fort: »Leider konnte mein Mann nicht mitkommen. Er ist in Tusculum. Er weiß von der ganzen Geschichte noch nichts. Aber ich denke, dass es in seinem Sinne ist, wenn ich Quintus und seine Mutter für morgen zu einem kleinen Essen einlade.«

In Quintus stieg ein Bild auf und er überlegte fieberhaft, wo er das Gesicht dieser Frau schon einmal gesehen hatte. Er ging auf sie zu und bedankte sich für sich und Frau Herennia.

Als Aulus' Mutter sich schließlich verabschiedete, trat sie zu Quintus und strich ihm mit einem dankbaren Lächeln über den Kopf. »Also bis morgen!«

Das hieß, gegen Ende des Nachmittags, zu Beginn des Abends. So war es Großvater und Quintus noch möglich vorher zu Gaius Volcatius Tullus zu gehen, der sie ja ebenfalls eingeladen hatte.

Endlich konnte Quintus seine Geschichte zu Ende erzählen. Doch dann kam eine große Müdigkeit über ihn. Trotzdem konnte er an diesem Abend lange nicht einschlafen. Sehr viele Dinge hatten sich an diesem und den vorhergehenden Tagen ereignet.

Viele Fragen blieben noch offen. Wie würde es mit

* Herrin

Vater weitergehen? Wie lange konnten sie hier in dem soliden, teuren Haus mitten in Rom wohnen bleiben? Was sollte aus Herennia werden, wenn sie wieder ganz gesund sein würde? Auch sie müsste eine Beschäftigung finden. Für sich selbst hatte er keine Bedenken, er würde vorankommen. Allerdings war er gespannt, welche Tätigkeiten Pollius Valerianus ihm zuweisen, wie die Schreiber sich ihm gegenüber verhalten würden. Nun – *interim fit aliquid!* – Kommt Zeit, kommt Rat.

Endlich holte der Schlaf ihn ein, und als seine Schwester Cossinia ihm wenig später mit der Lampe ins Gesicht leuchtete, sah sie ein gelöstes Lächeln auf Quintus' Lippen.

Der nächste Morgen

Als Quintus am nächsten Morgen am Tisch Platz nahm, war er der Letzte. Mutter hatte ihn heute etwas länger schlafen lassen als die Übrigen, Herennia ruhte noch. Vater und Cossinia waren schon lange aus dem Hause.

»Wo ist Großvater?«

»Er holt Wasser am Brunnen.«

»Das ist doch meine Arbeit, hättest mich doch wecken können! Mammarion!...« Er benutzte das griechische Wort »Mütterchen«, was er immer tat, wenn zwischen beiden herzliches Einvernehmen war.*

* Das wäre etwa so, als ob man »Daddy« statt »Vater« sagen würde.

»Hm…«

»Du gehst doch mit zum Stadthaus der Plautier!«

»Muss ich ja wohl…«

»Du sagst das so, als ob es dir keinen Spaß machen würde.«

»Ach, Quintus…« Sie blieb stehen, trocknete sich die Hände an ihrer Leinenschürze ab und sagte: »Das ist eine andere Welt. Die Plautier sind reich, mächtig, sie stammen aus einem alten Adelshaus…«

»Ich auch!«, rief er unvermittelt und mit Bestimmtheit.

»Ja, du vielleicht … aber nicht ich.«

»Aber Mammarion! Was redest du denn da?!« Er starrte sie entrüstet an. »Du gehörst doch … du gehörst doch…« Weiter kam er nicht, denn ihm wurde schon während des Sprechens klar, dass es nicht stimmte, was er sagen wollte. Er wollte sagen: ›Du gehörst doch dazu! Vater hat dich geheiratet! Du bist die Schwiegertochter von Großvater! Also bist auch du…!‹

Sie verstand, was er sagen wollte. »Du bist sehr lieb, mein Junge. Aber ich bin die Tochter eines Bauern. Und meine Mutter ist die Tochter eines Bauern und deren Mutter … und so fort über die Zeiten…«

»Aber du hast … wie soll ich sagen … ein großes Herz und das spürt jeder, der dich kennt«, antwortete Quintus.

Das war eine versteckte Liebeserklärung. Wieder ging ihr auf, dass nur Quintus so mit ihr redete. Aber sie ließ sich nicht beirren.

»Es bleiben unsichtbare Schranken zwischen Familien wie den Cossiniern und Familien wie den Plautiern. Die Mutter von Aulus ist natürlich glücklich und dankbar, dass du ihrem Jungen das Leben gerettet hast. Aber das hat nicht zur Folge, dass es keine Grenzen mehr zwischen beiden Familien gibt. Aulus Plautius Hypsaeus ist dein Freund, freue dich darüber. Vergiss aber nie, dass sich das ändern kann. Aulus wird irgendwann in die Armee eintreten, er wird gleich Offizier sein. Wenn du zum Heer gingst, müsstest du ganz unten anfangen. Stimmt's, Großvater?«

Der war gerade hereingekommen und hatte die letzten Worte noch mitgehört.

»Ob deine Freundschaft zu Aulus Plautius Hypsaeus Bestand haben kann«, sagte er ernsthaft, »das wird erst die Zukunft erweisen. Es wird sicherlich einmal der Tag kommen, an dem sich das zeigt. Jetzt geh erst einmal hin und freue dich. Aber zuvor sind wir noch zusammen bei Volcatius Tullus. Wir müssen uns fertig machen.«

Das war für Mutter das Stichwort: »Wasch dir die Hände und säubere deine Fingernägel!« Sie war wieder ganz die Alte. »Spül den Mund mit einem Schluck Wein, damit du nicht aus dem Halse riechst. Und rede nur, wenn man dich fragt! Halte die Hände still beim Reden, das macht sonst einen schlechten Eindruck.«

Quintus versprach lachend an alles zu denken und auch Großvater, von seiner Fröhlichkeit angesteckt, nickte vergnügt.

Als sie zur Tür gingen, kam Publius gelaufen und rief entrüstet: »Ich will auch mit! Ich will auch mit!«

»Nein«, erklärte Mutter kategorisch. »Aber du darfst dir gleich in der Bäckerei ein Honigplätzchen kaufen.«

In diesem Augenblick wurde die Ankunft der Sänfte gemeldet. Schnell überprüften sie ihre Tuniken und gingen nach unten. Es gab einigen Auflauf von Nachbarn und Passanten, denn noch nie hatte eine vornehme Staatssänfte vor diesem Haus gewartet.

Der mächtige Aedil Volcatius Tullus widmete Quintus und dem Großvater eine halbe Stunde. Und es waren alte Geschichten, die dabei ausgetauscht wurden. Der Großvater war – nach der Zerstörung des Hofes – Offizier gewesen in einer Einheit, die der Vater von Volcatius Tullus vor zwanzig Jahren im Krieg gegen die aufständischen Sklaven unter Spartacus kommandiert hatte. So spielte das Gespräch meist zwischen Volcatius und dem Großvater hin und her. Erst am Ende wandte sich der Aedil an Quintus und fragte ihn: »*Quodnam vitae genus amplecteris?* – Was willst du einmal werden?«

»Ich weiß es noch nicht«, gestand Quintus.

»Na ja, *interim fit aliquid*«, antwortete Volcatius wohlwollend und fuhr dann, zum Großvater gewandt, fort: »Wenn ich irgendwann etwas für dich oder ihn…« – er wies auf Quintus – »tun kann, dann lass es mich wissen.«

Damit waren sie entlassen. Der Aedil hatte dringende Angelegenheiten aus seinem Aufgabenbereich zu erledigen. Draußen warteten bereits einige Händler, die sich über dieses und jenes beschweren wollten, andere waren vorgeladen, damit sie Stellung nähmen zu Anschuldigungen der Gewichtsfälschung. In diesem Hause war ein stetes Kommen und Gehen. Und da war auch dieser seltsame Grieche mit Namen Alexander.

Gerade stauchte er einen der Händler zusammen, der, obwohl prächtig gekleidet und mit goldenen Ringen an den Fingern, immer kleinlauter wurde: »Herhören! Du hast die durchausige Ehre zu sprechen mit Alexandros Sohn des Alexandros aus Theben! Rechte und linke Hand des Curulischen Aedilen! Freund des Gallischen Krieges und Gaius Iulius Caesars! Und ich sage dir: Befleißige dich nur zu antworten, wenn gefragt, verstanden! Sonst werde ich dafür sorgen, dass man dich zu den Bewohnern des finsteren Nordmeeres! … Hüpfen auf Eisschollen herum! Kannst ihnen dabei helfen! Bis in den Sommer! Verstanden?«

»Selbstverständlich, edler Alexandros! Selbstverständlich.«

»Das heißt: *Ita est!*« Sein Auge ruhte kritisch auf dem Gesicht des Händlers. »Schon mal gedient?«

»Nein, ich hatte dazu noch nicht die Gelegenheit…«

»Aha! Noch so ein Drückeberger! Na, kann ja noch kommen. Der Nächste!«

Als sie wieder draußen waren, fragte Quintus den Großvater: »Was wird nun mit den festgenommenen ›Weißen‹ und mit Laértios geschehen, Großvater?«

»Man wird sie vor ein zuständiges Gericht stellen…«

»Wieso ›zuständig‹?«, warf Quintus ein. »Ich denke, die Gerichte sind immer zuständig!«

»*Certo.* Aber es ist schon ein Unterschied, ob ein Mann seinen Nachbarn beschuldigt, weil die Zweige von dessen Apfelbaum in seinen Garten ragen … oder ob, wie im vorliegenden Fall, kriminelle Straftaten begangen worden sind. Das heißt im ersteren Fall: Hier ist ein Zivilprozess zu führen, bei dem es um bürgerliche private Streitereien geht…«

»…und im anderen Fall geht es um ein Verbrechen!«

»*Recte.* Also wird es einen Strafprozess geben.

Wohin würde also die Verhandlung eines Diebstahls gehören?«

»Vor ein Strafgericht!«

»*Bene!*«, lobte der Großvater. »Merke dir, mein Junge: Die wohl größte Errungenschaft unserer Stadt und somit unseres Reiches ist unsere Rechtsprechung. Es gibt keine bessere auf dem ganzen Erdkreis. Die Provinzen haben sie übernommen. – Übrigens, was hältst du davon, wenn wir nun auf dem Rückweg noch schnell beim ›Schwesterlichen Balken‹ vorbeigehen?«

Quintus war einverstanden. Aber dann war er doch enttäuscht, als er darunter stand.

Großvater, der ihm die Enttäuschung ansah, erklärte: »Siehst du, so geht es mit allen Dingen. Hätte ich dir nicht die Geschichte von den miteinander kämpfenden Drillingen erzählt, dann wärst du wohl achtlos hier vorbeigegangen. Es kommt eben immer darauf an, was man von einer Sache weiß.«

Quintus nickte eifrig. Demnächst würde er den Großvater nach allen Geschichten fragen, die er über die Stadt Rom und die alte Zeit wissen wollte. Er freute sich schon jetzt darauf. Dann fiel ihm der bevorstehende Besuch bei den Plautiern ein und er vergaß alles andere darüber. Doch der Großvater hielt ihn bei den drängenden Fragen.

»Du hast«, sagte er, »nun bei Pollius Valerianus eine gute Gelegenheit durch Fleiß, Können und Klugheit weiterzukommen. Es wird gewiss nicht so schnell gehen, wie es jetzt aussehen mag, aber du wirst weiterkommen. Da gibt es nicht viele Sterbliche, die eine solche Gelegenheit bekommen. Du musst wissen, die meisten Menschen leben in der Welt ihrer Vorväter und können nie daraus ausbrechen. Ich selbst hätte gewiss Lust gehabt das zu tun, was du nun tun kannst. Aber wie hätte ich den Hof verlassen können! Es tritt also bei dir der scheinbar paradoxe Fall ein…«

»Was heißt ›paradox‹?«

»Es ist ein griechisches Wort und bedeutet widersinnig. – Es tritt also der paradoxe Fall ein, dass der Verlust des Hofes für dich die Voraussetzung deines Weiterkommens sein kann.«

»Aber es macht mir nur Spaß, Großvater, weil ich mir geschworen habe den Hof später zurückzukaufen.«

»Ich weiß, mein Junge, ich weiß. *Utinam ita velit deus!* – Möge ein Gott es so geben.«*

Eine Viertelstunde später hatten sie ihre Straße erreicht und beide wollten sofort der Mutter erzählen, wie es bei dem Aedilen gewesen war, doch sie war nicht in der Wohnung. Da hörten sie vom unteren Stockwerk ein Lachen, es war die Stimme der alten Frau, dann lachte auch Mutter.

»Gut, dass sie ein wenig Anschluss gefunden hat!«, meinte der Großvater.

Quintus nickte und sagte traurig: »Wenn es nur Vater etwas besser ginge.«

»Er muss sich nach etwas anderem umsehen. Er wird die Arbeit in der Walkerei nicht durchhalten«, antwortete Großvater.

»Braucht er doch auch nicht! Jetzt, wo wir das Geld haben!«

»Das wird nicht für immer reichen. Und etwas muss man zurücklegen für Notfälle. Da braucht nur Herennia einen Rückfall zu bekommen oder sonst ein Unglück zu passieren. Nein, dein Vater muss etwas

* Wörtlich: »O dass doch (ein) Gott (es) so wolle!«

anderes finden. Er ist noch jung und gesund. Wenn er in der Walkerei bleibt, würde er schnell alt und krank. Leute, die dort arbeiten, sterben früh. – So, aber nun geh ich mit Herennia spazieren! Herennia! Mache dich für einen Gang bereit!«

Und mit diesen Worten ging er zur Tür des Nachbarzimmers, drehte sich aber noch mal um und sagte augenzwinkernd: »Und erzähl mir heute Abend, wie's war! *Vale!*«

Skrupel

»Du könntest demnächst unserer lieben Hausgenossin die Holzkohle für ihr Kohlebecken einkaufen und ihr herauftragen«, sagte Mutter, als sie von ihrem Besuch im unteren Stock zurückgekommen war. »Sie quält sich entsetzlich mit dieser Schlepperei.«

Quintus zögerte einen Augenblick, denn er stellte sich vor, dass dies mit einiger Mühe verbunden war; dann aber sah er das schöne Gesicht mit den Falten vor sich und sagte schnell: *»Bene! Probe!«* Was so viel hieß wie: »Selbstverständlich! Natürlich!«

Er wusste zwar noch nicht, wo man die Kohle kaufen konnte, aber das würde sich feststellen lassen. Da Mutter weiter keine Aufträge für ihn hatte, machte er sich gleich auf den Weg. Vor dem Haus blieb er stehen und schaute an der Front nach oben, zum Nachbargebäude. Die Fenster standen alle offen, denn es war wieder ein recht warmer Tag. Er aber hoffte den Kopf des Tiberius zu entdecken. Noch während er starrte und suchte, hörte er neben sich seine lässige Stimme: »Wenn du noch länger glotzt, ist da oben ein Loch in der Wand, klar!«

Quintus fuhr herum und begrüßte Tiberius. Dann fragte er: »Wo warst du eigentlich gestern?«

»Hatte zu tun.«

»Was?«

»Geht dich nichts an!«

Quintus stutzte über die so abrupte, abweisende Antwort. Konnte es sein, dass Tiberius Kenntnis von den gestrigen Ereignissen hatte und sich zurückgesetzt fühlte, weil man ihn nicht einbezogen hatte?

Quintus beobachtete den großen, schlaksigen Jungen und beschloss, sich Gewissheit zu verschaffen. Aber Tiberius war empfindlich, hatte seinen Proletarierstolz, so begann Quintus vorsichtig: »Gehst du mit?«

»Wohin?« Die Antwort ließ erkennen, dass er unter Umständen bereit war, wenn ihm das Ziel zusagte.

»Ich muss Holzkohle besorgen!«

»Hm...«

»Kennst du in der Nähe einen Händler?«

»Klar. Mehrere. Komm!«

Quintus war froh, dass Tiberius mitging. Während des Gehens konnte man leichter über schwierige Themen reden als im Stehen.

Und da fragte Tiberius: »Wie sieht er aus?«

»Wer?«

»Der Aedil!«

Quintus beschrieb ihn, seine große, hagere, trainierte Gestalt, seine kostbare Kleidung, das elegante, teuer eingerichtete Haus; dann musste er lachen.

»Warum lachst du, he?«

Quintus erzählte Tiberius von Alexander und äffte

in Stimme, Gesicht und Haltung den gewaltigen Griechen nach.

Tiberius reagierte zunächst nicht, doch dann machte auch er das Gehabe des Griechen nach, so dass Quintus erstaunt fragte: »Kennst du ihn denn?«

»Und ob! Ganz Rom kennt ihn, er tut immer so, als ob er nicht alle Becher im Regal hat ... und redet ein furchtbares Kauderwelsch... – Herhören! Du hattest soeben die durchausige Ehre an sich mit Alexandros Sohn des Alexandros aus Theben! Freund des Gallischen Krieges! Linke und rechte Hand des Aedilen! Und ich sage dir: Gehe in dich und bleib, wo du bist! ... Herhören: Gestern standen wir noch am Abgrund, heute sind wir schon einen Schritt weiter!«

Beide prusteten sie los, lachten aus vollem Halse, verbeugten sich, die Tränen quollen ihnen aus den Augen. Doch plötzlich sagte Tiberius ernst: »Warum habt ihr mir gestern nicht Bescheid gegeben?«

Also doch! Statt auf den Vorwurf einzugehen fragte Quintus: »Wie hast du den Aulus Plautius eigentlich kennen gelernt?«

Tiberius wies mit der Hand schräg über die Straße – sie befanden sich in der Nähe der Porta Esquilina – und sagte leise: »Da ist einer!«

»Wer?«

»Ein Kohlenhändler!«

Quintus sah hinüber zu einer Toreinfahrt, vor der mehrere Säcke am Boden standen. Sie waren voll Holzkohle.

Dann kam ohne Übergang die Antwort auf Quintus' Frage: »Der war mit einem Mal da! Dachte erst, der wär'n Muttersöhnchen wie die andern von der Höhe...«

›Von der Höhe‹, das hieß von den vornehmen, wohlhabenden Bewohnern auf den Hügeln.

»... war aber nicht so ... Kein Angeber ... Hat uns schon am ersten Tag gegen die ›Weißen‹ geholfen. Und als die wussten, dass er dabei war, haben sie sich zunächst mal mehr in Acht genommen, klar! ...«

Allmählich gewann Quintus Einblick in das komplizierte Geschehen, in die Beziehungen zwischen den Menschen aus verschiedenen Vierteln und Schichten. Und es wurde ihm klar, dass Aulus Plautius für Tiberius und die anderen bereits jetzt, in jugendlichem Alter, eine Art »Patron« war, so wie sie sich selbst wohl als seine »Clienten« betrachteten. Ob das wohl so bliebe, auch wenn sie erwachsen waren? In Caere war das ganz anders: Vater und Großvater waren unabhängige, freie römische Bauern, niemandem untertan als den Beschlüssen der römischen Regierung und den Göttern. Sein Denken war anders als das dieser Jungen. Er wollte sich in keine Abhängigkeit begeben. Er fühlte sich frei. Und dieses Bewusstsein war unabhängig von der materiellen Lage, in der sie sich befanden, unabhängig von Geld oder Beziehungen. Dieses Bewusstsein würde er nie verlieren.

»Also, willst du nun Kohle oder nicht, he?!«

»Hab kein Geld dabei. Wollte nur wissen, wo ich sie kriege.«

»Also, jetzt weißt du's, klar!«

»*Certo.*«

Sie gingen zurück. Sollte er Tiberius erzählen, dass er heute Nachmittag bei den Plautiern eingeladen war? Wahrscheinlich würde es Tiberius kränken. War er ihm überhaupt eine Erklärung schuldig? Einen kurzen Augenblick lang drängte es ihn dem Kameraden alles zu berichten. Aber dann schwieg er doch. Und während er schwieg, wurde ihm bewusst, dass er Tiberius die Bekanntschaft mit Aulus Plautius zu verdanken hatte. Aber die Freundschaft zu ihm war ganz anderer Art als die zu Aulus; die eine war nicht mehr mit der anderen zu vereinen. Quintus spürte den Zwiespalt und sein Schuldgefühl wuchs. An der Toreinfahrt trennten sie sich.

»Ich muss morgen wieder arbeiten bei Pollius Valerianus...«

Tiberius nickte: »Könnten morgen gegen Abend schwimmen gehen...«

Quintus nickte. »Gut, bis morgen Abend.«

Sie hoben lässig die Hand, sagten nichts mehr und trennten sich.

Die Domus Plautia*

Als er nach oben kam, stand Mutter bereits festlich gekleidet im Wohnraum und gab Kirkos, der anscheinend früher von der Arbeit zurückgekehrt war, Anweisungen, was mit Publius und Herennia zu tun wäre. Gleich werde ohnehin Cossinia da sein und nach dem Rechten sehen.

»Wo bleibst du denn so lange?« Sie war sichtlich nervös. »Es wird Zeit! Wir wollen auf keinen Fall zu spät kommen!« Sie wies zur Truhe. »Du musst dich noch umziehen! Ich habe dir die Toga schon hingelegt.

* Das Plautische Stadthaus (*domus* ist weiblichen Geschlechts)

Kirkos wird dir beim Anziehen helfen. Vorher wasch dich unten am Brunnen! Bürste deine Fingernägel sauber! Und hier...« Sie wies auf den Boden. »Zieh die neuen Sandalen an!«

»Oh! Danke, Mammarion!«

Sie mussten teuer gewesen sein, denn sie waren aus gelbem Ziegenleder, weich, anschmiegsam, bequem.

Er ging nach unten, wusch sich und bürstete seine Fingernägel. Dann rannte er nach oben. Kirkos half ihm beim Anziehen der Toga und er tat es geschickt. In Caere hatte er oft Vater oder Großvater das füllige Gewand gemäß den Regeln umgelegt.

Der Stoff hatte eine ovale Grundform und umfasste das Zwei- bis Dreifache der Körperlänge. Das Besondere an der Knabentoga war der breite Purpursaum, wie bei den Togen der hohen Beamten und Senatoren. Quintus würde sie mit dem sechzehnten oder siebzehnten Lebensjahr ablegen und dann die einfache Männertoga, die *toga virilis* tragen. Unter der Toga trug er, wie auch unter der Tunika, den Schurz.* Das große, festliche Gewand behinderte beim schnellen Gehen und es sah immer lächerlich aus, wenn ein erwachsener Mann in der Toga zu laufen begann. Wer eine Toga trägt, muss immer aufrecht gehen. Es kommt auf Haltung und Falten an! Quintus schaute an sich herunter und fand es bestätigt, denn Kirkos war ein Meister im Legen der Falten.

Auch Mutter hatte Mühe die verschiedenen Gewänder ordnungsgemäß übereinander zu legen. Zum Glück war inzwischen Cossinia gekommen und half ihr! Am Körper trug sie eine Tunika, die länger als die der Männer war. Darüber legte sie eine *stola,* ein bis zu

* Er entspricht in der Form etwa unserer Badehose.

den Knöcheln reichendes weites, weißes Gewand, das am unteren Saum mit einem Purpurstreifen verziert war und in der Taille gegürtet wurde. Der ausgeglichene Sitz der langen Falten war auch hier wichtig, doch war er leichter zu erreichen als bei der Toga, weil der Gürtel den Sitz stabilisierte.

Über die Stola legte ihr Cossinia zum Schluss die *palla.* Das war ein rechteckiges Tuch aus blaugrün gefärbtem Leinen, mit Knoten und Fransen an den Längsseiten. Man schlug die Palla über beide Schultern, ließ sie dann an der rechten Schulter hinabgleiten, zog das Ende unter der Achsel durch, so dass die Schulter frei blieb und das Ende des Tuches auf dem linken Unterarm ruhte. Diese Palla war Mutters ganzer Stolz und Quintus sah ihr an, wie sie sich an der Qualität und Farbe des Stoffes freute. Dann legte sie schließlich noch ihre Ohrringe an und – Quintus kam aus dem Staunen nicht heraus – ließ sich von Cossinia etwas Rouge auf die Wangen, etwas Augengrün auf die Augenlider legen. Sogleich kam Herennia ihm wie die schönste Frau von ganz Rom vor.

Dann hatte sich auch Kirkos zu waschen und mit seiner besten Tunika zu bekleiden, denn er würde den Begleiter machen. Wer in Rom einen Besuch ohne die Begleitung mindestens eines Sklaven machte, galt nichts. Kirkos ließ sich von Quintus genau die Lage des Hauses beschreiben.

Die Vornehmheit zeigte sich zunächst darin, dass es auf der Höhe des Hügels entschieden ruhiger war als unten in den Gassen der Subura und des Argiletum. Die Häuser besaßen auch keine Arkaden mit Läden. Die Wände waren glatt und durchwegs ohne Fenster zur Straße hin. Quintus hatte das beim Forum im

Hause des Aedilen bemerkt; das Leben in diesen Häusern grenzte sich streng von der Straße ab.

Als die kleine Gesellschaft die *Domus Plautia,* das Plautische Stadthaus, erreicht hatte, schickte Mutter den Kirkos zur Haustür. Er ging mit sicherem Schritt darauf zu und betätigte zweimal energisch den Bronzeschläger. Schon nach wenigen Augenblicken wurde die obere Klappe geöffnet, der Pförtner fragte nach dem Begehr und Kirkos gab Bescheid. Sofort riss der Mann die Tür auf, verbeugte sich und bat die Besucher höflich einzutreten. Das alles ließ erkennen, dass das Personal des Hauses seine Anweisungen von der Herrin bekommen hatte unbedingt höflich, ja zuvorkommend zu den Gästen zu sein.

Die Anlage des Hauses war ähnlich wie in der Domus des Aedilen Volcatius Tullus. Durch einen kurzen Gang erreichte man das *atrium,* den Innenhof, in dessen Mitte sich das *impluvium,* das Auffangbecken des Regenwassers, befand. Freilich waren die Materialien in diesem Hause nicht so kostbar; die Säulen, die das umlaufende Dach stützten, waren nicht aus farbigem Marmor, sondern aus Kalkstein. Und auch die Wände waren nicht mit weißen Marmorplatten verkleidet, sondern bis zur halben Höhe rotbraun getüncht, im oberen Teil weiß und mit allerlei Rankenwerk und künstlichen Landschaften bemalt, so dass man meinte, man schaue durch die Wand hindurch in die Ferne. Im Übrigen war das Haus ebenso groß wie das des Aedilen. Vielleicht lagen die Decken etwas niedriger, aber auch das konnte täuschen.

Der Diener, der sie hereingelassen hatte, machte vor ihnen eine leichte Verbeugung und bat einen kleinen Augenblick zu warten. Wo war Aulus? Quintus blickte sich vorsichtig um. Er sah den Gang, der an der rechten Seite in den hinteren Teil des Hauses führte. Gleich vorne, neben dem Flur zur Außentür, war die Küche. Die Tür stand offen und er sah den gemauerten Herd, den Stapel Holz, den Sack Kohle, die Glut unter der Asche und darüber an der Wand verschiedene Geräte, Töpfe, Siebe aus Metall. Gleich neben der Küchentür begann die steile Treppe zum Obergeschoss. Sie musste sehr alt sein, denn die Stufen aus Eichenholz waren tief ausgetreten. Er war sicher, dass sie bei jedem Schritt quietschen würden.

Ihnen gegenüber, neben dem Gang zum hinteren Teil des Hauses, eine breite Doppeltür. Dahinter musste sich ein größerer Raum befinden. Rechts und links an den Seiten weitere Türen. Vielleicht lagen hier die Schlafzimmer der Sklaven.

Quintus wurde aus seinen Gedanken gerissen, Schritte näherten sich.

Die Herrin des Hauses kam aus dem rechten Flur. Sie wurde begleitet von Aulus und einem Mädchen, das vielleicht etwa so alt war wie er. Und als er sie sah, da traf es ihn wie ein Blitz: Sie war es, deren ovales Gesicht, deren blaue Augen er am Abend ihrer Ankunft beim Pons Aemilius in dem vorbeifahrenden Reisewagen gesehen hatte. Und die vornehme Dame war ihre und somit auch des Aulus Mutter gewesen.

Nun blieben die drei vor ihnen stehen. Sie lächelten sich gegenseitig an und Quintus bemerkte, dass das Mädchen ihrem Bruder auffallend ähnlich sah. Beide hatten die gleichen Nasen, die gleiche Form und Farbe der Augen – blau! – und dieses Blau leuchtete unter ihrem braunschwarzen Haar besonders intensiv.

»So…«, begann die Hausherrin hauptsächlich an Herennia gewandt: »Das sind meine Zwillinge!«

Und zu den Zwillingen sagte sie: »Das ist Quintus

Cossinius Afer, seine Mutter Herennia und ...« Sie sah zu Kirkos und zögerte.

»Kirkos!«, sagte er und machte eine tiefe Verbeugung.

Quintus hätte zu gern gewusst, wie die Herrin selbst hieß. Wahrscheinlich trug auch sie einen alten adeligen Namen. Er wollte bei Gelegenheit Aulus danach fragen. Im Übrigen spürte Quintus schnell, dass sich die beiden Frauen, seine und des Aulus Mutter, sympathisch waren; er bewunderte ohnehin immer wieder, mit welch einer überzeugenden Selbstsicherheit Herennia Fremden oder gesellschaftlich höher Stehenden gegenübertrat.

Nach ein paar Bemerkungen über das Wetter wurden Herennia und Quintus in ein kleines Speisezimmer geführt, in dem zwei Korbsessel mit hoher Rückenlehne für die beiden Frauen bereitstanden, während Quintus, Aulus und dessen Schwester auf Stühlen um den gedeckten Rundtisch Platz nahmen. Das Essen bestand aus vielen verschiedenen Gerichten. Geflügel und Schweinebraten wurden angeboten, dazu reichten die bedienenden Sklaven Salate, mehrere Gemüse und zum Nachtisch kandierte Früchte, darunter zur Freude von Quintus dunkelrote Kirschen, die noch besser schmeckten als die von Silvanus.

Kirkos schien draußen zusammen mit einem Teil der Dienerschaft bewirtet zu werden.

Quintus hielt sich streng an alle Ermahnungen der Mutter. Aber es entging ihm nicht, dass auch des Aulus Mutter mangelnde Tischsitten ihrer Kinder bemerkte und sie stumm mit einem schnellen Blick oder dem Heben der Brauen tadelte. Die Hausherrin wandte sich immer wieder mit Fragen und ermunternden Bemerkungen an Quintus, erkundigte sich nach seiner Arbeit bei Pollius Valerianus, fragte, ob er Rom schon ganz kennen gelernt habe, wollte auch noch einmal das gestrige Ereignis in allen Einzelheiten erzählt bekommen, und Quintus gab ihr genau Bescheid. Dann wandte sie sich ihrer Tochter zu und sagte zu ihr: »Calpurnia! Schicke doch bitte Demetrios zu mir. Er weiß Bescheid …«

Calpurnia hieß sie also! So viel wusste Quintus: Die Familie der Calpurnier gehörte zu den ältesten und vornehmsten Adelshäusern der Stadt. Wenn das Mädchen Calpurnia hieß, dann hatte sie diesen Namen wahrscheinlich von ihrer Mutter geerbt. Es konnte ein Mädchen auch nach einer der beiden Großmütter oder einem Großvater benannt worden sein. Da sie aber nicht Plautia, nach dem Familiennamen des Vaters, hieß, konnte es nur der Name der Mutter und ihres Hauses sein. Und auch die Mutter musste Calpurnia heißen.

Da kam auch schon Demetrios herein, er war schlank, nicht allzu groß, mit einem feinen Gesicht, dunklen Augen, einer schmalen Nase. Was Quintus nicht erwartet hatte, war das fehlende Haupthaar auf dem vorderen Teil des Kopfes, so dass man von einer gewissen Kahlheit, wenn nicht gar einer Glatze, reden konnte, denn der Rest des Haarbewuchses bildete lediglich einen schmalen Kranz von Ohr zu Ohr an seinem Hinterkopf entlang.

Und eine weitere Besonderheit fiel Quintus sogleich auf: Demetrios ließ das rechte Augenlid zwei-, dreimal blitzschnell über das Auge niedergehen um danach beide Augen für einen kurzen Augenblick aufzureißen. Tat er es nicht, zwinkerte er oft.

Demetrios reichte der Herrin nach einer kurzen Verbeugung ein viereckiges Päckchen. Es war in grünen Stoff eingepackt und mit einem glitzernden Band zusammengehalten. Die Herrin nahm es und wandte sich an Quintus, der von seinem Sitz aufsprang und abwechselnd in ihr Gesicht und auf das Päckchen blickte.

»Mein lieber Quintus«, begann Mutter Calpurnia, »bis gestern kannte ich nur deinen Namen aus dem, was mir Aulus von dir erzählt hat... Heute bist du nicht nur ein Name für mich, sondern du bist der Retter meines Sohnes!«

Mit großen, warmen Augen schaute sie ihn an und er erwiderte den Blick.

»Von Aulus weiß ich, wie sehr du dich für alles Geschriebene interessierst. Darum möchte ich dir dies Geschenk überreichen, und ich hoffe, dass du es gebrauchen kannst.«

Nun stand auch sie auf, überreichte ihm das Päckchen – er musste es mit beiden Händen halten, denn es war schwerer, als es aussah – und dann nahm sie schnell seinen Kopf in beide Hände und drückte ihn kurz an sich.

Quintus stand da, sah, wie ihn alle anschauten, und wusste eine Weile nicht, was er tun sollte. So ermunterte ihn schließlich Demetrios: »Du darfst es auspacken!«

Die Sklaven räumten den Tisch frei und Quintus legte das Geschenk darauf, löste die Schleife des Bandes, entfernte vorsichtig das grüne Tuch – es musste kostbare Seide sein! – und fand einen glänzenden, rotbraun leuchtenden Holzkasten. Wieder blickte er zögernd in die Runde und Demetrios musste ihn wieder ermuntern den Deckel zu öffnen. Er schob den winzigen Riegel zur Seite, hob den Deckel des Kastens und blickte hinein. Lange wusste er nicht, was er sagen sollte: »Das ist ... das ist wunderschön!«, stammelte er endlich. Er blickte zu Calpurnia, verbeugte sich vor ihr und sagte leise: »Ich danke für das herrliche Geschenk und werde es...« – ›...in Ehren halten!‹, wollte er sagen, aber Aulus und Calpurnia drängten sich mit einem schnellen »Lass mal sehen!« vor und so wurde Quintus einer weiteren, etwas steifen Dankesäußerung enthoben.

Er holte die verschiedenen Teile aus dem Kasten und stellte sie nebeneinander auf den Tisch. Ein vollständiges, kostbares Schreibgerät mit allem, was dazugehört, kam da zum Vorschein. Es war nicht nur das Material, das die Blicke auf sich zog, sondern ebenso die Eleganz der verschiedenen Formen. Da war zunächst eine längliche, rechteckige Schale aus einem farbig gemusterten Stein, wie ihn Quintus noch nie gesehen hatte. Er ähnelte dem farbigen Marmor und war doch anders, leuchtender.

Als Calpurnia seinen fragenden Blick bemerkte, sagte sie: »Das ist Onyx.«

»Ein Quarzgestein!«, ergänzte Demetrios. »Es kommt aus den Tiefen der Erde!«

Der Stein schimmerte warm, ließ das Licht eindringen, die verschiedenen Färbungen zogen in parallelen Linien und Bändern unregelmäßig durch das Material und das Bild ähnelte den Schlieren, die sich bildeten, wenn man in einem Glas Wasser roten Beerensaft langsam bewegte.

Aber das war noch nicht alles. In einer mit dunkelrotem Leder gebundenen Mappe oder Tasche befanden sich verschiedene Hilfsmittel, die man beim Schreiben brauchte, grobe und feinere Bimssteine, drei zierliche Messerchen zum Schneiden der Federn, drei Schwämmchen zum Löschen von Klecksen; ferner eine ebenfalls in Leder gefasste Dose für feinen Streusand zum schnellen Trocknen der Schrift, denn man streute ihn nach Fertigstellung etwa eines eiligen Briefes darüber. Dann das Wichtigste, die Federn! Sie steckten in einem kleinen runden Behältnis, das einem Köcher nicht unähnlich und ebenfalls mit dunkelrotem Leder überzogen war. Dazu schließlich noch drei Tintenfässer aus Glas, die wiederum in einer Onyx-Umhüllung steckten und mit schwarzer, roter und sepiabrauner Tinte gefüllt waren.

Aber das war immer noch nicht alles. Demetrios hatte plötzlich ein weiteres Päckchen in der Hand und überreichte es Quintus auf einen Wink Calpurnias. Es war rund und etwa eine Elle lang. Er ahnte, was darin sein könnte. Schnell löste er auch hier die Bänder, entfernte das Wickeltuch und zum Vorschein kam eine Buchrolle. Längst hatte Quintus' Gesicht zu glühen begonnen, er löste die Schleife, die die Papyrusblätter zusammenhielt, und öffnete vorsichtig die Rolle, indem er sie an den unten herausragenden Holzgriffen packte und drehte. Doch dann war er enttäuscht. Die Überschrift, die Kapitelüberschriften und der Text waren in einer ihm fremden Schrift geschrieben, war es nicht Griechisch? Obwohl er mit aller Kraft seine Enttäuschung zu verbergen suchte, schien Calpurnia, die ihn während des Auspackens beobachtet hatte, sie dennoch bemerkt zu haben. Und nun sagte sie auch noch: »Du kannst die Schrift nicht lesen, Quintus?«

Recht kleinlaut antwortete er: »Nein, ich kann sie nicht lesen.«

Er bemerkte aber schnell, dass seine Antwort Calpurnia nicht enttäuschte, dass sie vielmehr ihr Lächeln beibehielt und ihrem Sohn Aulus einen schnellen Blick zuwarf, der so viel bedeuten konnte wie »Aha! Siehst du!?«

»Ich will dich nicht lange im Ungewissen lassen ...«, fuhr Calpurnia fort. »Also ... du kannst die Schrift nicht lesen?«

»Nein.«

»Weißt du, welche Sprache und Schrift es ist?«

»Ich glaube, es ist Griechisch.«

»Gut. Du weißt, dass Griechisch eine wichtige Sprache ist?«

»Ja. Großvater hat mir viel erzählt von Griechenland ... von den großen Schauspielen der Dichter ... von den Kriegen gegen die Perser ... von Odysseus und seinen Abenteuern.«

»Das hier ist das Buch, in dem Homer die Abenteuer des Odysseus aufgeschrieben hat. Möchtest du es lesen können?«

Ohne zu zögern antwortete er: »*Cupio!* – Sehr gern!«*

»Also«, fuhr sie fort, »ich habe mit Demetrios bereits darüber gesprochen: Wenn du einverstanden bist, wird er dir zusammen mit Aulus und Calpurnia Unterricht im Griechischen erteilen. Die beiden sind dir um einiges voraus. Aber ich denke, dass du sie in Kürze eingeholt haben wirst. Wir müssen dann nur noch eine Absprache mit Pollius Valerianus treffen. Das wird Demetrios erledigen.«

Demetrios nickte eifrig und sein rechtes Auge zuckte. Nun wandte sich Calpurnia an Mutter Herennia: »Ich denke, du bist damit einverstanden, Herennia?«

Die Mutter ließ sich kaum anmerken, was sie in die-

* *Cupio* heißt wörtlich: Ich wünsche (es).

sem Augenblick bewegte. Sie sagte mit einem Nicken: »Ja. Du bist sehr gütig, Calpurnia.«

»Keineswegs! Es ist gering im Vergleich zu dem, was er…« – sie wies auf Quintus – »…getan hat.«

Damit war der offizielle Teil des Treffens beendet. Die jungen Leute durften den Raum verlassen und Demetrios begleitete sie, während die beiden Frauen allein blieben, denn Calpurnia wollte noch vieles über die derzeitigen Lebensverhältnisse der ganzen Familie wissen.

Quintus, Calpurnia und Aulus aber waren froh sich selbst überlassen zu sein und auch Demetrios hatte an seinen neuen Schüler noch einige Fragen. Er hatte zwar schon von Aulus gehört, dass Quintus schreiben und lesen könne, dass er eine ganze Menge mehr über Rom und seine Geschichte wisse als andere Jungen seines Alters, aber Demetrios wollte es genauer wissen. Quintus gab ihm Auskunft und der Lehrer fand das, was Aulus berichtet hatte, bestätigt.

Schließlich begann er nach dreimaligem Zucken des rechten Auges und plötzlichem Hochziehen der Stirnfalten: »Du wirst also regelmäßig am Unterricht teilnehmen. Eure Mütter werden sich noch über den Zeitpunkt einigen. Nun geht in den Garten oder wohin auch immer…«

Dieses »Wohin auch immer« war eine oft benutzte Redewendung, die Quintus von diesem Tage an noch oft hören sollte. Und wenn er mit Aulus und dessen Schwester allein war, pflegten sie ihren Lehrer gern nachzuäffen, ließen die Augen zucken, zogen die Stirnfalten in die Höhe und redeten Sätze, die mit »Wohin auch immer…« begannen oder endeten.

Aber so weit war es noch nicht. Zunächst musste Quintus versuchen mit Calpurnia, des Aulus Schwester, in ein kameradschaftliches Verhältnis zu kommen. Wie er schnell merkte, zeichnete sie eine ähnliche Sachlichkeit wie ihren Bruder aus; vielleicht war sie sogar noch eine Spur offener, direkter, ihrer Mutter ähnlich. Quintus freute sich unaussprechlich auf den bald beginnenden Unterricht. Dieser späte Nachmittag hatte ihm die bisher schönsten Stunden seines Lebens beschert. Sie würden ihm unvergesslich bleiben.

Es dämmerte bereits, als Herennia und Quintus sich verabschiedeten. Und dabei war es Quintus, als sei er heute nicht zum ersten Mal in diesem Hause gewesen. Seltsam, wie schnell man sich an völlig neue Lebensumstände gewöhnen konnte. Der Abschied war deshalb voller Vorfreude, denn man würde sich schon in den nächsten Tagen wieder sehen.

Unterwegs aber blieb Mutter plötzlich stehen und eröffnete Quintus eine weitere Überraschung: »Weißt du, was Calpurnia mir noch gesagt hat...?«

»Nein. Wie kann ich's wissen, Mammarion. Nun sag's schon!«

Sie schüttelte den Kopf: »Ich kann es noch nicht glauben...«

»Was denn?«

»Sie sagte, dass sie einen charakterfesten Mann mit besten Kenntnissen in der Landwirtschaft als Aufseher für eines ihrer Güter hier in Latium brauche. Der bisherige ist vor kurzem gestorben. Und es müsste ein freier Mann, wenn möglich ein römischer Bürger sein, kein Freigelassener. Und da soll ich doch mal deinen Vater fragen, ob er keine Lust hätte...«

Blitzschnell überschlug Quintus die möglichen Veränderungen, die sich daraus ergeben konnten: »Aber dann können wir doch nicht in Rom wohnen bleiben!«

»Nun denk mal nicht zuerst an dich! Zunächst müsste Vater allein hingehen, sein Vorgänger hatte keine Familie; aber vielleicht könnte er Herennia mitnehmen, sie wird erst in der Landluft ganz gesund werden. Außerdem ist sie ein richtiges Landkind.«

Später am Abend, als Quintus schon längst auf seinem Lager ruhte, hörte er Vater und Mutter noch lange leise miteinander reden. Also würde es bald eine neue Veränderung in ihrem Leben geben...

Als er am nächsten Morgen die Werkstatt von Pollius Valerianus betrat, waren die Gesellen sehr still und er spürte, dass sie seine Rache fürchteten. Doch grüßte er freundlich wie immer und wollte sich an seinen Arbeitsplatz begeben. Aber da kam Pollius mit schnellen Schritten heran und er begann: »Ah, guten Morgen ... mein lieber Quintus Cossinius Afer, ja! Es ist da noch einiges, nicht wahr, ja, also es ist da noch zu regeln, an welchen Tagen du denn nun hier ... und an welchen nicht, nicht wahr, ja... Und im Übrigen wirst du nicht mehr diese Diktate hier, also, mitmachen, sondern ich habe andere Aufgaben für dich, ja. Ich möchte, dass du von Grund auf lernst, wie ein Buch entsteht, ja. Dabei wird es sich übrigens von größter Bedeutung erweisen, dass du ja nun, hm, dass du nun die griechische Sprache und ebenso die Schrift kennen und wohl binnen kurzem, ja, beherrschen lernst. Lobenswert, sehr lobenswert! Das kann dir nur Vorteile bringen, nur Vor... Aber es ist noch kein Meister vom Himmel gefallen. Ich gehe davon aus, dass du hoffentlich der gleichen, also, Meinung bist, ja!«

»*Quidni, Magister!* – Selbstverständlich, Magister!«, beeilte sich Quintus zu sagen und es war seine Überzeugung. Er hatte noch viel, sehr viel zu lernen.

»Dann komm, ich zeige dir mein Lager vor der Stadt, ja. Du musst alles kennen lernen, alles, das Teuerste, Wertvollste wie das Geringste. Wie sagt Cicero in einer seiner glanzvollen Reden, nicht wahr: *Necessitati parendum est!* – Der Notwendigkeit muss man gehorchen!… Der Notwendigkeit, nicht wahr … gehorchen … immer…«

Und während sich die Schritte der beiden und die wohlgesetzte Rede des Pollius Valerianus entfernten, schauten sich die Gesellen verdutzt an, zwinkerten und schließlich sagte einer: »Wer hätte das gedacht!…«

Ein anderer aber winkte ab und meinte gelassen:

»Interim fit aliquid…«

ANHANG

Römische Maße und Münzen

Längenmaße
1 Fuß (*pes*) = 29,6 cm
1 Stadion = 178,6 m
1 Römische Meile (*milia passuum* = 1000 Doppelschritte) = 1,48 km

Hohlmaße
1 *culleus* = 536 Liter
1 *medimnos* = 52,4 Liter
1 *modius* (Scheffel) = 8,73 Liter

Münzen
Die Münznamen sind eigentlich Gewichtsnamen. So hat das römische **As** ein Gewicht von ursprünglich 327 g, war ein Kupferstück, dessen Wert immer mehr sank – bis auf 27,3 g.

Denar *(denarius):* entsprach ursprünglich 10 Bronze-Assen, später im Gewicht von 3,89 g.
Sesterz *(sestertius):* 2,5 Asse, kleinste römische Silbermünze.
Aureus: Goldmünze, am Ende der römischen Republik Einheit der römischen Goldprägung im Werte von 25 Denaren und 100 Sesterzen.

Die Umrechnung der Münzwerte in moderne Währungen ist sehr kompliziert und ungenau, denn die errechneten Zahlen sagen nichts über die wirkliche Kaufkraft aus. Man muss von Fall zu Fall wissen, was etwa Brot, Eier, Schuhe, Haareschneiden, Zahnziehen usw. kosteten, was für den Bau eines Hauses oder die Erhaltung einer Armee ausgegeben wurde.

Römische Tageseinteilungen

Griechen und Römer teilten die Zeit von Sonnenaufgang (Winter: 7.33, Sommer: 4.27 Uhr) bis Sonnenuntergang (Winter: 16.27, Sommer: 19.33 Uhr) in zwölf gleiche Einheiten, die mit Sonnen- und Wasseruhren gemessen wurden.

Die Nacht hatte vier Abschnitte (vigiliae = Nachtwachen). Sie begann mit Sonnenuntergang. Der Anfang der ersten Nachtwache fiel also im Sommer auf ca. 19.30 Uhr, im Frühling und Herbst auf ca. 18.00 Uhr, im Winter auf ca. 16.30 Uhr. Die zwölf Stunden des hellen Tages waren ebenfalls in vier Abschnitten zusammengefasst:

- *mane* (Frühe): von Sonnenaufgang bis Ende der 3. Stunde
- *ad meridiem* (Vormittag): bis Ende der 6. Stunde
- *de meridie* (Nachmittag): bis Ende der 9. Stunde
- *suprema* (Abend): bis Ende der 12. Stunde (= Sonnenuntergang).

Diese Tagesabschnitte wurden von den Amtsdienern der Consuln öffentlich ausgerufen. Stundenrechnung und Gebrauch von Uhren blieben das Vorrecht der Begüterten und der Stadtbevölkerung.

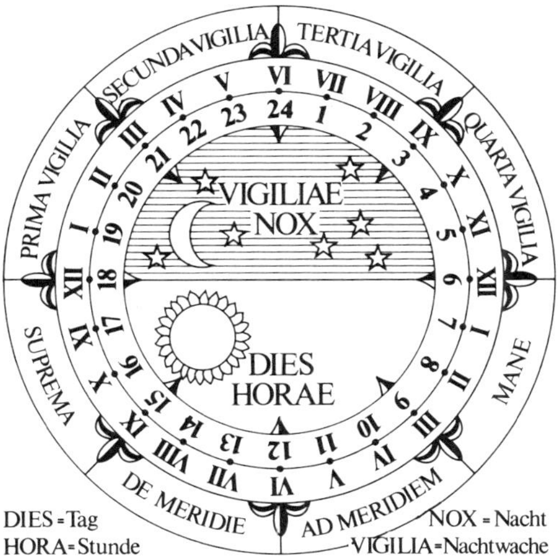

Römische Namen

Am Ende der römischen Republik konnte ein freier römischer Bürger fünf Namen besitzen. Ein Beispiel:

CN POMPEIUS CN F CLU MAGNUS
(Gnaeus wird in der Abkürzung mit C geschrieben.)

Ausgeschrieben lautet es:
GNAEUS POMPEIUS GNAEI FILIUS CLUSTUMINA MAGNUS

Das heißt: Gnaeus Pompeius, des Gnaeus Sohn, aus dem Clustuminischen Stadtviertel, (genannt) der Große

Der römische Name besteht aus drei verschiedenen Angaben, die seinen Träger unverwechselbar charakterisieren:

1. *praenomen:* Vorname, in diesem Falle GNAEUS
2. *nomen gentile:* der erbliche Geschlechtsname, unserem Familiennamen vergleichbar. Hier ist es POMPEIUS.
3. *cognomen:* der Beiname. Er kann besondere Verdienste eines Mannes nennen (wie hier MAGNUS = der Große), er bezeichnet aber auch körperliche Besonderheiten: RUFUS (der Rothaarige), NASO (der Langnasige), CRASSUS (der Fette), LONGUS (der Lange), CAECUS (der Blinde), PANSA (der Plattfuß).
   Diese *cognomina* waren erblich, so dass etwa der spindeldürre Nachfahre des CRASSUS immer noch »DER FETTE« hieß.
   Große Eroberer oder Feldherrn erhielten oft den Ehrennamen des Volkes oder Landes, das sie besiegt hatten. So hießen die SCIPIO-Familienangehörigen alle AFRICANUS, ein Enkel des Augustus durfte sich GERMANICUS nennen. Der Ehrenname wurde dann ebenso erblich wie NASO oder RUFUS.

Diese drei Namensbestandteile waren die wichtigsten. Und es fiel immer wieder auf, wenn ein Mann, der im Staat Karriere machte, nur zwei Namen besaß, wie etwa GAIUS MARIUS, der in mehreren Schlachten um 100 v. Chr. die von Norden heranstürmenden Germanen in Südgallien besiegte.

Zu diesen drei Formen können dann noch, wie in unserm obigen Beispiel, Angaben über die *tribus*, das römische Stadtviertel kommen. Pompeius stammte aus der *tribus clustumina,* dem clustuminischen »Viertel«, das freilich außerhalb der Stadt auf dem linken Tiberufer lag. Man würde hier also eher von »Gebiet der Stadt Rom« statt »Viertel« sprechen.

Schließlich gab der Bürger bei der Fixierung seines Namens den Vornamen seines Vaters an: CN F = GNAEI FILIUS, des Gnaeus Sohn.

Einer der Gründe dafür, dass die Beinamen sich häuften, lag in der geringen Zahl der Vornamen. Es gab nur diese sechzehn, die meist auch noch abgekürzt wurden:

A.	= AULUS	Mam.	= MAMERCUS
Ap.	= APPIUS	P.	= PUBLIUS
C.	= GAIUS*	Q.	= QUINTUS
Cn.	= GNAEUS*	Ser.	= SERVIUS
D.	= DECIMUS	Sex.	= SEXTUS
L.	= LUCIUS	Sp.	= SPURIUS
M.	= MARCUS	T.	= TITUS
M'.	= MANIUS (oder: MANLIUS)	Ti.	= TIBERIUS

* Die Schreibung mit C ist eine altertümliche Form, die so nur noch in den Abkürzungen auftaucht.

Frauen und Mädchen erhielten keinen besonderen Vornamen. Sie trugen immer den Geschlechtsnamen mit der Feminin-Endung -a. So hieß etwa Caesars Tochter nach seinem Geschlechtsnamen (Iulius) IULIA. In unserer Geschichte heißt die eine Schwester des Quintus HERENNIA nach dem Geschlechtsnamen der Mutter, die andere COSSINIA nach dem Namen des Vaters. Und die Schwester von Quintus' Freund Aulus heißt nach dem Geschlechtsnamen ihrer Mutter wie diese CALPURNIA.

Und so lautet also der volle Name unseres Quintus:

QUINTUS COSSINIUS GAI FILIUS AFER
also: Quintus Cossinius,
des Gaius Sohn, Afer (der Afrikaner)

Wichtige Daten der römischen Geschichte

(alle Daten vor Christus)

753	Rom der Sage nach gegründet
um 500	Beseitigung der Königsherrschaft
387	Einnahme Roms durch die Kelten
340–338	Unterwerfung Latiums
264–241	1. Punischer Krieg
241	Abtretung Siziliens an Rom
218–201	2. Punischer Krieg
217	Sieg Hannibals am Trasimenischen See
216	Schlacht bei Cannae. Vernichtende Niederlage der Römer
202	Schlacht bei Zama in Nordafrika. Niederlage Hannibals
154–133	Spanische Kriege
149–146	3. Punischer Krieg
146	Zerstörung Karthagos
133	Tiberius Gracchus Volkstribun
123/122	Gaius Gracchus Volkstribun
113	Sieg der germanischen Cimbern bei Noreia
107	Erstes Consulat des Gaius Marius
105	Sieg der Germanen über die Römer bei Arausio
105–100	Marius Consul
102	Sieg des Marius über die Teutonen bei Aquae Sextiae (= Aix-en-Provence in Südfrankreich)
101	Sieg des Marius über die Cimbern bei Vercellae
91–88	Bundesgenossenkrieg
88	Sullas Marsch auf Rom
82–79	Sulla Diktator
73–71	Sklavenkrieg des Spartacus
70	Pompeius und Crassus Consuln
64/63	Neuordnung des Ostens durch Pompeius
63	Cicero Consul
	Unterdrückung der Verschwörung des Catilina
60	Erstes Triumvirat (Caesar, Pompeius, Crassus)
59	Erstes Consulat Caesars
58–51	Eroberung Galliens durch Caesar
	Zuspitzung der Krise der Republik

Namensverzeichnis

Aesculapius (griechisch *Asklepios*): Sohn des Apollo, Gott der Heilkunde im alten Griechenland und in Rom. Sein Wahrzeichen war die Schlange. Die ihm geweihten Kultstätten auf Kos und in Epidauros (Argolis, Griechenland) wurden durch überraschende Heilungen berühmt.

Apollo: Ursprünglich eine kleinasiatische Gottheit, wurde später von den Griechen und Römern übernommen. Apollo galt als Licht- und Sonnengott, als Gott der Reinheit, Schützer des Ackerbaus, der Schiff-Fahrt, als Heil- und Sühnegott. Er war der Führer der Musen, erteilte Orakel (besonders in Delphi). Er war ein Sohn des Zeus und der Leto, ein Bruder der Artemis (Diana) und wurde besonders in Delphi und auf der Insel Delos verehrt. Apollo galt den Griechen als der Inbegriff der sittlichen Ideale. In den Vatikanischen Museen zu Rom steht die berühmteste Gestaltung des apollinischen Schönheitsideals, der sog. Apoll von Belvedere.

Caesar: Gaius Iulius Caesar, geboren 100 v. Chr., aus dem Geschlecht der Iulier, die ihren Stammbaum bis auf Aeneas zurückführten. Aeneas, Sohn der Aphrodite (römisch: Venus) führte nach dem Untergang Trojas um 1200 v. Chr. die überlebenden Trojaner in das Gebiet um Rom und soll der Stammvater der Römer sein.

Caesar gilt als größter römischer Feldherr und Staatsmann. Er entstammte einem uralten, freilich verarmten Adelsgeschlecht, wandte sich aber schon früh der Volkspartei zu. Er durchlief alle vorgeschriebenen römischen Ämter vor dem Consulat und wurde 59 zusammen mit dem konservativen Bibulus Consul. Das alte politische System der römischen *res publica,* der Republik, war am Ende. Die großen Feldherrn konnten auf Grund ihrer Befehlsgewalt über die auswärts kämpfenden Legionen Senat und Volksversammlung ignorieren. Im Innern herrschten damals über Jahre hinweg Terror und Chaos. Skrupellose Männer wie Catilina versuchten die Regierung zu stürzen, scheiterten aber am wachen Mut von Politikern wie z. B. Cicero, der die »Verschwörung des Catilina« 63 als

Consul niederschlug. Im Winter 59/58 schloss Caesar mit dem reichen Crassus und dem aus dem Osten zurückgekehrten Pompeius, den damals mächtigsten Männern, ein Abkommen, das Erste Triumvirat (Dreimännerbund), das den Dreien die Leitung des römischen Staates für einige Jahre sicherte.

Nach seinem Consulatsjahr erhielt Caesar die Statthalterschaft in Dalmatien, Gallia Cisalpina (Diesseitiges Gallien, Poebene) und Gallia Narbonensis (nach der in der Languedoc-Ebene gelegenen Hauptstadt Narbo, heute Narbonne). In blutigen Kämpfen unterwarf und eroberte er von 58–51 das ganze Gallien bis an den Rhein und die Küsten. Das Triumvirat löste sich 53 durch den Tod des Crassus. Nun wurden Pompeius und der Senat Gegner Caesars. Man versuchte seine Ablösung als Statthalter, was seiner völligen Entmachtung gleichgekommen wäre. Caesar kam dem zuvor und überschritt im Januar 49 den Grenzfluss Rubicon, der seine Provinz Gallia Cisalpina vom übrigen Italien trennte. Er stieß nach Rom vor, vertrieb Pompeius, eroberte Spanien, landete in Epirus (Albanien), schlug Pompeius am 9.8.48 bei Pharsalos und verfolgte ihn nach Ägypten. In den ägyptischen Thronstreit griff er zu Gunsten der jungen Kleopatra ein und stellte das Land unter ihre Oberherrschaft. Seine letzten Gegner schlug er 46 in Afrika (Thapsos) und 45 in Spanien (Munda). Seitdem war er Imperator und Diktator auf Lebenszeit.

45 v. Chr. adoptierte er Gaius Octavius, den Enkel seiner Schwester Iulia und späteren Kaiser (Caesar) Augustus. Am 15.3.44, an den Iden des März, wurde Caesar während einer Senatssitzung das Opfer einer Verschwörung von rund 60 Republikanern unter der Führung des Marcus Iunius Brutus. Er wurde mit 23 Stichen erdolcht. Berühmt ist Caesars Ausspruch *»tu quoque fili«* (»auch du, mein Sohn«), als ihm Brutus den Dolch in den Leib stieß.

Caesar war ein bedeutender Redner und Schriftsteller. Seine Werke über den Krieg in Gallien (*›De bello Gallico‹*, das heute zur Schullektüre gehört) und den Bürgerkrieg (*›De bello civili‹*) sind erhalten, außerdem einige Briefe. In jungen Jahren hat er auch Theaterstücke geschrieben, später ein Buch über die römische Sprache.

Castor und Pollux: Die Dioskuren (griechisch: *dios kuroi* = Söhne des Zeus) Kastor und Polydeukes (lateinisch: Castor und Pollux) waren der Sage nach aus einem Ei entstanden, das Leda gebar. Sie waren Brüder der Helena, die den Trojanischen Krieg auslöste, und zeichneten sich durch viele Heldentaten aus, Castor besonders als Rossebändiger, Pollux als Faustkämpfer. Unter anderm befreiten sie die von Theseus geraubte Helena, nahmen am Argonautenzug teil und bekriegten mit Herakles die Amazonen. Man verehrte die Dioskuren als ritterliche Helfer in allen Nöten und besonders als Schutzherren der Seefahrer, denen sie als Zwillingsgestirn *(gemini)* den Weg zeigten und durch elektrische Fünkchen an den höchsten Spitzen der Masten, das sog. Elmsfeuer, ihre hilfreiche Nähe bekundeten. In Rom besaßen sie einen dem Castor geweihten Tempel am Forum. Das Christentum verdrängte den Kult nicht, er lebte in dem der Apostel Johannes und Philippus weiter.

Cato d. Ä.: Im Unterschied zu seinem Urenkel gleichen Namens (dem kompromisslosen Gegner Caesars) nennt man ihn Marcus Porcius Cato den Älteren. Er war römischer Staatsmann (geboren 234 v. Chr. in Tusculum südlich von Rom, gestorben 149 v. Chr.), erreichte 195 das Consulat, war danach Statthalter in Sardinien und Spanien. Cato war Anhänger der altrömischen Sittenstrenge (*mos maiorum* = Sitte der Väter) und Einfachheit und ein unversöhnlicher Gegner Karthagos, für dessen endgültige Niederringung er sich bis zum 3. Punischen Krieg einsetzte. So pflegte er jede Rede vor dem Senat oder der Volksversammlung mit dem stereotypen Satz zu beenden: »*Ceterum censeo Carthaginem esse delendam.*« Das heißt: »Im Übrigen bin ich der Meinung, dass Karthago zerstört werden muss.«
Von seinen Schriften sind erhalten das Buch über die römische Gutswirtschaft ›*De agri cultura*‹ (›Über die Bebauung des Ackers‹), außerdem Bruchstücke aus seiner Geschichte von Rom und Italien sowie Briefe an seinen Sohn.

Cicero: Marcus Tullius Cicero, römischer Staatsmann und Redner; geboren 106 v. Chr. bei Arpinum, gestorben (ermordet) 43 auf seinem Gut bei Formiae. Als Consul vereitelte er 63 v. Chr. den Staatsstreich des Catilina, wurde aber 59 von seinen Gegnern in die Verbannung getrieben. Zwei Jahre später rief man ihn zurück und schickte ihn als Statthalter nach Cilicia (im Südwesten der heutigen Türkei). Im Bürgerkrieg zwischen Pompeius und Caesar entschied er sich für Pompeius, erlangte aber später die Gunst Caesars. Nach dessen Ermordung wurde Cicero Führer der Senatspartei, aber in den Wirren dieser Monate wurde er auf Betreiben des Marcus Antonius nach Bildung des Zweiten Triumvirats (Antonius – Octavianus – Lepidus) geächtet und ermordet.

Cicero war der bedeutendste römische Redner und Briefeschreiber. Fast alle seine Briefe haben wir noch, so dass man manchmal das Geschehen in Rom von Woche zu Woche, ja von Tag zu Tag verfolgen kann. Sein Einfluss auf das abendländische Denken ist kaum zu überschätzen. Er wirkte vor allem durch seine reine Menschlichkeit, die in seinen Schriften zum Ausdruck kommt, und durch die Vorbildlichkeit seines lateinischen Stils. Seine Schriften wurden und werden immer wieder neu aufgelegt. Zu seinen bekanntesten zählen *›De oratore‹* (›Der Redner‹), *›De re publica‹* (›Der Staat‹) und *›De legibus‹* (›Die Gesetze‹).

Hercules: Der griechische Herakles war ein Sohn des Zeus und der Alkmene. Er war mit übermenschlichen Kräften begabt und musste im Auftrag des Königs Eurystheus zwölf Arbeiten verrichten: Reinigung des Augiasstalls, Kampf mit der Hydra und dem Riesen Antäus, Erbeutung der Äpfel der Hesperiden, Entführung des Höllenhundes Cerberos aus der Unterwelt u. a. Er starb an einem Hemd, das mit dem giftigen Blut des Zentauren Nessus getränkt war.

Ianus: Der Gott des römischen Tores, des Ein- und Ausgangs, des Hauses, der Zeit und des Jahresanfangs (daher: *Ianuarius* = Januar). Er wurde immer doppelgesichtig dargestellt, da er zurück- und vorausblickt. Das Wort *ianus* bedeutet »gedeckter Gang«. Der berühmteste *ianus* war der *ianus Quirinus,* der vom Forum zum Argiletum führte. Seine Tore waren in Friedenszeiten geschlossen, in Kriegszeiten offen (Ianus-Pforte).

Iuno: Ursprünglich eine altitalische Mondgöttin und Stadtgöttin der Etrusker, später der griechischen Hera gleichgesetzt und Gattin des Iupiter. In der Frühzeit bezeichnete Iuno die göttliche Kraft, die man sich in der Fruchtbarkeit der Frau wirksam dachte. Jede Frau hatte so ihre eigene Iuno (wie der Mann seinen *genius*). Der Iuno Moneta (der »Mahnerin«) war auf der Arx (dem Nebenhügel des Capitolberges) ein Tempel geweiht. In

Rom hatte sie aber weitere Tempel, so auf dem Aventin und in der Nähe der Subura.
In ihrem Beinamen Lucina kommt noch ihre uralte Funktion als Mondgöttin zum Ausdruck (*lux* = Licht, *lucina* = »die Leuchtende«). Innerhalb der einzelnen Monate des altrömischen Kalenders waren Iupiter und Iuno als herrschende Mächte des lichten Himmels die bestimmenden Gottheiten. Dem Iupiter waren alle Iden heilig, d. h. die Tage des Vollmonds, welche immer in die Mitte des Monats fielen; sie teilten den Monat und der Herr und Gott des Lichtes *(dies pater)* offenbarte sich den Tag und die Nacht hindurch in lichter Klarheit. Der Iuno dagegen waren alle Kalenden, die Monatsanfänge, heilig und somit alle Tage, an denen nach der Verborgenheit des Neumonds die Mondsichel zuerst wieder am Himmel erschien. So ist der Kult der Iuno Lucina älter als der der Iuno Moneta auf der Arx.
Der Name Iuno Sororia (»Schwesterliche Iuno«) leitet sich aus der alten Sage ab, die in diesem Buch erzählt wird (Seite 165): Der Schwestermord musste durch das Beugen unter das hölzerne Joch gesühnt werden. Ihr Fest war an den Kalenden des Oktober (1. Okt.), die wie alle übrigen Kalenden der Göttin heilig waren.

Iupiter (Iuppiter): Er war ursprünglich eine altitalische Himmelsgottheit, der Herr des Lichtes (*dies* = Licht, Tag, davon blieb verkürzt: *iu-piter, iu-pater, pater* = Vater, also: Vater des Lichtes), des Blitzes und des Donners, und wurde auf den Höhen der Berge verehrt. Als *Optimus Maximus,* »Bester und Größter«, wurde er zum Staats- und Reichsgott der Römer, die ihn schließlich dem griechischen Zeus gleichsetzten. Sein Tempel stand in Rom auf dem Capitolshügel. (Siehe auch Iuno)

Mercurius: Römischer Gott des Handels, der Wege, des Verkehrs, der Kaufleute – und der Diebe. Man stellte ihn dem griechischen Hermes, dem Götterboten, gleich und dachte ihn sich mit Flügeln an Helm und Schuhen, in der Hand den Schlangenstab.

Mithridates VI., König von Pontos, einem Land im Norden der heutigen Türkei. 132 v. Chr. geboren, kam er 111 v. Chr. an die Regierung und wurde im Laufe der nächsten Jahrzehnte der gefährlichste Gegner der Römer im Osten des Mittelmeers. Systematisch breitete er seine Herrschaft am Schwarzen Meer aus und eroberte die Länder Kleinasiens (das die Römer Asia nannten). Dabei stieß er zwangsläufig mit den römischen Interessen zusammen, gegen die er sich durch ein Bündnis mit seinem Schwiegersohn Tigranes (von Armenien) verbündete. Der Kampf begann mit der sogenannten »Vesper von Ephesos« an der Westküste Kleinasiens (88 v. Chr.), wo er an einem Tage 80000 bis 150000 Italiker, darunter Tausende von Römern, ermorden ließ. Er setzte nach Griechenland über, das ihn freundlich begrüßte. Sein Feldherr wurde jedoch 86 bei Chaironeia (Thessalien) geschlagen. Im Frieden von 85 v. Chr. gab er Kleinasien wieder heraus. Später eroberte er es wieder, wurde aber von dem römischen Feldherrn Lucullus eingeschlossen und floh zu Tigranes. 69 kehrte er in sein Reich zurück und schlug 67 erneut die Römer bei Zela (heute Zila im Norden der Türkei). Schließlich wurde er 66 von Pompeius endgültig besiegt, gab aber den Kampf immer noch nicht auf und plante sogar noch einen Zug gegen Italien. Als sich 63 sein Sohn Pharnakes gegen ihn empörte, verzweifelte er und ließ sich, als Gift versagte, von einem seiner Soldaten niederstechen. Sein Sohn erhielt die Länder auf der Krim unter römischer Oberhoheit zurück.

Pluto: Griechisch-römischer Gott der Unterwelt, auch Hades, »der Unsichtbare«, genannt, Sohn des Kronos und der Rhea, Bruder des Zeus, Gemahl der Persephone. Da ihm die Schätze der Erde zugänglich sind (Gold, Silber Edelsteine), galt er auch als Gott des Reichtums. So nannte und nennt man auch heute noch die Herrschaft einer Gruppe von Reichen eine Plutokratie. Wenn man seine Meinung besonders gewichtig machen wollte, sagte man: »Beim Pluto!«

Pompeius: Gnaeus Pompeius Magnus, römischer Feldherr und Politiker, lebte von 106 bis 48 v. Chr. Er erwarb sich Kriegsruhm durch seine Siege über die Anhänger des Marius in Sizilien, Afrika und Spanien (dort gegen Sertorius) und über die aufständischen Sklaven unter Spartacus (71 v. Chr.). Außerdem kämpfte er erfolgreich gegen die Seeräuber (67 v. Chr.) und gegen Mithridates (66–63), siehe dort. Ab 60 führte er gemeinsam mit Caesar und Crassus im sog. Ersten Triumvirat die Staatsgeschäfte, wurde aber nach der verlorenen Schlacht bei Pharsalos 48 von Caesar ausgeschaltet und auf seiner Flucht nach Ägypten dort ermordet.

Saturnus: Altitalischer Saat- und Erntegott, in späterer Zeit dem Kronos (Vorgänger des Zeus/Iupiter) gleichgesetzt. Sein Tempel auf dem Forum Romanum war einer der ältesten Roms (515

v. Chr. durch den letzten Tarquinier erbaut). In seinen Kellergewölben wurde der römische Staatsschatz aufbewahrt.
Sein Fest waren die Saturnalien, in Rom am 17. Dezember beginnend. Dann herrschte ausgelassenes, geselliges Treiben nach Art unseres Faschings. Sklaven spielten die Herren, Herren die Diener.

Spartacus: Im Frühjahr 73 v. Chr. brach der Thraker Spartacus zusammen mit 200 anderen Gladiatoren aus der Fechterschule des Lentulus Vatia in Capua aus. Ihm schlossen sich schnell Tausende von geschundenen Ackerknechten aus den Latifundien (Großgütern) an. Binnen kurzem hatte Spartacus ein großes Heer beisammen und besetzte den Vesuv. Er schlug zahlreiche gegen ihn ausgesandte römische Heere und drang bis zum Fuße der Alpen vor, wo sich ihm die dortigen Gallier anschlossen. Vielleicht wollte er die Sklaven in seine thrakische Heimat führen. Aber die disziplinlosen Horden zwangen ihn zur Umkehr nach Italien. Er kehrte in den Süden zurück. Marcus Licinius Crassus, der reichste Römer seiner Zeit (vgl. Caesar), stellte auf eigene Kosten ein Heer auf und schlug die Sklavenarmee 71 bei Petelia, nahe Kroton. Spartacus fiel in der Schlacht. Die überlebenden und gefangenen Sklaven ließ Crassus entlang der Via Appia kreuzigen. Es sollen einige Tausende gewesen sein. Das Andenken an Spartacus lebt in der europäischen Literatur, aber auch in den politischen Kämpfen bis in die Gegenwart weiter.

Tarquinius Superbus: der letzte (7.) etruskische König von Rom. Seine Regierung wurde in der römischen Überlieferung als herrisch dargestellt, daher der Beiname *Superbus,* »der Stolze«. Grund seines Sturzes war der Frevel seines Sohnes an Lucretia, der Frau seines Vetters Tarquinius Collatinus. Die Römer vertrieben auf Veranlassung des Iunius Brutus (eines Urahnen des Caesar-Mörders Iunius Brutus) die Tarquinier aus Rom. Sie gingen nach Caere und versuchten mehrmals, freilich erfolglos, die Herrschaft zurückzugewinnen. Die Römer richteten nach ihrer Vertreibung die Republik ein.
In dieser sagenhaften Überlieferung steckt ein historischer Kern der römischen Frühgeschichte, der sich aber kaum mehr herausschälen lässt. Sicher ist nur, dass im 6. Jahrhundert v. Chr. etruskische Adlige in Rom herrschten und dort etruskisches Wesen (Kultur, Religion, Technik, Architektur) einführten.

Vesta: Göttin des römischen Herdfeuers. In ihrem runden Heiligtum auf dem Forum Romanum unterhielten die Vestalinnen ein ewiges Feuer. Die jungfräulichen Priesterinnen wurden zwischen dem 6. und 10. Lebensjahr zum Tempeldienst bestimmt. Sie konnten ihn erst nach 30 Jahren wieder verlassen, durften dann aber heiraten und eine Familie gründen – was freilich sehr selten vorgekommen ist. Sie mussten 10 Jahre lernen, 10 Jahre den Kult betreuen, 10 Jahre den Nachwuchs lehren.

Worterklärungen

Capitol: Capitolinus, der Burgberg Roms. Der Name bedeutet so viel wie Hauptberg (*caput* = Haupt, Kopf). Das Capitol hat zwei Kuppen und zwischen beiden einen Sattel. Auf der nördlichen, der *arx* (Burg), stand der Tempel der Iuno Moneta, auf der südlichen, dem Capitolium, der des Iupiter Capitolinus. An den Ostabhang, zum Forum Romanum hin, lehnt sich das einzige noch gut erhaltene antike Gebäude des Capitols, das Tabularium (Staatsarchiv). Von den Tempeln auf der Höhe ist nichts mehr außer einigen Grundmauern erhalten. Seit 1145 liegt auf dem Capitolium die römische Stadtverwaltung und auf den Fundamenten des Iuno-Tempels erbaute man die Kirche S. Maria in Ara Coeli. Die Stätte blieb also geheiligt und ist es bis heute.

Carthago: Die Stadt, deren Namen »Neue Stadt« bedeutet, wurde um 800 v. Chr. von der phönikischen Stadt Tyros aus gegründet. Von Anfang an bestimmten die führenden Handelshäuser (ähnlich wie später in Venedig) die Politik der Stadt (= Plutokratie, vgl. Pluto). Dabei kam es immer wieder zu Machtkämpfen zwischen einzelnen einflussreichen Familien. Als im 3. Jahrhundert v. Chr. die Römer das machtpolitische Erbe der Griechen in Süditalien und Sizilien antraten, kam es zum Zusammenstoß mit Carthago. In drei furchtbaren Kriegen wurde Carthago niedergerungen und sein Gebiet dem Imperium einverleibt. Sein größter Feldherr war im 2. Punischen Krieg Hannibal, der fast zwei Jahrzehnte lang Italien heimsuchte. Von Caesar wurde Carthago neu gegründet. Es entwickelte sich schnell wieder zu einer wichtigen und reichen Handelsstadt, freilich nun ohne eigenes Staatsgebiet, im Rahmen der von Rom gegebenen Bestimmungen.

Circus Flaminius: Der Flaminische Circus war kleiner als der Circus Maximus und diente als Austragungsort der Plebejischen Spiele (*ludi plebeii,* siehe unter Spiele). C. Flaminius Nepos hatte ihn 221 v. Chr. auf dem Marsfeld bauen lassen. Heute befindet sich dort die Piazza Navona.

Circus Maximus: Der größte Circus Roms, Schauplatz der Circensischen Spiele (*ludi circenses,* siehe unter Spiele), zuerst nur als

Pferde- und Wagenrennen, später auch als Gladiatorenkämpfe und Tierhetzen. Der Circus Maximus fasste nach einer Erweiterung 385 000 Zuschauer.

Etrusker: lateinisch *Tusci*, griechisch *Tyrsenoi* (daher Tyrrhenisches Meer), etruskisch *Rasenna*, das einzige nicht-indogermanische Volk Italiens. (Indogermanisch nennt man eine Bevölkerungsgruppe, deren Sprachen miteinander verwandt sind und deren Ausdehnung bis nach Indien reicht. Man nimmt an, dass es eine Ursprache gegeben hat, von der die Einzelsprachen abstammen.) Die Etrusker stammten wahrscheinlich aus Kleinasien. Sie besetzten 1000 v. Chr. die Küste Mittelitaliens und drangen landeinwärts vor, im Norden bis an den Alpenrand, im Süden bis nach Campanien. Sie trieben ausgedehnten Seehandel und waren gefürchtete Seeräuber. Sie bildeten keine politische Einheit, sondern einen losen Bund von Stadtgemeinden, die seit dem 8. Jahrhundert von Adligen regiert wurden. Zu ihm gehörte zeitweise auch das frühe Rom. Etwa 510 v. Chr. schüttelte Rom die etruskische Herrschaft ab, wurde Republik und regierte sich selbständig. Roms Aufstieg in Mittelitalien machte der etruskischen Vormachtstellung ein Ende. Um 260 v. Chr. waren die Etrusker bereits von Rom unterworfen.

Bedeutsam war ihr Beitrag zur römischen Kultur. Die Römer übernahmen von ihnen religiöse Vorstellungen (Dämonenfurcht, Wahrsagekunst und Vorzeichenwesen wie Leber- und Vogelschau), das Staatszeremoniell (Lictoren, Triumph), die Gladiatorenkämpfe, medizinische und astronomische Kenntnisse, den Bau fester Straßen und der Kanalisationsanlagen (*Cloaca Maxima*, der große Abwasserkanal in Rom), den Gewölbebau u. a. Auch die vollendete Bronzegusstechnik (Capitolinische Wölfin) kam von etruskischen Bildhauern. Die etruskische Schrift ist zwar entziffert, aber bis heute nicht enträtselt.

Forum Romanum: Der römische Marktplatz zwischen Capitol und Palatin, seit den ältesten Tagen durch öffentliche Bauten, Tempel, Gerichtsgebäude und Denkmäler zu einem Mittelpunkt römischen Lebens gestaltet.

Gallier: Das keltische Volk im Gebiet des heutigen Frankreich, im Osten bis an den Rhein. (Siehe auch unter Kelten.)

Getreideversorgung: Die *cura annonae* bestand darin, dass der Staat für das Vorhandensein des Getreides als des wichtigsten

Grundnahrungsmittels, besonders des Weizens, und zwar in genügender Menge und zu erschwinglichen Preisen, Sorge trug. Im Falle einer Hungersnot wurde im Auftrag des Staates in der näheren oder weiteren Umgebung Getreide aufgekauft. Mit dem Anwachsen der Bevölkerung wurden die Provinzen, besonders Sizilien und Sardinien, später Ägypten, für die Einfuhr herangezogen.

Bis zur Zeit der Gracchen (120 v. Chr.) beschränkte sich der Staat auf die Einhaltung eines mäßigen Marktpreises. Seit den Gracchen wurde das Getreide entweder weit unter dem Marktpreis verkauft oder kostenlos an römische Bürger abgegeben. Bedingungen waren: 1. Nachweis des Bürgerrechts in den Listen, 2. Ansässigkeit in Rom. Das Getreide diente auch als zugkräftiges Propagandamittel bei den Wahlen. Zuständig für die Verteilung waren die Aedilen. Sie hatten die Aufsicht über den Getreidemarkt und regelten den Marktpreis. Im Jahre 57 erhielt Pompeius für fünf Jahre die *cura annonae*. Später war es eine der wichtigsten Pflichten der Kaiser, für das Vorhandensein des Brotgetreides zu sorgen. Darum sagte man, das Volk brauche *»panem et circenses«*, Brot und Spiele.

Gladiatoren: Schwertkämpfer in der Arena, von *gladius* = Schwert. Ursprünglich war dies ein Brauch der Etrusker. Erste Gladiatorenkämpfe gab es in Rom 264 v. Chr. Die Gladiatoren wurden aus der Masse der Kriegsgefangenen ausgesucht, später verwandte man auch Sklaven dazu, die in besonderen Gladiatorenschulen (vgl. Spartacus) herangebildet wurden.

Kelten: So nennt man eine große indogermanische Völkergruppe, die sich im 6. Jahrhundert v. Chr. aus Mitteleuropa nach Westen und Süden ausdehnte. Im 4. Jahrhundert fielen Kelten in Oberitalien ein und brandschatzten Rom. Andere Gruppen stießen nach Spanien und Britannien vor und wurden dort sesshaft. Um 280 gab es sogar einen Vorstoß bis nach Griechenland und Kleinasien (Galater). Der größte Teil blieb aber im Gebiet des heutigen Frankreich sitzen und wurde 58—51 von Caesar dem Römischen Imperium einverleibt. Schon hundert Jahre später war Gallien die blühendste und reichste Provinz des Reiches.

Latifundium: Das Wort bedeutet »großer Grundbesitz«. Damit sind jene riesigen Großgüter gemeint, die sich seit den Kriegen gegen Carthago überall in Italien finden. Der Grund liegt darin, dass Hunderte, ja Tausende kleinerer Bauern, wenn sie im Kriege ihrer Wehrpflicht genügen mussten, ihr Land nicht bestellen konnten und schnell verarmten, denn sie hatten keine Ersparnisse (Kapital). Also machten sie Schulden um ihre Höfe wieder hochzubringen. Das gelang nicht und reiche Senatoren und Ritter kauften das Land auf. Dann beschäftigten sie Sklaven als Ackerknechte. Dadurch konnten sie billiger produzieren als die noch vorhandenen Bauern. Ein erneutes Bauernsterben setzte ein. Dadurch kam es immer wieder zu großen Unruhen im 1. Jahrhundert v. Chr. in Italien. Caesar griff schließlich tatkräftig ein und vergab Staatsland kostenlos an Bauern. Aber auf Dauer blieb der landwirtschaftliche Großbetrieb in Italien die vorherrschende Form – bis in unsere Zeit.

Legat: Der Unterfeldherr, der, vom Senat ernannt, vom Oberfeldherrn (z. B. Caesar in Gallien) seinen Wirkungskreis angewiesen bekam und ihm als Amtsgehilfe und Stellvertreter besonders nahe stand. Meist befehligte er eine oder zwei Legionen (1 Legion: etwa 6000 Mann).

Lictoren: Niedere Beamte. Sie trugen den Consuln, Praetoren, dem Curulischen Aedil oder dem Dictator die in Rutenbündeln steckenden Beile voraus, als Zeichen dafür, dass der Beamte mit den Ruten schlagen und mit den Beilen enthaupten lassen konnte.

Ritter: Equites, Ritter, nannte man in Rom die Angehörigen des Geldadels. Der Name bedeutet ursprünglich, dass ein *eques* (Reiter) reich genug war sich ein Pferd und die dazugehörige Rüstung anschaffen zu können. Da ein Senator keine Geldgeschäfte betreiben durfte – er legte sein Geld am liebsten in Land- und Hausbesitz an –, entwickelte sich der Ritterstand zu einer mächtigen Gruppe zwischen Amtsadel und Volk. Die Ritter waren durch einen schmalen Purpurstreifen an ihrer Toga ausgezeichnet, während Senatoren einen breiten trugen. Seit Kaiser Augustus rückten die Ritter zunehmend in die Offiziersränge der Armee ein und waren in der Verwaltung des Riesenreiches tätig. Um Ritter zu werden musste man nachweisen, dass man im Besitz von mindestens 400 000 Sesterzen baren Geldes war. Die Summe lässt sich sehr schwer in unsere Währung umrechnen.

Doch dürfte es sich um mindestens eine Million DM gehandelt haben.

Rom: Roma war Mittelpunkt und Wiege des Römischen Reiches, des *Imperium Romanum.* Es war hervorgegangen aus einer um 1000 v. Chr. in der Nähe des Flussübergangs der alten Salzstraße *(Via Salaria)* auf dem Palatin errichteten Ursiedlung. Der Sage nach gründete Romulus, der wie sein Zwillingsbruder Remus ein Sohn des Kriegsgottes Mars war, die Stadt Rom um 753 v. Chr. Der Name der Stadt, Roma, ist etruskischen Ursprungs (siehe auch unter Etrusker). Bis zum Jahre 500 v. Chr. erweiterte sich die Siedlung zur Siebenhügelstadt (*septimontium: septem* = sieben, *mons* = Hügel). Die Hügel hießen (und heißen noch heute): Aventinus, Caelius, Palatinus, Esquilinus, Cispius, Viminalis, Quirinalis.

Rom lag im Schnittpunkt uralter Straßen (»Alle Straßen führen nach Rom«). Sie hatten bestimmte Namen. Dagegen hatten die innerstädtischen Gassen und Straßen nicht alle Namen. Es gab auch keine Hausnummern und abends keine Straßenbeleuchtung. So war es für einen Fremden oft sehr schwierig sich in dem Gewirr der engen Gassen zurechtzufinden, wenn er jemanden besuchen wollte.

9 Brücken (lat.: *pons*) führten über den Tiber. Auch sie hatten Namen. Von Norden nach Süden: Pons Mulvius, Pons Aelius (heutige Engelsbrücke), Pons Neronianus (von Nero erbaut), Pons Agrippae (beim Marsfeld, nicht mehr vorhanden), Pons Aurelius (von Caracalla erbaut), Pons Fabricius (zur Tiberinsel) und Pons Cestius (vom linken Tiberufer zur Insel gebaut), Pons Aemilius (heute Ponte Rotto unterhalb der Insel), Pons Sublicius (die älteste Brücke Roms) beim Viehmarkt (Forum Boarium), Pons Theodosius (auf der Höhe des Aventin, ohne Nachfolgebau).

Zahlreiche Tempel, auch die fremder Gottheiten, waren über Rom verstreut. Als Rom mächtiger und reich wurde, baute man sie in teurem Marmor neu. Heute sind noch die Reste von über 60 Heiligtümern erhalten, die bedeutendsten davon die Tempel der Dioskuren (vgl. Castor und Pollux), des Saturn (siehe dort), des Kaisers Vespasian, des Kaisers Antoninus Pius, der Venus und Roma am Forum, der Venus Genetrix (*genetrix* = Schöpferin, Mutter des Iulischen Adelshauses, von Caesar in Auftrag gegeben) und des Mars Ultor (Mars = Kriegsgott, *ultor* = der Rächer). Schließlich aber das unvergleichliche Pantheon (*pantheon* = für alle Götter), dessen Kuppel Vorbild für die Kuppel des Petersdoms wurde.

Man muss, wenn man sich in einem heutigen Geschichtsatlas einen Stadtplan des antiken Rom anschaut, immer aufpassen, welche der eingezeichneten Gebäude schon zur Zeit Caesars – also etwa zur Zeit unserer Geschichte – oder später errichtet worden sind. Vom republikanischen Rom ist naturgemäß nicht so viel erhalten geblieben wie vom kaiserlichen Rom, weil z. B. die alte republikanische Stadtmauer bis auf Reste abgerissen und der gesamte Palatin später von kaiserlichen Palastbauten überzogen wurde. Aber im Kern zeigt noch die heutige Altstadt Roms den Straßenverlauf der antiken Metropole.

Die Bevölkerung Roms dürfte im 1. Jahrhundert v. Chr. bei 700 000 Menschen gelegen haben, die im folgenden bis auf 1 280 000 anstieg. Reiche Römer stifteten der Bevölkerung große parkähnliche Gärten, wie z. B. Caesar, Sallust, Lucullus, Maecenas. Und Wasser gab es im Überfluss. Man hat errechnet, dass Rom besser mit frischem Wasser aus den umliegenden Gebirgen versorgt worden ist als das heutige München.

Sklaven: Die Sklaverei war die Grundlage der antiken Wirtschaft. Sie bedeutete die völlige Abhängigkeit und Dienstuntertänigkeit eines Menschen unter einen andern. Dem Gesetz nach war der Sklave eine Sache, konnte gekauft oder verkauft werden wie eine Ware. Neben einzelnen Menschen wurden ganze Gruppen, Stadtbevölkerungen und Stämme mit Frauen und Kindern versklavt (z. B. durch Caesar in Gallien). Allerdings war in Rom die Behandlung der Sklaven gesetzlich geregelt und, verglichen mit anderen Völkern der Zeit, gemildert. Ein Sklave wurde in die Familie seines Herrn aufgenommen, er fand Verwendung als Erzieher und Lehrer der Kinder, als Sekretär, Hausmeister, bedienendes Personal usw. Unter den späteren Kaisern, z. B. Claudius, Nero, Domitian, konnten Sklaven bis in den Ministerrang aufrücken, wurden dann meist auch freigelassen. Der Freigelassene *(libertus)* erhielt freilich nicht das volle römische Bürgerrecht. Erst seine frei geborenen Kinder bekamen es und wurden Vollbürger.

Spiele: So nannten die Römer Veranstaltungen im Circus oder im

Amphitheater. Zu verschiedenen Anlässen gab es besondere Spiele:

Ludi Romani oder *Magni:* Sie waren die »Großen« *(Magni)* zu Ehren des Iupiter Optimus Maximus. Sie wurden seit 366 v. Chr. in jedem Jahre durchgeführt. Verantwortlich war ein Curulischer Aedil. Schauplatz war immer der Circus Maximus (siehe dort). Zunächst dauerten sie vier Tage, seit Augustus 16 Tage (vom 4. bis 19. September). Die Römischen Spiele umfassten Wagenrennen und Pferderennen. Später kamen Ringkämpfe und szenische Spiele dazu.

Ludi Plebeii: Die Plebejischen Spiele, die ebenfalls zu Ehren Iupiters gefeiert wurden, fanden vom 4. bis zum 17. November statt. Auch sie waren Circusspiele, an denen auch eine *probatio equorum* (Prüfung der Pferde) stattfand. Einleitend gab es eine feierliche Prozession, die *pompa circensis.* Die Plebejischen Spiele hatten immer den Circus Flaminius als Austragungsort (siehe dort).

Außerdem gab es noch die *Ludi Apollinares* zu Ehren Apolls (13. Juli), die *Ludi Augustales* zu Ehren des Kaisers Augustus (Oktober), die *Ludi Florales* zu Ehren der Göttin Flora (28. April bis 4. Mai), die *Ludi Megalenses,* Spiele zu Ehren der *Magna Mater Kybele* (der Großen Mutter Kybele) im April, und noch mehrere kleinere Veranstaltungen.

Man muss dabei berücksichtigen, dass der römische Bürger nicht wie der moderne Europäer eine Fünftagewoche hatte und anschließend zwei freie Tage (Samstag und Sonntag). An vielen der Spieltage war jegliche Arbeit verboten, an anderen waren bestimmte Tätigkeiten eingeschränkt.

Triumvirat: Dreimännerbund, vgl. Caesar und Pompeius.

Verfassung der römischen Republik:

Nach der Abschaffung des Königtums stand an der Spitze des Staates der oberste Jahresbeamte *(praetor maximus)* als Inhaber des Imperiums (der Amtsgewalt über Leben und Tod), später die beiden Consuln.

Der *Senat* (anfangs 300, später 600 Mitglieder) bestand aus den Häuptern der adligen Geschlechter (*patres* = Väter) und den ehemaligen Consularbeamten (*consulares* = ehemalige Consuln). Er beriet die hohen Staatsbeamten (magistratus) durch ein *senatus consultum* (Senatsbeschluss). Zu seinen weiteren Aufgaben zähl-

ten: Zustimmung zu Volksbeschlüssen, Verhandlungen mit auswärtigen Regierungen, Finanzhoheit, Verfügungsgewalt über alle Einnahmen und Ausgaben des Staates, Gerichtsbarkeit über die in Italien begangenen Verbrechen, diplomatischer Verkehr mit auswärtigen Fürsten und Regierungen.
Die *Volksversammlungen* – die nach besonderen Zuständigkeiten unterschieden waren – entschieden über Krieg und Frieden, wählten die obersten Staatsbeamten, beschlossen Gesetze und konnten Strafen über Bürger verhängen.
Consuln: Ihnen oblag die Kriegführung, das Finanzwesen, die Gerichtsbarkeit. In Notzeiten oder bei Versagen der Consuln konnte ein *dictator* ernannt werden, der allein ein halbes Jahr lang uneingeschränkt regieren konnte. Dann hatte er sein Amt niederzulegen. Er ernannte sich mit dem Reiteroberst *(magister equitum)* einen Gehilfen und Stellvertreter.
Praetoren: Sie übten vor allem richterliche Funktionen aus. Einer war zuständig für Prozesse unter römischen Bürgern (*praetor urbanus* = städtischer Praetor), der andere für solche zwischen römischen Bürgern und Fremden (*praetor peregrinus, peregrinus* = fremd). Auch ihre Amtszeit betrug ein Jahr.
Aedilen: Es gab (ab 493 v. Chr.) zwei Plebejische (d. h. nichtadlige) und (ab 367 v. Chr.) zwei Curulische Aedilen, die ursprünglich nur Patrizier, später auch abwechselnd Plebejer sein konnten. Zu ihren Aufgaben gehörte die Aufsicht über Sitten, die Sorge für die öffentlichen Gebäude, Straßen, Tempel, Bäder, Plätze und Wasserleitungen, die Markt- und Schenkenaufsicht, die Versorgung der Stadt Rom mit Lebensmitteln, besonders Getreide und Öl. Ferner hatten sie über die Ausrichtung der öffentlichen Spiele zu wachen.
Quaestoren: Ihnen unterstand die Verwaltung der Staatskasse. Waren sie mit einem Consul im Felde, dann auch die Kriegskasse.
Der *Magistrat* (Beamte): Ihre Amtszeit war auf ein Jahr beschränkt. Fast alle wichtigen Ämter waren doppelt besetzt um dem Machtmissbrauch eines Einzelnen vorzubeugen.
Alle diese Ämter waren Ehrenämter. Es war genau festgelegt, welche Voraussetzungen ein Bewerber erfüllen musste und in welcher Reihenfolge er diese Ämter zu durchlaufen hatte (1. Quaestur, 2. Aedilität, 3. Praetur, 4. Consulat).